Waldi Lehnertz, geboren 1967, ist – wie die beliebte Sendung *Bares für Rares*, in der er seit der ersten Folge als Händler mitwirkt – längst Kult geworden. Mit seinem Startgebot von «Achtzisch Euro» erwarb er sich den Spitznamen *80-Euro-Waldi*. Wenn er nicht vor der Kamera steht, betreibt der gelernte Pferdewirt einen Antiquitätenhandel in der Eifel. Hier empfängt er Busladungen von Fans und unterhält die Gäste mit Anekdoten aus seinem Leben als Antiquitätenhändler. Die eine oder andere könnte ihn zu diesem Krimi inspiriert haben. Wenn er noch Zeit hat, angelt er oder malt seine eigenen Kunstwerke.

Miriam Rademacher (Co-Autorin), Jahrgang 1973, wuchs auf einem kleinen Barockschloss im Emsland auf. Heute lebt sie mit ihrer Familie in Osnabrück, wo sie an ihren Büchern arbeitet und Tanz unterrichtet. Sie hat zahlreiche Fantasy-Romane, Krimis und Kinderbücher in verschiedenen Verlagen veröffentlicht.

WALDI LEHNERTZ

MIT MIRIAM RADEMACHER

MORD

IM ANTIQUITÄTEN-LADEN

KRIMINALROMAN

Rowohlt Taschenbuch Verlag

4. Auflage Juni 2025
Originalausgabe
Veröffentlicht im Rowohlt Taschenbuch Verlag,
Rowohlt Verlag GmbH, Kirchenallee 19, 20099 Hamburg, Juni 2024
Copyright © 2024 by Rowohlt Verlag GmbH, Hamburg
Redaktion Jan Karsten
Die Nutzung unserer Werke für Text- und Data-Mining
im Sinne von § 44b UrhG behalten wir uns explizit vor.
Covergestaltung FAVORITBUERO, München
Coverabbildung Frank Dicks, Shutterstock
Satz aus der Pensum Pro
bei Pinkuin Satz und Datentechnik, Berlin
Druck und Bindung CPI books GmbH, Leck
ISBN 978-3-499-01398-0

Kontaktadresse nach EU-Produktsicherheitsverordnung:
produktsicherheit@rowohlt.de

MIX
Papier | Fördert
gute Waldnutzung
FSC® C083411
FSC
www.fsc.org

VORWORT

Als der liebe Waldi mich fragte: «Mensch, Horst, ich mach 'n Krimi, ich schreib ein Buch – würdest du für mich ein Vorwort schreiben?», da habe ich spontan gesagt: «Waldi, für dich mach ich das auf jeden Fall!» Natürlich habe ich mir dann erst mal den Krimi kommen lassen, hatte aber schon so meine Gedanken. Wie fang ich an? Relativ einfach: Walter Lehnertz' Leben ist eigentlich schon ein Krimi. Bis heute Gott sei Dank mit Happy End, und ich würde meins dazu tun, dass es so bleibt. Waldi ist ein Tausendsassa. Wenn er erzählt, wenn er den Raum betritt, kommt eine Persönlichkeit rein, und diese Persönlichkeit hat sehr viel zu erzählen. Seine Fantasie, die ist nach wie vor wie bei einem Kind, und ich hoffe, er erhält sie sich. Nur deswegen kann er ein Künstler sein, nur deswegen ist er so unterhaltsam, nur aus diesem Grunde lieben ihn so viele Menschen.

Dieser Krimi in seinem Betrieb, wo auch ein Detlev Kümmel stattfindet, muss ich ganz ehrlich sagen, ist großartig und hat mich in keinster Weise enttäuscht. Ich möchte nicht zu viel vorwegnehmen, aber es gibt einen Toten – das gibt's hoffentlich niemals nicht in Wirklichkeit bei ihm –, aber alles andere könnte sich genau so auch irgendwie abspielen. Es ist ein sehr, sehr lesenswertes, kurzweiliges Buch, das eigentlich für meine Person nach einer Fortsetzung, einer Serie verlangt. Vielleicht wird's sogar mal verfilmt. Ich kann jedem dieses Buch nur ans Herz legen, der Waldi liebt und gernhat, und auch all denen, die ihn noch nicht kennen, denn sie werden auch ein Stückchen Waldi kennenlernen. Ich wünsche allen Menschen sehr viel Freude damit, Spannung, und vielleicht gibt's ja auch ein Happy End!

In Hochachtung und wirklicher Verehrung

Horst Lichter, dein alter Chef – Waldi, du bist ein Träumchen!

1

Das Leben ist voller Irrtümer, und dieser Morgen war ein hervorragendes Beispiel dafür. Siggi hatte vorgehabt, den Tag an einem malerischen See zu beginnen, um dort mit seinem Kumpel Kurt zu angeln. Doch die Dinge entwickelten sich ganz und gar nicht so, wie es der Antiquitätenhändler erwartet hatte.

Zwar waren seine Angel und er pünktlich zur Stelle, sogar der See lag leidlich malerisch im Frühnebel vor ihm. Doch was fehlte, war Kurt, und das schon seit zehn Minuten, wie Siggi missmutig feststellte.

Er wartete schon fast eine halbe Stunde, als er endlich das Knacken von Zweigen hörte, gefolgt von leisen Flüchen.

«Ich hatte völlig vergessen, wie lange man bis hierher läuft», sagte Kurt zur Begrüßung und tauchte unter einem Ast hindurch.

«Und die Zeit hast du offensichtlich auch vergessen, du Vogel», stellte Siggi mit einem vorwurfsvollen Blick über den Rand seiner Brille fest.

«Zeit! Gut, dass du es erwähnst. Ich kann auch gar nicht lange bleiben.»

Siggi hob erstaunt die Brauen. Sein Kumpel war Junggeselle und selbst ernannter Motivationstrainer. Mit anderen Worten: Wenn Kurt etwas im Überfluss besaß, dann war es Zeit. Noch vor einem Monat war Kurt Anlageberater und davor Alltagsbegleiter für Senioren gewesen. Mit Letzterem hatte er vermutlich am meisten verdient, was Siggi irgendwie tragisch erschien.

«Es ist genau sechs Uhr dreißig. An einem Dienstagmorgen. Die meisten Menschen stoßen gerade erst ihren Wecker von der Nachttischkante. Und du hast es schon eilig?»

«Mir ist halt etwas dazwischengekommen.» Kurt setzte eine schuldbewusste Miene auf und füllte zwei mitgebrachte Becher mit Kaffee aus seiner Thermoskanne. Einen reichte er an Siggi weiter. «Du weißt doch, wie das ist. Der frühe Vogel fängt den Wurm, und wenn ich das Geschäft nicht mache, tut es ein anderer. Selbstständig ist man eben selbst, und zwar ständig.»

Siggi schlürfte wortlos den heißen Kaffee, und für einen kurzen Moment war der Morgen so, wie er sein sollte: Über dem See klarte es auf, und die Vögel stimmten zaghaft ihr erstes Lied an.

Doch der Frieden war nur von kurzer Dauer, denn Kurt stellte plötzlich in fliegender Hast seinen Klappstuhl in das feuchte Gras der Uferböschung, packte seine Angel aus, rammte den Köder auf den Haken und warf ihn aus, als ob er einen Golfball übers Grün schlagen wollte.

«Dass du es eilig hast, hab ich schon verstanden. Aber bei dem Tempo wird sogar den Hechten schwindlig.»

«Blödsinn», murmelte Kurt, warf einen frustrierten Blick auf seinen Schwimmer und meinte mit Blick auf die Armbanduhr: «Sie beißen heute nicht, oder?»

Siggis Befremdung nahm immer mehr zu. Diese Ruhelosigkeit passte in keiner Weise zu seinem Freund. Irgendjemand oder irgendetwas hatte seinen langjährigen Kumpel, einen eher phlegmatischen Typ von fast zwei Metern Körpergröße, aus dem seelischen Gleichgewicht gebracht.

«Der frühe Vogel fängt also den Wurm?», begann Siggi die

Unterhaltung von Neuem. «Und von was für einer Art Wurm sprichst du da?»

Sein Kumpel legte die Finger an die Lippen und sah sich misstrauisch um.

«Mach dich nicht lächerlich, wir stehen mitten im Wald», sagte Siggi. «Hier belauscht uns höchstens ein Eichhörnchen. Und mir wirst du ja wohl vertrauen, oder? Wir kennen uns seit der Grundschule!»

Kurts Blick schweifte noch einmal über das Seeufer, dann platzte es aus ihm heraus wie Popcorn aus einer heißen Pfanne. «Reis.» Er sah abwechselnd zu seinem ruhig auf dem Wasser dümpelnden Schwimmer und wieder zu Siggi. «Der Weltmarkt ist im Umbruch, und die Zukunft heißt Reis. Ich habe gerade einen todsicheren Tipp bekommen. Und wenn ich mich beeile und noch vor dem Börsenschluss in Hongkong geschickt investiere, bin ich reich, bevor du heute auch nur den ersten Hecht gefangen hast. Willst du einsteigen?»

Dies war einer der heiklen Momente, wie sie in ihrer Freundschaft gelegentlich vorkamen. Kurt war ein lieber Kerl, aber er tat Siggis Geldbeutel nicht gut. In Kurts Zeit als Anlageberater hatte er den Antiquitätenhändler gut und gerne einen Sommerurlaub gekostet. Und die Rede war in diesem Fall nicht etwa von Camping am Jungfernweiher, sondern eher von einem sechswöchigen Aufenthalt auf den Malediven mit Vollpension. Vertraute man Kurt sein Geld an, musste man damit rechnen, es nie wiederzusehen.

«Kurt ...» Siggi suchte nach den richtigen Worten. «Du willst heute gern noch einen Wurm fangen, wie du gesagt hast. Vollkommen in Ordnung, ich wünsche dir dabei viel Glück. Wenn du aber glaubst, darüber hinaus auch noch eine Kuh melken zu können, werde ich diese Rolle ganz sicher nicht übernehmen.»

«Soll das heißen, du vertraust mir nicht?» Kurt sah ein wenig beleidigt drein.

«Ich würde dir jederzeit mein Leben anvertrauen, aber nie wieder mein Geld», erwiderte Siggi. «Wenn du einen Hecht aus dem Teich ziehen willst, brauchst du eine geflochtene Angelschnur, ein einfacher Nylonfaden reicht da nicht aus. Und genauso verhält es sich mit deinen Finanztipps. Sie sind dünn wie Nylonfäden, auf die ich mich nie wieder verlassen werde.»

«Das heißt also nein? Du wirst es noch bereuen», Kurt gestikulierte so heftig, dass der Kaffee aus seiner Tasse schwappte. «Ich sage nur: Reis ist Geld!»

«Millionen Chinesen werden dir darin eher nicht zustimmen. Das wäre denen nämlich längst aufgefallen. Aber wenn du ohnehin noch den ganzen Tag Zeit hast, um dein Geld zu verspekulieren, warum willst du mich und die Hechte so schnell im Stich lassen?»

«Weil es bei ebendiesen Chinesen bereits Mittag ist und die Börse in Hongkong schon um zehn Uhr unserer Zeit schließt.» Erneut blickte Kurt auf seine Armbanduhr und dann ungeduldig auf den spiegelglatten See. «Die beißen heut nicht, oder?»

«Wechsel den Köder. Am besten versuchst du es mit einem Reisbällchen.» Siggi verzog keine Miene. «Die sind nämlich die Zukunft. Hab ich gerade erst gehört.»

«Sigismund Malich, machst du dich etwa über mich lustig?», fragte Kurt entrüstet.

Das tat er tatsächlich, und nicht zum ersten Mal. Doch für gewöhnlich merkte Kurt es nicht, wenn er auf den Arm genommen wurde.

«Ja, das tue ich. Und weißt du auch, warum? Weil ein Motivationstrainer, der sein Glück mit Reis in China machen will, wohl besser auf Glückskekse wetten sollte. Und jetzt setz dich in deinen Klappstuhl und fang lieber einen Hecht.»

«Du kannst das nicht verstehen.» Kurts Miene verdüsterte sich.

Siggi verstand nur zu gut. Und die Litanei seines Freundes, die auf diese Worte üblicherweise folgte, kannte er schon fast auswendig.

«Du hast ein eigenes Antiquitätengeschäft, bist ein erfolgreicher Geschäftsmann und siehst nicht aus wie ein Yeti auf Urlaub. Du hast alles im Griff, Siggi, und hast schon so viel erreicht. Ich hingegen stehe immer noch auf der Startlinie des Lebens herum und komme einfach nicht in Schwung.»

Siggi blickte aufs Wasser hinaus und erwiderte: «Was den Yeti betrifft, brauchst du dir nur diesen struppigen Vollbart abzurasieren, und schon ...»

«Herrgott, es geht doch nicht um Haare, sondern darum, dass ich auch mal ein wenig Erfolg haben will! Im Beruf, bei den Frauen und überhaupt.»

Stille senkte sich wieder über ihre Seite des Seeufers, während rings um sie herum langsam die Natur erwachte. Siggi wusste nicht, was er auf Kurts Gejammer, das heute ungewöhnlich lang ausfiel, erwidern sollte. Dass seine drei gescheiterten Ehen, wobei er im letzten Fall noch nicht einmal wusste, ob sie jemals rechtsgültig gewesen war, auch nicht gerade eine Erfolgsbilanz darstellten? Dass auch sein Haar mit Anfang fünfzig langsam grau wurde, er seit Wochen in Erwägung zog, seine bisherige Brille gegen eine mit Gleitsichtgläsern auszutauschen, und sein Bauch beharrlich über den Hosenbund hinauszuwachsen drohte?

Siggis Leben war keineswegs eine reine Erfolgsgeschichte. Je nachdem, worauf der Betrachter den Fokus legte, konnte es sowohl als Tragödie wie auch als Komödie durchgehen.

Doch das würde Kurt in seiner jetzigen Stimmung kaum gelten lassen.

«Ich muss jetzt los», sagte dieser unvermittelt, kippte den restlichen Inhalt seines Kaffeebechers über ein spätes Schneeglöckchen und holte die Angel ein. «Wenn du noch etwas fängst, lass es mich wissen. Immerhin ist die Stelle hier mein Geheimtipp.»

«Und der ist so geheim, dass noch nicht einmal die Hechte etwas davon wissen.» Siggi verdrehte die Augen. «Vielleicht sollte ich es ebenfalls für heute gut sein lassen.»

«Nein. Lass du dir nicht von mir das Angeln vermiesen. Du bleibst schön hier und fischst unser Abendessen», sagte Kurt mit Nachdruck und klappte den Stuhl zusammen. «Ich übernehme dafür das Kochen und spendiere das Bier.»

«Kurt, altes Haus, du weißt einfach, womit du mich rumkriegst», erwiderte Siggi, dem direkt das Wasser im Mund zusammenlief. Fisch in jeder Form, ob gedünstet, gegrillt oder gebraten, gehörte zu seinen Leidenschaften.

Also ging er, nachdem Kurt sich hektisch verabschiedet hatte, mit neu erwachtem Ehrgeiz ans Werk. Er holte die Angel ein und wechselte den Köder, denn der Hecht war ein launischer Gegner, dem mit Ausdauer allein nicht beizukommen war. Eine Viertelstunde später, der Frieden am See fing gerade an, in Langeweile umzuschlagen, klingelte sein Handy.

Auf dem Display las er den Namen *Anton*. Mit dem Kunstsachverständigen und Galeristen telefonierte er beinahe täglich, aber für gewöhnlich nicht in den frühen Morgenstunden. Anton Schauer war eine klassische Nachteule, die nur selten vor Anbruch der Dämmerung ins Bett fand.

«Ist es bei dir in Köln noch dunkel? Ich dachte immer, du zerfällst beim ersten Sonnenstrahl zu Staub.»

«Darüber weiß ich nichts, denn ich habe die Rollos heruntergelassen.» Sein Freund klang ein wenig aufgekratzt, was Siggi augenblicklich aufhorchen ließ. Möglicherweise ging es um ein lohnendes Geschäft für sie beide. «Erinnerst du dich an den Tischaufsatz aus Porzellan? Du hast ihn zuerst für Kitsch gehalten, bis du das gute Stück auf den Rücken gedreht hast.»

Siggi warf einen raschen Blick in Richtung Pose, doch dieser rührte sich nicht. «Du meinst die nackte Dame auf dem Seerosenblatt, die auf einen Froschteich blickt. Steht ganz hinten im Laden auf einer Biedermeierkommode und setzt schon Staub an. Wenn du mich fragst, stammt das Teil aus den Zwanzigerjahren.»

«Eher Jugendstil, mein Bester. Gut, dass ich dich nicht fragen muss. Fotografier das Schätzchen bitte mal von allen Seiten und schick mir die Bilder gleich rüber, ja? Inklusive der ungefähren Maße. Nicht die der nackten Frau, sondern die von der Schale. Ich danke dir.»

«Das geht nicht», erwiderte Siggi.

«Wieso geht das nicht?», fragte Anton und klang verwirrt. «Ich bitte dich lediglich, die Treppe hinunterzulaufen und eine Tür weiter in deinem Laden ein paar Fotos mit dem Handy zu schießen. Sobald ich meine Bilder habe, kannst du weiterschlafen.»

«Ich schlafe nicht, ich angle, und zwar Hecht», korrigierte Siggi seinen Freund. «An einem echten Teich, mit echten Fröschen. Säße die nackte Dame auch noch neben mir, wäre die Welt perfekt.»

«Ich brauche nur schnell ein paar Fotos», bettelte Anton. «Und die Maße natürlich. Bitte, Siggi. Dann liefere ich dir umgehend frei Haus einen Käufer für diesen Froschkönig. Wir reden von einer hübschen vierstelligen Summe.»

Siggi spürte, wie er schwach wurde. Seinen Ladenhüter aus

der hinteren Ecke in klingende Münze zu verwandeln, klang ausgesprochen verlockend.

«Also schön.» Siggi warf einen Blick in den zunehmend grauer werdenden Morgenhimmel. Es sah nach Regen aus, und bisher hatte sich kein Hecht blicken lassen. «Dafür bist du mir aber was schuldig.»

«Nicht mehr, als du mir ohnehin schon schuldest.» Anton klang wieder gut gelaunt. «Bis gleich.»

Kopfschüttelnd schob Siggi das Handy in die Hosentasche und holte die Angel ein. Anton hatte es oft so eilig, als wäre das Leben ein Wettrennen, dessen Ziellinie er bereits in der Ferne erkennen konnte. Aus unerfindlichen Gründen gelang es ihm allerdings nie, sie je zu überqueren. Der Kunstexperte kam nur zur Ruhe, wenn er sich in den Abendstunden samt seiner Pfeife und einem Glas Rotwein am Schreibtisch niederließ und arbeitete, bis der nächste Tag anbrach. Dass bei Siggi die Uhren anders tickten, vergaß er gern.

Doch als der Himmel kurz darauf die Schleusen öffnete und erste fallende Tropfen die Wasseroberfläche mit Kreisen überzogen, sagte Siggi den, wenn überhaupt vorhandenen, Hechten Lebewohl und marschierte querfeldein zurück zu seinem Transporter. Eine Viertelstunde später hatte es sich der Himmel längst wieder anders überlegt, und sein altes, aber treues Auto rollte im Sonnenschein auf den Hof des Antiquitätenladens, der den klangvollen Namen «Kunst & Kurioses» trug.

Einsam stand das Gebäude am Straßenrand, das zu einem Teil Verkaufsfläche, aber auch sein Zuhause war. Dahinter erstreckten sich Felder, und bis zum nächsten Dorf war es weiter, als er laufen mochte, doch Siggi liebte seinen Laden, der voller Geschichten und Erinnerungen steckte. Sogar rund um den Eingangsbereich gruppierten sich Exponate aus Stein und Stahl – vorwiegend Gartendekorationen, die eher zu den Kuriositäten als zu den Antiquitäten zählten. Wie die Gruppe betagter Gartenzwerge, deren Anführer ihm von einer Holzbank aus fast vorwurfsvoll entgegenblickte.

Im Nachhinein konnte Siggi nicht sagen, was ihn stutzen ließ, während er die kurze Strecke vom Auto bis zum Haus hinter sich brachte. Zuerst war da ein Bauchgefühl, eine vage Ahnung, dass irgendetwas nicht in Ordnung war. Dann bemerkte er, dass seine Eingangstür einen Spaltbreit offen stand. Sein Blick ging hoch zum Lautsprecher der Alarmanlage. Der hing still an seinem Platz über der Tür. Ein trauriger Kabelrest am Gehäuse verriet auch, warum. Jemand hatte die Stromzufuhr sauber durchtrennt, um die Anlage mundtot zu machen. Alles deutete darauf hin, dass «Kunst & Kurioses» in seiner Abwesenheit Besuch bekommen hatte.

Siggi hielt inne und lauschte. Er glaubte, ein jämmerliches Piepen aus dem Teil des ersten Stocks zu hören, wo sich seine Wohnung befand. Doch ohne den Lautsprecher hier draußen blieb die abschreckende Wirkung eher bescheiden.

Er holte tief Luft, dann stieß er die Tür ganz auf. Ein paar Holzsplitter am Boden verrieten, dass jemand dem Schloss gewaltsam zu Leibe gerückt war.

Davon abgesehen wirkte alles so, wie er es am Abend zuvor verlassen hatte. Die Kasse, ein Modell im ewig hässlichen Design der frühen Siebziger, war augenscheinlich nicht angerührt worden. Die Vitrine mit antiken Schmuckstücken schien ebenfalls unversehrt. Und doch konnte Siggi den Verdacht nicht abschütteln, dass er nicht allein war. Wer immer sich hier Zutritt verschafft hatte, befand sich vermutlich noch im Haus.

Da bemerkte Siggi einen fremden Geruch. Ein Duft, wie wenn jemand über Jahrzehnte hinweg sehr sparsam mit seinem Parfum umgegangen war und den Moment verpasst hatte, da man das Zeug ins Klo hätte schütten müssen.

Schritt für Schritt tastete er sich weiter vor und verfluchte zum ersten Mal die unübersichtliche Aufteilung der Räume und die Fülle an Exponaten. Immer wieder erschrak er vor einem Schatten, glaubte, aus den Augenwinkeln eine Bewegung wahrzunehmen. Stand dort jemand neben der Anrichte? Oder lauerte etwas hinter dem komischen Heiligen, den er jetzt schon seit Jahren loszuwerden versuchte? Auch der vollgehängte Kleiderständer könnte einem Menschen Deckung bieten. Nur er selbst stand zwischen Regalen voller Porzellan und Glas wie auf dem Präsentierteller, während ihm der Angstschweiß ausbrach.

Im Vorübergehen nahm er den Baseballschläger an sich, der seit jeher im Schirmständer auf seinen Einsatz wartete. Nun schien seine große Stunde gekommen zu sein.

Nachdem Siggi die Räume im Erdgeschoss halbwegs überprüft hatte, stand er vor der gewundenen Holztreppe, die zu einigen kleineren Ausstellungsräumen führte. Geistesgegenwärtig ließ er die zwei unteren, knarrenden Stufen aus und stieg, den Baseballschläger erhoben, hinauf. Fast traf ihn der Schlag, als er sich auf dem oberen Treppenabsatz einem großen, dunkelhaarigen Mann mit einer schwarz gerahmten Brille und finsterem Blick gegenübersah. Erst an dem Baseballschläger in der rechten Hand erkannte er gerade noch rechtzeitig sein eigenes Abbild und unterdrückte einen Fluch. Den viktorianischen Spiegel musste er dringend anderswo unterbringen.

Nachdem er einmal tief durchgeatmet hatte, folgte er dem langen, mit Beistelltischen, Kommoden und Vasen vollgestellten Flur. Aus seinen Wohnräumen in der anderen Haushälfte war deutlich das Schrillen der Alarmanlage zu hören.

In die ersten beiden winzigen Räume warf er nur im Vorbeigehen einen Blick – von seiner Sammlung historischer Kuriositäten und Kleidungsstücke für absolut keine Gelegenheit abgesehen, waren sie leer.

Er erreichte das Zimmer am Ende des Flurs und hielt auf der Schwelle inne. Ein Fremder saß dort in Hut und Regenmantel im Designersessel und starrte ihm mit offenem Mund entgegen. Er entschuldigte sich nicht für sein unerlaubtes Eindringen, blinzelte nicht einmal, und bei genauerer Betrachtung schien er auch nicht zu atmen.

Vorsichtig trat Siggi näher und legte zwei Finger an den Hals des regungslosen Mannes. Ruckartig zog er die Hand wieder zurück, als ob er sie sich verbrannt hätte. Nicht der fehlende Puls war es, was ihn schockierte. Sondern vielmehr die Wärme, die die Haut ausstrahlte, in Kombination mit dem starren Blick.

Eher aus Verzweiflung legte Siggi seinem Besucher eine Hand auf die Schulter und schüttelte ihn. «Hallo?»

Der Kopf des Mannes fiel nach vorn, und Siggi bemerkte die eigenartige Deformierung des altmodischen Hutes, einer Melone, die sicher vom Hersteller nicht so beabsichtigt war. Sein eigener Puls raste. Wie kam der Kerl hierher, und wieso war er tot? Hatte ihn jemand umgebracht?

Dieser Gedanke gab ihm den Rest. Hektisch flackerte Siggis Blick durch den Raum, und plötzlich glaubte er, fast körperlich die Nähe eines Fremden zu spüren. Jemand, der ihn aus einem Versteck heraus beobachtete und nur auf die richtige Gelegenheit wartete, auch ihn um die Ecke zu bringen.

Die rechte Hand fest um den Baseballschläger gekrallt, trat Siggi den Rückzug an. Zuerst langsam, dann immer schneller rannte er den Flur entlang und spürte dabei den starren Blick des Toten in seinem Rücken. Polternd sprang er die Treppe hinunter. Die knarrenden Stufen waren ihm egal, ebenso wie die Eierbecher aus Porzellan, die er von ihrem Tablett fegte, sodass sie am Boden zerschellten.

Erst draußen auf dem Hof hielt er schwer atmend inne. Der Parkplatz und die Straße lagen gut einsehbar und verlassen da. Er würde keinen Fuß mehr in den Laden setzen. Nicht, solange dort ein Mörder lauerte. Mit zitternden Fingern zog er sein Handy aus der Hosentasche. Was er jetzt dringend brauchte, war Hilfe.

2

Eine Viertelstunde später wartete Siggi noch immer draußen vor der Tür seines Antiquitätenladens auf die Polizei. Seine Knie wären längst eingeknickt, hätte er sich nicht auf die rote Gartenbank gesetzt, mitten in die Gruppe Gartenzwerge, die mit ebenso leeren Blicken in die Welt starrten wie die Leiche. Siggi widerstand der Versuchung, sie einen nach dem anderen von der Bank zu schubsen, und wünschte sich sehnlichst einen Kaffee oder etwas Stärkeres herbei. Ihm war flau in der Magengegend. Sowohl das Handy in seiner rechten als auch der Baseballschläger in der anderen Hand hörten einfach nicht auf zu zittern.

Seine Erleichterung war grenzenlos, als sich über die zu dieser frühen Stunde wenig befahrene Landstraße endlich ein Streifenwagen näherte.

Zwei Uniformierte sprangen heraus, kaum dass der Wagen den Parkplatz erreicht hatte. Einen der beiden kannte Siggi nur zu gut. Es war der doppelte Gunnar, den er in der Schule nie hatte abschreiben lassen, was dieser ihm bis heute nachzutragen schien. Dabei hatte er seinen damaligen Banknachbarn nur vor Schlimmerem bewahrt, denn Siggis Rechtschreibung war schon immer katastrophal gewesen, und das hatte sich bis heute nicht geändert.

Gunnar Bartels war zwar nicht doppelt vorhanden, aber er schielte so stark, dass er glauben musste, in einer Welt voller Zwillinge zu leben – da waren sich Kurt und Siggi einig. Natürlich trug er eine Brille, die den Sehfehler korrigieren sollte, doch die hatte nur den Effekt, dass jeder, der ihm gegenüberstand, meinte, sich in seinem toten Winkel zu befinden.

Gunnar baute sich nun vor dem zitternden Antiquitätenhändler auf und schaute demonstrativ an seinem rechten Ohr vorbei. Rasch warf Siggi einen Blick über die eigene Schulter, um sich zu vergewissern, dass es dort nichts zu sehen gab.

«Ich hab mich noch nie so sehr gefreut, die Polizei hier zu haben», begrüßte er Gunnar erleichtert.

«Leg den Prügel weg», donnerte dieser und deutete auf den Baseballschläger. «Was ist bloß in dich gefahren, Siggi? Die Zentrale erzählt mir über Funk, du hättest einen Einbrecher erschlagen.»

Augenblicklich ließ Siggi den Baseballschläger vor sich auf die Pflastersteine fallen. «So ein Quatsch! Der Mann war schon tot, als ich heimkam, ich schwöre es.»

Gunnar wechselte einen Blick mit seinem jüngeren Kollegen, bevor er erwiderte: «Wo ist der Tote?»

«Oben im ersten Stock, im hintersten Zimmer», stieß Siggi hervor. «Der Kerl sitzt in meinem Kultsessel.»

Gunnar brummte etwas Unverständliches, trat zur Ladentür und stieß sie so weit auf wie möglich. Als Siggi Anstalten machte, ihm zu folgen, bedeutete der zweite Polizist ihm wortlos, sitzen zu bleiben. Wenige Sekunden später schepperte es im Haus.

«Das war die große Vase auf der Anrichte», erklärte Siggi dem angespannt wirkenden Uniformierten, der ihn nicht aus den Augen ließ. «Bis Gunnar oben angekommen ist, wird sich eine Schneise der Verwüstung durch mein Geschäft ziehen, bitte lassen Sie uns ihn begleiten. Vielleicht können wir das ein oder andere Stück auffangen.»

Doch der junge Polizist reagierte nicht. Mit unbewegter

Miene starrte er auf Siggi herab, als ob er einen Schwerverbrecher vor sich hätte. Sekunden später gab es einen dumpfen Knall, und Gunnars Fluchen verriet, dass erneut Inventar zu Bruch gegangen war.

Als der Polizeihauptmeister endlich wieder draußen auf dem Hof erschien, war Siggi mit den Nerven am Ende, während im Gesicht des schweigsamen Kollegen die ganze Zeit über noch nicht einmal ein Muskel gezuckt hatte.

«Siggi», begann Gunnar, stemmte die Hände in die nicht vorhandene Taille und sah hinauf in den langsam aufklarenden Himmel. «Willst du uns eigentlich verarschen?»

«Das würde mir im Traum nicht einfallen», entgegnete er. «Aber nur mal so nebenbei gefragt: Hast du eigentlich eine Haftpflichtversicherung?»

Der Blick seines ehemaligen Schulkameraden senkte sich auf ihn herab, und für einen kostbaren Augenblick wähnte sich Siggi direkt in seinem Fokus. «Da oben sitzt niemand, weder tot noch lebendig. Dein blöder Kultsessel, dieses grelle Plastikmonster, thront unübersehbar mitten im Raum – und er ist leer.»

«Der Tote ist weg?», wiederholte Siggi verblüfft und warf einen Blick auf seine Armbanduhr. Es waren noch fast zwei Stunden bis zur Ladenöffnung, und zumindest ein Teil seines Problems hatte sich offenbar ganz von selbst verflüchtigt. Doch was war mit dem Mörder?

«Der oder die Täter könnten noch im Haus sein», beharrte er und suchte vergeblich Gunnars Blick.

«Siggi, da oben gibt es kein Blut, keine Anzeichen für einen Kampf, einfach gar nichts.» Gunnars Stimme wurde lauter. «Kannst du mir jetzt bitte erklären, was der ganze Blödsinn hier zu bedeuten hat?»

Entrüstet deutete Siggi auf den stummen Lautsprecher

über der Tür. «Jemand hat das Kabel meiner Alarmanlage gekappt, meine Haustür aufgebrochen und mir einen Toten in die Verkaufsräume gesetzt, und da sprichst du von Blödsinn?» Den mahnenden Blick des schweigsamen Kollegen ignorierend, erhob er sich von der Gartenbank und baute sich vor Gunnar auf. Einen kurzen Moment lang genoss Siggi das Gefühl, auf dessen schütteren Scheitel herabzublicken, doch die Freude währte nur kurz. Gunnar schien plötzlich ein Licht aufzugehen, und von einer Sekunde zu anderen strahlte er so viel Überlegenheit aus, dass Siggi verunsichert einen Schritt zurücktrat.

«So ist das also. Ich habe dich durchschaut, mein Lieber.» Der doppelte Gunnar deutete auf die Holzspäne am Boden. «Ein paar übermütige Jungen stemmen deine Tür auf und schneiden ein Kabel durch, da fühlst du dich natürlich gleich persönlich angegriffen. Und weil die Kollegen vom Notruf einen Einbruch in deinem Trödelladen ...»

«Antiquitäten», verbesserte Siggi und konnte einen beleidigten Unterton in seiner Stimme nicht vermeiden.

«... nicht übermäßig spannend fanden, hast du kurzerhand noch eine Leiche hinzuerfunden. Weißt du, was du bist, Siggi?»

«Ein gesetzestreuer Bürger, der nur seine Pflicht getan hat?», schlug er vor.

Gunnar verschlug es kurz die Sprache. Dann fuhr er aufgebracht fort: «Du bist ein Blödmann! Und das hat Folgen! Du kannst von Glück sagen, dass nicht die Kriminalpolizei vor deiner Tür steht, sondern nur der gute Gunnar, der es vielleicht bei einer Verwarnung und einer kleinen Geldstrafe wegen missbräuchlicher Verwendung des Notrufs bewenden lässt. Dafür kann man nämlich auch in den Bau gehen, Herr Malich!»

Siggi holte tief Luft. Gunnars Unterstellungen waren völlig aus der Luft gegriffen. Gern hätte er ihm gesagt, was für ein nachtragendes kleines Würstchen er war und dass es die Leiche wirklich gegeben hatte. Doch in Anbetracht der aufgeladenen Situation fiel ihm nur eines ein.

«Du liegst vollkommen falsch.»

Mit dieser kurzen und prägnanten Aussage handelte er sich sogar einen anerkennenden Blick von Gunnars schweigsamem Begleiter ein. Gunnar selbst hob eine Augenbraue und wartete. Als er begriff, dass Siggi mit seinen Ausführungen bereits am Ende angekommen war, packte er ihn unsanft am Arm.

«Komm mit, ich will dir zeigen, was es da oben zu sehen gibt», schnaufte der Polizist. Siggi ließ sich bereitwillig in seinen eigenen Laden hineinziehen. Der stumme Kollege folgte ihnen.

Nacheinander stiegen sie über die Scherben der großen Vase hinweg und die Treppe hinauf, dann näherten sie sich dem Raum am Ende des Flurs. Siggi begannen erneut die Knie zu zittern. Was, wenn Gunnar einfach zu sehr schielte, um das richtige Zimmer zu finden? Was, wenn der Polizist am falschen Ort gesucht hatte und der Tote noch immer mit weit geöffneten Augen im Sessel saß, bereit, ihn erneut anzustarren? Am liebsten hätte Siggi kehrtgemacht. Doch Gunnar zerrte ihn unerbittlich weiter, und so fand er sich zum zweiten Mal an diesem Morgen vor dem grellorangen Kultsessel wieder, der tatsächlich leer war.

Ungläubig trat der Antiquitätenhändler näher, warf einen Blick hinter das Möbelstück und suchte mit Blicken den Raum ab. Doch das einzig Auffällige war das Knirschen von Scherben unter seinen Sohlen. Vorwurfsvoll schaute er Gunnar an.

«Tut mir leid um den Tonklumpen», meinte der Polizist und schob das zerstörte Kunstwerk mit der Schuhspitze beiseite. «Ich muss wohl irgendwie mit dem Ellenbogen dagegengestoßen sein.»

«Walther Zander, circa 1990», klärte Siggi ihn auf. «Vierkantvase mit schwarzer Salzglasur. Im Freifeuerofen gebrannt! Das war ein Einzelstück.»

«Und jetzt sind es viele kleine Stücke, das ist doch gut», behauptete Gunnar ohne eine Spur von Schuldbewusstsein. «Aber sieh mal selbst, mein Lieber: Deinem Sessel geht es hervorragend. Der Platz darauf ist noch immer frei. Frei von einem Hintern, frei von Blut, das sich hier wohl befinden müsste, wenn jemand eines gewaltsamen Todes gestorben wäre. Hier gibt es weit und breit nichts Beunruhigendes zu entdecken.»

Der Polizist vollführte eine Drehung um die eigene Achse, was aufgrund der beengten Verhältnisse in dem kleinen Raum voller Exponate Siggis Puls gleich wieder hochschnellen ließ. Wie durch ein Wunder wurde dieses Mal nichts beschädigt.

«Vielleicht starb der Tote ja auf eine besonders saubere Art», schlug Siggi vor und inspizierte den Sessel genauer. Das orangefarbene, futuristisch wirkende Sitzmöbel, das vom Erfinder für den Garten gedacht war und sich zusammenklappen ließ, bis es nur noch wie eine überdimensionale Puderdose aussah, schien tadellos. Nichts deutete darauf hin, dass hier kurz zuvor ein toter Mann gesessen hatte. Nicht einmal ein Tropfen Körperflüssigkeit war zurückgeblieben.

«Was schwebt dir da vor? Ein fleckenloser Tod durch Vergiftung?» Gunnars Stimme triefte vor Ironie und wurde mit jedem Satz lauter. «Demnach hat ein verzweifelter Selbstmörder das richtige Ambiente für seinen letzten Atemzug gesucht und ist deshalb durch deine verschlossene Ladentür marschiert? Und nachdem er sein Leben hier oben ausgehaucht hat, ist er gütigerweise auch gleich zu Staub zerfallen, denn davon hast du hier oben ja jede Menge!»

«Damit hat er recht», hörte Siggi nun die Stimme einer Frau.

Er fuhr herum und mit ihm die zwei Polizisten. Im Flur stand, zwischen Bodenvasen, Stehlampen und gebündelten Comic-Heften, genau das, was Siggi eine Ausnahmeerscheinung nannte. Die Frau war schlank, nicht übermäßig groß und trug ihr dunkles Haar kurz geschnitten. Obwohl es gerade erst April war, stand sie in einem Sommerkleid vor ihnen und hatte die dazu farblich abgestimmte Strickjacke locker um die Schultern geknotet. Ihre Lippen umspielte ein spitzbübisches Lächeln. Rein äußerlich wirkte sie auf ihn wie die potenzielle Frau Malich Nummer 4, wenn er denn vorgehabt hätte, den Platz an seiner Seite jemals neu zu besetzen.

«Der Laden öffnet erst um zehn», murmelte er und wünschte sich, er hätte einen etwas originelleren Gesprächseinstieg gefunden. Doch er war zu fasziniert von ihrer Erscheinung.

Sie sah auf eine winzige goldene Armbanduhr, und ihr Lächeln wurde eine Spur breiter. «Na, da bleibt uns ja noch genügend Zeit, um hier ein wenig für Ordnung zu sorgen.» Mit ihrem Zeigefinger strich sie prüfend über den Schirm einer Stehlampe.

«Ich fürchte, das ist keine gute Idee», beeilte Siggi sich zu sagen. «Dies ist nämlich ein Tatort, und da sollte man nicht ...»

«Dies hier ist kein Tatort!», brüllte ihm Gunnar ins Ohr. «Geht das nicht in deinen Schädel, Siggi Malich?»

«Ich habe den Kerl aber gesehen», beharrte er, während

die Frau interessiert die Unterhaltung verfolgte. «Genau hier hat er gesessen und mich mit seinen toten Augen angestarrt. So etwas kann ich mir gar nicht einbilden, dazu fehlt mir die Fantasie. Ich habe nach seinem Puls getastet, Gunnar. Da war rein gar nichts mehr.»

Gunnar gab ein verächtliches Schnauben von sich.

«Er war noch warm, so als ob es gerade erst passiert wäre», fuhr Siggi fort. «Jemand muss ihn hier in meinen Geschäftsräumen umgebracht haben! Und ich würde gern wissen, wer das war ... und wo er jetzt ist!»

«Der Täter oder das Opfer?» Gunnar klang genervt.

«Beide!», brach es verzweifelt aus Siggi heraus.

«Sie sind hoffentlich inzwischen alle weit weg», meinte die Fremde und sah sich verunsichert um.

«Es gibt keinerlei Anlass zur Beunruhigung, junge Frau.» Gunnar streckte seine durchaus trainierte Brust heraus und schob die Daumen in den Hosenbund. Jetzt fehlten ihm nur noch Cowboyhut und Sheriffstern, und die Parodie wäre perfekt gewesen. «Unser Freund hier hat manchmal einfach eine etwas lebhafte Fantasie.»

Siggi verspürte den Drang, ihn zu erwürgen, doch für diesen Mord hätte es Zeugen gegeben, im Gegensatz zu dem, der sich hier vor Kurzem abgespielt hatte. «Gunnar, ich will wissen, was in meinem Laden passiert ist. Ich bestehe darauf, dass die Polizei der Sache nachgeht!»

«Keine Leiche, keine Ermittlungen.» Gunnar versuchte, Siggi in die Augen zu sehen, was gründlich misslang. Dann drängte er sich an seinem Kollegen und der hübschen Fremden vorbei und fegte auf seinem Weg fast ein Keramikrelief von der Wand, das die Besucherin mit einem beherzten Griff festhielt. «Du hörst von uns, Siggi. Wegen der missbräuchlichen Verwendung des Notrufs, du weißt schon.»

Der schweigsame Kollege warf dem Antiquitätenhändler einen letzten mitleidigen Blick zu und folgte dem doppelten Gunnar die Treppe hinunter. Mit gequälter Miene musste Siggi mit anhören, wie im Erdgeschoss erneut etwas zu Boden ging.

«Nichts passiert!», rief der Polizist durch den Laden.

Siggi fiel es schwer, das zu glauben. Doch er wollte jetzt nicht darüber nachdenken, sondern konzentrierte sich auf seine Besucherin, die ruhig dastand und die Szene beobachtet hatte. Gerne hätte er die Situation mit einem flotten Spruch aufgelockert. Da ihm aber nichts einfiel, was er hätte sagen können, schwiegen sie einander an und lauschten gemeinsam dem konstanten Wimmern der noch immer eingeschalteten Alarmanlage drüben in seinen Wohnräumen.

Schließlich wandte sie sich von ihm ab und schlenderte den Flur entlang. Dabei deutete sie mit einer Hand, an deren Fingern zahlreiche billige Ringe glitzerten, auf die Dachfenster. «Es wäre hier oben viel heller, wenn man die Scheiben einmal gründlich putzen würde. Und ein paar frische Blumenarrangements könnten das Ambiente freundlicher und ansprechender wirken lassen. So etwas steigert auch die Kauflaune der Kunden.»

«Kann sein», antwortete Siggi, ohne wirklich hinzuhören, und bewunderte ihr von Spitze umrahmtes Dekolleté, als sie sich wieder zu ihm umwandte.

«Dann sind wir uns also einig?» Sie strahlte ihn an.

«Absolut», erwiderte Siggi und fragte sich, wovon eigentlich gerade die Rede war. Hatte er etwas verpasst?

«Das ist schön.» Sie ließ zwei ebenmäßige Reihen perlweißer Zähne aufblitzen. «Wollen Sie nicht rangehen?»

«Rangehen?»

«Ihre Hosentasche vibriert. Ich möchte ja gern glauben, es hätte etwas mit mir zu tun, aber ich tippe eher auf ein Handy.»

Hastig zog Siggi sein Telefon aus der Tasche und las Antons Namen auf dem Display. Mit einem entschuldigenden Blick in Richtung der amüsiert wirkenden Besucherin nahm er das Gespräch an.

«Und? Wo bleibt mein Froschkönig?», tönte Antons Stimme aus dem Handy, begleitet von einem unterdrückten Gähnen. Offensichtlich ging für den Kunstexperten eine ungewöhnlich lange und arbeitsreiche Nacht langsam ihrem Ende entgegen. Just in dem Moment, da in Siggis Antiquitätenladen die leibhaftige Sonne aufgegangen war und zufrieden vor sich hin summte. Beschwingt, als würde sie zu einer Musik tanzen, die nur sie hören konnte, begab sie sich in den Raum mit dem Kleiderfundus.

«Was für ein Froschkönig?», fragte Siggi irritiert und erinnerte sich erst jetzt wieder an Antons Bitte, die Porzellanfigur zu fotografieren. «Entschuldige, aber bei mir ist der Teufel los. Ich muss erst mal der Alarmanlage das Maul stopfen.»

Ohne ein Wort der Erklärung beendete er das Gespräch und lief hinaus ins Freie, um das Haus durch den Seiteneingang zu betreten. Auch die Treppe nach oben nahm er im Laufschritt und hielt erst vor seiner Wohnungstür inne.

Das Türschloss war unbeschädigt, und so steckte er den Schlüssel hinein und öffnete. Drinnen war der Lärm der Alarmanlage kaum zu ertragen. Siggi riss die Metalltür neben der Abstellkammer auf und blickte auf eine Reihe wild blinkender roter Lämpchen. Er hatte die gesamte Technik für einen Spottpreis bei der Auflösung eines Vereinshauses ergattert, und das Modell war vermutlich so alt wie er selbst. Aber sie tat, was sie sollte, besonders, seit er den zusätzlichen

Lautsprecher über der Ladentür angebracht hatte. Der hatte ihn an diesem Tag allerdings auch nicht vor Schaden bewahrt.

Energisch legte er den Schalter um und drückte eine Reihe von Knöpfen, bis all die rot blinkenden Lichter wieder in friedlichem Grün erstrahlten. Anschließend stattete er der Küche einen Besuch ab, um nach Lola zu sehen. Die Boxerdame erhob sich bei seinem Eintreten schwerfällig von ihrem Platz.

«Man muss schon taub sein, um bei diesem Krach einfach liegen zu bleiben.» Er sah sie vorwurfsvoll an, und die Hündin schaute beleidigt zurück. «Taub oder bodenlos faul.»

Lola trottete unbeeindruckt zu ihrem Napf. Als sie ihn leer vorfand, trat abgrundtiefe Trauer in die ohnehin schon von der Schwerkraft herabgezogene Miene der Boxerdame.

«Nicht, dass du es verdient hättest», meinte Siggi, entnahm der Blechdose auf dem Küchentisch einige Hundekekse und warf sie ihr zu. Lola verschlang alles in Sekundenschnelle und verteilte im Anschluss eine Spur von Sabber auf seiner Hose. Siggi wischte ihn kommentarlos fort und streichelte ihr den Rücken. Acht Jahre war sie nun schon an seiner Seite und damit länger als jede Ehefrau. Lola gehörte zu ihm wie Antiquitäten und Fischfilet. Sie war ein fester Bestandteil seines Lebens.

«Ich habe keine Zeit zum Schmusen, ich habe zu tun.» Es war eine Ausrede, die sie nicht gelten ließ.

Mit dem Kaffeebecher in der Hand stieg er, gefolgt von Lola, die steile Treppe wieder hinunter, trat ins Freie und wenige Meter weiter wieder durch die ramponierte Tür in sein Geschäft. Erst jetzt kam ihm die hübsche Kundin wieder in den Sinn, die er nach Antons Anruf einfach stehen gelassen hatte. Was musste sie von ihm denken? Es war wirklich nicht sein Tag. Zu viele Dinge geschahen gleichzeitig, statt sich schön brav in einer Reihe anzustellen.

Da die Frau im Erdgeschoss nicht zu sehen war, wollte er die Suche oben fortsetzen, hielt jedoch schon auf der ersten Treppenstufe inne. Ein Gedanke drängte sich ihm auf, der ihm ganz und gar nicht gefiel. Was, wenn der Sessel nun, da die Polizei das Feld geräumt hatte, wieder besetzt war? Es konnte doch sein, dass da jemand ein grausames Spiel mit ihm spielte.

Siggi entschied, sich nach all der Aufregung ein wenig Feigheit zu leisten. Er beschloss abzuwarten, bis die Besucherin von selbst herunterkam, falls sie überhaupt noch im Haus war. Stattdessen suchte er die Porzellanschale mit der nackten Schönheit samt Froschkönig und fand sie unversehrt auf der Biedermeierkommode zwischen zwei Kerzenleuchtern. Mit dem Handy schoss er eine Reihe Fotos aus verschiedenen Perspektiven und schickte sie an Anton. Eine Reaktion blieb aus. Vermutlich war sein Freund endlich vom Schlaf übermannt worden.

Siggi steckte das Handy weg und wanderte durch sein Geschäft, wobei er sich aufmerksam umblickte. Da fiel sein Blick auf die Scherben am Boden.

«Kein Tatort, was?», knurrte er und ballte beim Gedanken an Gunnar die Fäuste. «Hier starb immerhin eine Antiquität, und der Täter war ein tollpatschiger Dorfbulle.»

Auf der Suche nach einem Handfeger hörte er plötzlich ein seltsames Geräusch, das ihn an das Fiepen der Alarmanlage erinnerte. Nur war es jetzt wesentlich leiser und schien aus einem der Verkaufsräume im Erdgeschoss zu kommen. Er warf Lola, die neben ihm stand, einen fragenden Blick zu, doch auch die Hündin konnte keine Antwort liefern. So folgte er dem Geräusch bis zum Porzellanzimmer. Über diesen

Bereich seines Ladens hatte er schon vor langer Zeit die Kontrolle verloren, zu viele Teller und Schüsseln hatten im Laufe der Jahre hier Einzug gehalten.

Als er einen Blick hineinwarf, stellte er fest, dass es der Kundin im Sommerkleid irgendwie gelungen sein musste, die Treppe geräuschlos zu passieren. Gerade testete sie das erste Staubsaugermodell der Firma Vorwerk. Ob sie mit der Leistung dieses Dinosauriers unter den Haushaltsgeräten zufrieden war, konnte Siggi nicht erkennen, da sie ihm den Rücken zuwandte. Zumindest wusste er jetzt, wo das penetrante Fiepen herkam.

Siggi hatte nicht mehr damit gerechnet, für dieses vorsintflutliche Modell noch einen Käufer zu finden. Umso mehr freute er sich über das Interesse dieser Kundin und besonders über ihren Eifer, mit dem sie den «Kobold» über seinen Teppich schob. Dabei wollte er sie auf keinen Fall stören. Über einen Preis konnten sie sich später immer noch einig werden.

Endlich fand er seinen Handfeger, kehrte die Überreste am Boden zusammen und versenkte die Scherben im Mülleimer. Dann stand er eine Weile unschlüssig herum und fühlte sich außerstande, einfach zur Tagesordnung überzugehen. Lola beobachtete ihn aufmerksam und schien auf eine Erklärung zu warten.

«Es sind seine Augen, verstehst du?» Er schluckte. «Ich sehe sie noch immer vor mir, so starr und leblos. Wie soll ich dieses Bild jemals wieder aus meinem Kopf bekommen?»

Lola gab ein abfälliges Schnauben von sich und trottete zur Tür hinaus, um ihren Stammplatz in der Sonne gleich neben der Gartenbank einzunehmen.

«Oh, vielen Dank für dein Verständnis», rief Siggi ihr nach und schielte in Richtung Treppe. Allein der Gedanke daran hinaufzugehen trieb ihm die Schweißtropfen auf die Stirn. Aber das war sein Haus, sein Laden. Wie sollte er weiterhin hier arbeiten, wenn er sich vor einem Teil davon fürchtete?

«Also schön. Wenn man vom Pferd gefallen ist, soll man schließlich auch gleich wieder aufsteigen.» Er setzte den Fuß auf die erste Stufe, und ihr Knarren übertönte kurzfristig sogar das Summen des Staubsaugers.

Die Hände zu Fäusten geballt und die Lippen fest zusammengepresst, erreichte er das Zimmer am Ende des Flurs. Als er zu seiner Erleichterung feststellte, dass der Tote nicht zurückgekehrt war, begann er, die Scherben einzusammeln. Es war kein Vermögen, das zerschmettert vor ihm am Boden lag. Allerdings erfreuten sich die Keramikarbeiten von Walther Zander bei Sammlern nach wie vor großer Beliebtheit, also würde er Gunnar wenigstens diese Vierkantvase in Rechnung stellen.

Nachdem er die Überreste der Keramik in einer Obstschale zwischengelagert hatte, untersuchte er den Sessel ein weiteres Mal. Doch Gunnar hatte recht, es gab einfach keine Spuren, die auf ein Verbrechen hindeuteten. Trotzdem wusste Siggi, was er gesehen hatte: einen Toten. Aber der war nun weg, und Siggi hatte nicht den kleinsten Beweis für das Erlebte.

Schon leicht verzweifelt, ließ er sich auf alle viere nieder und warf nacheinander einen Blick unter die wenigen Möbelstücke im Raum. «Er wird ja nicht wie Jesus wiederauferstanden sein», sagte er zu sich selbst. «Den hat einfach jemand mitgehen lassen. Aber wer klaut denn eine Leiche?»

Die Antwort drängte sich ihm nahezu auf. Selbstverständlich der Mörder, denn nur der hatte ein Interesse daran, seine Tat zu vertuschen. Wies denn nicht alles auf ein Verbrechen hin, gerade weil der Tote fort war? Und bedeutete das nicht, dass er dem Täter an diesem Morgen tatsächlich sehr nahe gewesen sein musste?

Diese Schlussfolgerung brachte seine Knie erneut ins Wanken, und er widerstand nur knapp der Versuchung, sich ausgerechnet in den Mordsessel fallen zu lassen. Stattdessen lehnte er sich an den Türrahmen und dachte darüber nach, wie dem Mörder mitsamt der Leiche die Flucht gelungen sein konnte. Doch Siggi kam zu keinem Ergebnis. Er selbst hatte auf der Bank vor dem Laden auf die Polizei gewartet und niemanden bemerkt, der sich tot oder lebendig aus seinem Geschäft schlich. Der Weg durch die Ladentür schied also aus. Konnte das bedeuten, dass beide noch immer hier waren und sich versteckt hielten?

Mit klopfendem Herzen warf er einen Blick hinter den nächstbesten Sperrholzsockel, auf dem ein chinesischer Drache thronte, und atmete erleichtert aus, als er niemanden entdeckte. Doch der Laden bot noch unzählige weitere Verstecke, die er unmöglich alle allein durchsuchen konnte. Nicht, wenn seine Knie dabei jedes Mal zitterten wie Wackelpudding.

«Es ist ein Albtraum», stellte er fest und ließ sich in einem Anflug von Trotz nun doch in den Sessel sinken. Noch immer glitt sein Blick suchend durch den Raum. Nichts schien sich verändert zu haben, alles stand an seinem Platz. Obwohl er Letzteres streng genommen nur vermuten konnte, denn das Zimmer war mit Grafiken und Keramiken geradezu überfrachtet. Sie drängten sich auf den Regalen, standen auf Sockeln und jeder sich bietenden Fläche herum und ließen kaum Platz für Kunden. Einzig der zentrale Sessel, in dem er jetzt saß, war eine Ruhe-Insel inmitten von Kunst. Prompt erregte ein Goldrahmen ihm direkt gegenüber seine Aufmerksamkeit. Zwischen einer ihm wohlbekannten Radierung von Maurilio Minuzzi und einem Gemälde von Sigrid Oltmann hing ein quadratisches Bild, das irgendwie fehl am Platz wirkte.

Siggi blickte auf die naive Darstellung eines Gartens, in dem ein Rad schlagender Pfau stolz den Kopf reckte. Er konnte sich beim besten Willen nicht erinnern, wann und wo er das Bild erstanden hatte. Also erhob er sich und trat näher heran, um es etwas genauer zu betrachten.

Das Kunstwerk war eine Webarbeit und sah nicht besonders wertvoll aus. Zudem schien es in der Vergangenheit schlecht behandelt worden zu sein. Am rechten Rand waren die kräftigen Farben des Stoffes durch die Einwirkung von Sonnenlicht bereits verblasst, und vereinzelte dunkle Flecken zierten den hellgrünen Rasen neben dem Pfau. Als Siggis Finger über diese offensichtlichen Beschädigungen glitten, spürte er deutlich deren raue Beschaffenheit. Fast schien es, als ob die Fäden vor langer Zeit von einer Flamme verkohlt worden wären. Und je länger er davorstand, umso überzeugter war er davon, dieses Bild noch nie zuvor gesehen zu haben.

Er überlegte, was stattdessen hier gehangen hatte und wo es hingeraten war, kam aber zu keinem Ergebnis.

Schließlich fiel ihm ein, dass der Nagel leer gewesen war. Erst vor wenigen Tagen hatte er einen Druck verkauft und noch nicht die Zeit gefunden, die entstandene Lücke mit einem anderen Bild zu schließen.

«Was tust du hier?», fragte er laut, doch der Pfau schaute nur hochmütig auf ihn herab. «Hat man schon mal von einem Einbruch gehört, bei dem danach mehr im Haus ist als zuvor?»

«Entschuldigung?», hörte er in diesem Moment eine zaghafte Stimme hinter sich fragen. «Ich unterbreche Ihr Selbstgespräch ja nur ungern, aber haben Sie zu dieser marmornen Buchstütze eventuell ein passendes Gegenstück?»

Augenblicklich fuhr Siggi herum und sah sich einer älteren Dame in beiger Steppweste gegenüber, die ihm einen steinernen und äußerst schlecht gelaunt dreinblickenden Engel entgegenhielt. Ein rascher Blick auf seine Armbanduhr erinnerte ihn daran, dass sein Geschäft bereits seit einer Viertelstunde offiziell geöffnet hatte.

3

Während der kommenden Stunde fand Siggi keine Zeit, über die verschwundene Leiche nachzudenken. Nach und nach traten immer mehr Kunden über seine Schwelle und wollten bedient werden. Als jemand sich beiläufig bei ihm erkundigte, was denn der ausgestopfte Hund vor dem Haus wert sei, wusste Siggi wenigstens, dass Lola ihren Platz in der Sonne noch immer innehatte.

Die Kasse klingelte, der Geschäftsmann in ihm war zufrieden, doch der soeben neu erwachte Detektiv in eigener Sache hätte sich gern näher mit dem Bild des Gartens befasst. Immerhin hatte er es von der Wand genommen, damit es nicht auf ähnlich rätselhafte Weise verschwinden konnte wie die Leiche zuvor. Jetzt lehnte es unter der Kasse an einem Papierkorb, wo Siggi es in Sicherheit hoffte.

Immer wieder tauchte die hübsche Dame im luftigen Sommerkleid in seinem Blickfeld auf, die sich in seinem Laden äußerst wohlzufühlen schien. Sie hatte den Vorwerk-Kobold mittlerweile gegen einen Staubwedel mit antikem Holzgriff und echten Straußenfedern eingetauscht und prüfte gewissenhaft dessen Effizienz. Siggi ließ sie machen. Seine Sammlung antiker Lampenschirme konnte etwas Pflege gut vertragen.

Erst gegen Mittag, als es um ihn herum ruhig wurde, löste Siggi vorsichtig das rätselhafte Bild aus dem Goldrahmen. Wie vermutet, handelte es sich tatsächlich um eine Webarbeit, und sie wirkte sehr alt auf ihn. Eventuell hatte sie sogar mehrere hundert Jahre auf dem Buckel. Der Zustand der Nägel, mit denen eine geschickte Hand das Kunstwerk sorgfältig auf Holzlatten gespannt hatte, verriet ihm jedoch, dass es lange nach seiner Entstehung neu gerahmt worden war. Ebenfalls auffällig waren die groben Schnittkanten. Das Kunstwerk musste einmal größer als sein Rahmen gewesen sein.

«Seltsam», murmelte Siggi und richtete seine Aufmerksamkeit auf den nur noch halb vorhandenen Gartenpavillon am unteren linken Rand. War die Webarbeit zurechtgeschnitten worden, damit sie in einen wertvolleren Rahmen passte? Doch diese Idee verwarf Siggi sofort wieder. Die Goldschicht auf dem Holz war billiger Lack, das ganze glänzende Ungetüm keine fünfzig Jahre alt und nicht viel wert.

Dieses neue Rätsel begann ihn zu ärgern. Statt Antworten zu liefern, warf das Bild bloß weitere Fragen auf. Zweifellos hatte es eine eigene Geschichte, doch es gab sie nicht preis.

Beiläufig verkaufte er eine Jugendstilvase samt dem darin befindlichen seidenen Blumenschmuck und schoss schließlich mit seinem Handy ein Foto von dem Pfau in der Gartenlandschaft, das er kommentarlos an Anton Schauer schickte. Möglicherweise sah dessen geschultes Auge mehr als er.

Da riss ihn die Stimme der putzwütigen Kundin aus seinen Gedanken. «Ich habe mir gerade den Hof hinter dem Haus angesehen.» Sie klang ein wenig vorwurfsvoll.

Siggi sah auf und bemerkte zu seinem Erstaunen, dass sie den Staubwedel gegen einen Besen eingetauscht hatte, der für gewöhnlich draußen an der Regentonne lehnte.

«Der steht aber nicht zum Verkauf», stellte er klar und deutete auf ihr neuestes Werkzeug.

Verdutzt musterte sie den Stiel in ihrer Hand. «Das habe ich auch gar nicht angenommen. Trotzdem: danke für den

Hinweis. Wissen Sie rein zufällig, um was es sich bei der krümeligen Substanz handelt, mit der jemand die Pflastersteine hinter dem Geschäft verschandelt hat?»

Im ersten Moment hatte er keine Ahnung, wovon sie sprach, und als es ihm einfiel, fragte er sich, was es sie anging. Zwar beschränkte sich die Verkaufsfläche seines Antiquitätengeschäfts nicht allein auf die Innenräume. Überall, wo keine Parkplätze vorgesehen waren, fanden sich auch rund um das Haus schöne Dinge, die man kaufen konnte. Vom Springbrunnen bis zur Gartenlaterne war alles zu finden, was seine Kunden zufriedenstellte. Doch in dem von ihr erwähnten «hinteren Bereich» hatte sich über die letzten Monate hinweg ein Haufen unverkäuflicher Schrott angesammelt, den Siggi erst zu Beginn der Weihnachtszeit entsorgen wollte, wenn es an der Zeit war, den großen Tannenbaum aufzustellen. Denn im Advent pflegte er hinter dem Haus einen eigenen kleinen Weihnachtsmarkt abzuhalten.

«Auch wenn es Sie überhaupt nichts angeht: Das Zeug ist vom letzten Schnee übrig geblieben. Ich hatte gestreut.»

Sie zog eine ihrer perfekt gezupften Brauen hoch. «Das ist sehr umsichtig von Ihnen, aber womit haben Sie gestreut? Jedenfalls nicht mit Salz oder Splitt. Um was es sich auch handelt, es ist ungewöhnlich hartnäckig.»

«Katzenstreu», gestand Siggi. «Die ich zusammen mit einer alten Truhe bei einer Haushaltsauflösung erstanden hatte. Manchmal kaufe ich Antiquitäten samt Inhalt und finde mit etwas Glück ein paar wundervolle Dinge darin. Im Falle dieser Truhe war es leider nur Katzenstreu. Aber weil mir der Splitt ausgegangen war ...»

Er verstummte. Seine Gesprächspartnerin starrte ihn ungläubig an, bevor sie den Besen schulterte und sagte: «Ich hole mir eine Gießkanne und versuche, die Sauerei mit Wasser zu bekämpfen. Katzenstreu. Nein, was für eine verrückte Idee.»

Jetzt hatte Siggi genug. Bevor sie sich kopfschüttelnd davonmachen konnte, hielt er die Frau am Arm zurück. «Das ist ja wirklich sehr nett, aber normalerweise erledigen Kunden bei mir keine Hausarbeiten.»

«Kunden?», echote sie, und erneut wanderten ihre perfekt gezupften Augenbrauen in die Höhe. «Ich bin keine Kundin, ich bin Ihre neue Reinigungskraft. Sie haben mich heute Morgen eingestellt.»

«Ich? Wann?» Jetzt waren es seine Brauen, die in die Höhe schnellten.

«Heute Morgen», wiederholte sie freundlich. «Als diese netten Herrschaften in Uniform mit Ihnen über eine Leiche im Sessel diskutiert haben.»

«Und da soll ich Sie eingestellt haben?» Fassungslos musterte Siggi sie von oben bis unten. Er konnte sich niemanden vorstellen, der weniger nach einer Reinigungskraft aussah als diese Frau in ihrem sommerlichen Aufzug. Und wie hatte ihm so etwas entgehen können? Wahrscheinlich musste er doch einen ziemlichen Schock erlitten haben, wenn er irgendwelche Leute einstellte und es gar nicht mitbekam.

Während Siggi die Fremde noch immer anstarrte, durchforstete er sein Gedächtnis sicherheitshalber gleich nach weiteren Lücken, kam aber zu keinem Ergebnis. Doch ein Rest Unsicherheit blieb. «Entschuldigung, aber daran würde ich mich doch erinnern. Ich kenne ja noch nicht einmal Ihren Namen.»

«Ich heiße Doro.» Sie reichte ihm ihre Hand mit den hellrosa lackierten Fingernägeln. «Und ich bekomme zwölf Euro fünfzig pro Stunde. Nur für den Fall, dass Sie das auch vergessen haben. Und jetzt werde ich versuchen, diese Katzenstreukatastrophe dort draußen zu beseitigen.» Mit diesen Worten ließ ihn seine neue Angestellte stehen.

Nachdem sich die erste Überraschung gelegt hatte, versuchte Siggi, der Situation etwas Positives abzugewinnen. Seit Monaten war bei ihm nicht mehr von professioneller Hand für Ordnung und Sauberkeit gesorgt worden. Zumindest nicht, seit seine letzte Aushilfe überraschend erklärt hatte, in den Ruhestand treten zu wollen. Seitdem kümmerte er sich gelegentlich selbst um die wenig dekorativen Spinnweben in den Ecken. Doch seine eigentliche Arbeit ließ ihm nur selten die Zeit dazu. Einen Ort wie diesen sauber zu halten, war zudem eine Aufgabe, die selbst erfahrene Putzteufel an ihre Grenzen brachte. Wenn Doro sich dieser Sisyphusarbeit wirklich stellen wollte, und das auch noch zu einem moderaten Stundenlohn, würde er keinesfalls versuchen, es ihr auszureden. Vermutlich kündigte sie ohnehin, sobald sie festgestellt hatte, wie hartnäckig feuchte Katzenstreu auf Gehwegplatten sein konnte.

An diesem Nachmittag kamen nur noch wenige Kunden ins Geschäft. Und bald trieb es Siggi erneut die Treppe hinauf, wo er die Wände nach weiteren Überraschungen absuchte. Doch er fand nichts. Weder rätselhafte Bilder noch andere Schenkungen.

Da entdeckte er bei einem Blick aus dem Fenster Doro, wie sie, mit Schrubber und Gießkanne bewaffnet, noch immer der Katzenstreu zu Leibe rückte. Und tatsächlich kam das Grau der Pflastersteine nun stellenweise wieder unter dem pudrigen Weiß zum Vorschein. Seine Angestellte kam voran, während er noch immer auf der Stelle trat. Keine Frage, er brauchte dringend Hilfe von außen.

Siggi zückte sein Handy und wählte die Nummer von Kurt. Nach mehrfachem Klingeln hob dieser schließlich auch ab.

«Hast du etwas gefangen, das wir heute Abend auf den Grill werfen können?», fragte sein Kumpel zur Begrüßung.

«Selbstverständlich», log Siggi und dachte an zwei Forellen, die in seiner Tiefkühltruhe schlummerten. Schnell kam er auf den eigentlichen Grund seines Anrufs zu sprechen. «Kurt, du wirst es nicht glauben, aber aus meinem Laden ist eine Leiche verschwunden.»

«Das stimmt.»

«Wie bitte?» Verblüfft ließ Siggi sich erneut in den orangefarbenen Sessel fallen.

«Du hast völlig recht, ich glaube dir kein Wort», erwiderte Kurt. «Und für einen guten Witz fehlt es deiner Geschichte meiner Meinung nach an einer knackigen Pointe.»

«Das ist kein Witz!», rief Siggi aus und musste sich mühsam beherrschen, um seine Stimme wieder auf Zimmerlautstärke zu senken. «Heute früh war meine Ladentür aufgebrochen, und im ersten Stock saß ein Mann, der mich angeglotzt hat wie ein toter Hecht. Doch als der doppelte Gunnar mit seinem stummen Untergebenen hier aufkreuzte, war die Leiche wieder verschwunden.»

Kurt räusperte sich. Und allein daran, wie er es tat, konnte Siggi hören, wie wenig überzeugend er gewesen sein musste.

«Siggi», begann sein Freund, «ist dir schon der Gedanke gekommen, dass dein Toter quicklebendig war und nur ein Nickerchen gemacht hat, bevor er wieder seiner Wege ging?»

«Ein Nickerchen? Hältst du mich für blöd? Wer schläft denn mit offenen Augen und angehaltenem Atem?»

«So was soll schon vorgekommen sein.» Kurt war noch immer die Ruhe selbst. «Möglicherweise litt dein Einbrecher unter einer Art Schlafkrankheit. Und als die Polizei auftauchte, ist er natürlich in Panik geflohen. Das ist doch nur verständlich.»

Hinter Siggis Schläfen begann es heftig zu pochen. Er verspürte den Drang, Kurt zu sagen, wie enttäuschend er diese Theorie fand. Stattdessen legte er grußlos auf. Manchmal fehlte es ihm einfach an den richtigen Worten, um seine Mitmenschen zusammenzustauchen.

«Ich habe mir den Toten nicht eingebildet. Er war da», versicherte er sich selbst.

«Wie hat er denn ausgesehen?», hörte er unvermittelt jemanden hinter sich fragen.

Überrascht fuhr er herum. Doro trat gerade ins Zimmer. Auf ihrem Kleid sowie den Armen und Beinen hatte die Katzenstreu helle Spuren hinterlassen. Doch störte sie das offensichtlich nicht. Sie wartete gespannt auf eine Antwort.

Siggi warf noch einen Blick aus dem Fenster und stellte fest, dass Doro gute Arbeit geleistet hatte. Mitten auf den Pflastersteinen erhob sich ein weißer Hügel. Das Tempo, das seine neue Angestellte an den Tag legte, war genauso verblüffend wie ihre Fähigkeit, sich lautlos über knarrende Stufen hinwegzubewegen.

«Der Tote», erinnerte Doro ihn an ihre Frage und lehnte sich gegen den Türrahmen. «War er jung oder alt, groß oder klein? An was erinnern Sie sich, wenn Sie an die Begegnung mit ihm zurückdenken?»

«Ich weiß gar nicht genau, wie groß er war, er hat schließlich gesessen», stellte Siggi stirnrunzelnd fest. «Aber an seine Kleidung erinnere ich mich. Er trug einen dunklen Regenmantel und einen Hut.» Unerwartet stellte sich eine Erinnerung ein, die er schon fast verdrängt hatte. «Es war ein Bowler mit Delle! Der Mann hat bestimmt einen Schlag auf den Kopf bekommen!»

«Na bitte!» Doro schien sich über seinen Geistesblitz fast mehr zu freuen als er. «Das ist doch ein Anfang. Ist Ihnen noch etwas an dem Mann aufgefallen, etwa ein Bart oder eine Brille?»

«Nein, nichts.» Siggi schüttelte den Kopf. «Aber der Tote war nicht mehr der Jüngste. Die Schläfen und Brauen waren schlohweiß, und er hatte viele kleine Fältchen um die Augen.»

«So genau kann man sich jemanden gar nicht einbilden. Er hat bestimmt hier gesessen, vertrauen Sie sich selbst», sagte Doro mit Nachdruck. «Sie haben den Toten gesehen, Herr Malich.»

«Siggi», korrigierte er sie. «Herr Malich heiße ich nur für die Behörden und meine Ex-Frauen. Für Freunde und meine einzige Angestellte bin ich Siggi.»

Ein Lächeln huschte über Doros Gesicht. Doch es verschwand so schnell, wie es gekommen war, während sie näher kam und sich dabei langsam um die eigene Achse drehte. «Hältst du es eigentlich für möglich, dass der Tote noch irgendwo hier versteckt ist?»

«Genau darüber habe ich auch gerade nachgedacht.» Er bedachte seine Umgebung mit einem skeptischen Blick «Hier habe ich an allen denkbaren Orten nachgesehen. Unter das Sofa dort drüben ist er zumindest nicht gerollt.»

«Nein, so eine Leiche ist ja kein Knopf oder Geldstück.» Doro grinste. «Aber was ist mit den anderen Räumen? Ich habe mich heute vorwiegend dem Erdgeschoss gewidmet. Sollten wir nicht nachsehen, ob der Tote vielleicht einfach ins Nachbarzimmer geschafft wurde?»

Siggi nickte. Und während er noch dastand und das Gefühl genoss, wenigstens eine Person an diesem Tag überzeugt zu haben, inspizierte Doro bereits das Zimmer nebenan. Rasch folgte er ihr und beobachtete, wie sie mal hierhin, mal dorthin huschte, Truhendeckel öffnete, Vorhänge beiseitezog und schließlich sogar die Wände abklopfte. Als dabei plötzlich ein seltsam hohler Ton erklang, bemerkte sie den unscheinbaren Türknauf in der Wand.

«Ich glaube, ich habe eine Art Geheimzimmer gefunden», rief sie aufgeregt.

«Schön wär's.» Es tat ihm fast leid, ihrem kindlichen Eifer einen Dämpfer verpassen zu müssen. «Das ist nur der Kniestock. Dort warten ein paar wertlose Bilder darauf, von mir wiederentdeckt zu werden.»

«Na, dann entdecken wir sie doch gleich jetzt», meinte Doro und zerrte am Knauf.

«Aber das sind Fehlkäufe», versicherte Siggi ihr. «Ein Bild hässlicher als das andere. Kunst ist nicht immer nur schön. Manchmal ist sie auch kitschig, abstoßend oder einfach nur schlecht gemacht.»

«Oder eine gute Tarnung für ein Geheimnis?» Ihre Augen glänzten vor Aufregung. «Wäre ich zum Mörder geworden und müsste die Leiche verstecken, weil die Polizei schon unterwegs ist, dann täte ich es genau hier. Ich würde den Körper in den Kniestock stopfen und ein paar hässliche Bilder darüberlegen. Und wenn die Luft rein ist, komme ich zurück und entsorge den Toten ordentlich und gewissenhaft.»

Ihre Ausführungen waren von solch bestechender Logik, dass Siggi bereits in Gedanken vor sich sah, wie Doro all dies selbst ausführte. Die Vorstellung, sie könnte einen Mord begangen haben, war bizarr, aber auch faszinierend, und er konnte nicht anders, als sie anzustarren.

«Das war nur eine Theorie.» Doro schien seine Gedanken erraten zu haben und beeilte sich, seine Aufmerksamkeit auf den Knauf zu lenken. «Wie bekommt man das Ding auf?»

«Tja, wenn der Mörder ebenfalls schon an diesem Punkt gescheitert ist, wird sich wohl nichts dahinter befinden», stellte Siggi fest. Und doch überkam ihn ein mulmiges Gefühl, als er seine Hand auf den Knauf legte und ihn gegen den Uhrzeigersinn drehte, bis die niedrige Luke von kaum einem Meter Höhe aufsprang.

Sofort fiel Doro auf die Knie, und ihr Kopf verschwand im Dunkel des Kniestocks.

«Kannst du etwas erkennen?», fragte er und kämpfte schon wieder mit der Erinnerung an die ausdruckslosen Augen des Toten. Er hätte viel dafür gegeben, dass sich dieses zugegeben optimale Versteck als Niete erwies.

Doro zog derweil das erste der Bilder hervor, reichte es an ihn weiter und ließ gleich darauf das nächste folgen. Sie waren genauso hässlich, wie Siggi sie in Erinnerung hatte, aber immerhin schöner als die von Doro dort vermutete Leiche.

«Hier ist nichts.» Da sie noch immer zur Hälfte im Kniestock steckte, klang ihre Stimme dumpf, doch Siggi meinte, einen Anflug von Enttäuschung herauszuhören. Jetzt tauchte ihr Kopf wieder auf, und sie sah zu ihm empor. «Gibt es hier noch mehr so tolle Versteckmöglichkeiten?»

Siggi schüttelte den Kopf, woraufhin Doro sich mit einem Seufzer erhob und aus dem Zimmer marschierte. Gerade wollte er die Luke wieder verschließen und ihr folgen, als sich das Misstrauen in ihm zu regen begann. Wäre sie tatsächlich die Mörderin gewesen und hätte sie die Leiche an genau diesem Ort versteckt, so konnte sie jetzt davon ausgehen, dass Siggi nicht noch einmal im Kniestock nachsehen würde. Augenblicklich sank auch er auf die Knie und spähte ins Dunkel, tastete sogar mit den Händen in dem finsteren Loch herum. Er schrie auf, als er etwas Weiches berührte.

«Was ist passiert?» Von einer Sekunde zur anderen war Doro wieder neben ihm.

Siggi zog das Etwas ans Licht und sagte: «Ich wurde von einem ausgestopften Wiesel angegriffen.»

Doro schien fast an ihrem unterdrückten Gelächter zu ersticken und sagte: «Du bist nicht gerade ein Held, Siggi Malich, oder?»

Seine Antwort bestand aus einem unwilligen Knurren, während er das von Motten angefressene Tier mit den fiesen Glasaugen zurück in sein dunkles Versteck stieß. Noch als sie kurz darauf gemeinsam die Treppe hinuntergingen, lag ihm Doros Bemerkung quer im Magen.

Sie aber stellte bereits neue Theorien auf. «Hat dein Laden eigentlich eine Hintertür?»

Siggi nickte. «Aber die ist in der Regel verschlossen.»

«Mich würde interessieren, ob sie das noch immer ist oder ob jemand diese Regel gebrochen hat.» Sie beschleunigte ihre Schritte und erreichte das Erdgeschoss vor ihm.

Siggi fiel auf, dass ihr Fliegengewicht die alten Stufen tatsächlich nicht zum Knarren brachte. Doro konnte sich lautlos in dem alten Haus bewegen.

«Wo ist denn diese Hintertür?», rief sie, und ihre Augen leuchteten regelrecht vor Begeisterung. Das alles schien ihr großen Spaß zu machen.

Siggi deutete in den hinteren Teil des Hauptverkaufsraumes, und gemeinsam durchquerten sie das gesamte Erdgeschoss, bis sie vor einer schlichten Eisentür ankamen.

«Ziemlich weiter Weg», stellte Doro fest. «Falls der Täter die Leiche bis hierher geschleppt hat, ist er zumindest kein Schwächling.»

«Das stimmt», pflichtete er ihr bei und stellte erleichtert fest, dass sein Misstrauen ihr gegenüber sich wieder verflüchtigte. Doch als er an der Klinke rüttelte, kehrte es augenblicklich zurück. Die Tür war fest verschlossen.

«Ja, Pech gehabt. Diese Theorie ist dahin.» Doro lehnte sich an einen handbemalten Garderobenschrank und verschränkte die Arme vor der Brust. Ein Ausdruck der Enttäuschung zeichnete sich auf ihrem Gesicht ab. «Der Tote kann sich aber doch nicht in Luft aufgelöst haben. Wenn er nicht rausgebracht wurde und auch oben nicht zu finden ist, müssen wir uns eben das Erdgeschoss genauer vornehmen.»

Sie hatte den Satz kaum beendet, als Siggi bemerkte, wie ihr Blick an einer Ritterrüstung hängenblieb, die er vor Jahren aus einem Theaterfundus gerettet hatte. Zaghaft streckte Doro die Hand aus und hob das Visier des Helms hoch. Als sie dahinter den Fußball mit der von Siggi mit Edding aufgemalten Grimasse entdeckte, stieß sie einen Seufzer der Erleichterung aus, wandte sich ihm zu und fragte scheinbar zusammenhanglos: «Gibt es eine Möglichkeit, den Kanaldeckel im Hof anzuheben? Ich würde gern die Katzenstreuschlacke darin entsorgen.»

«Das ist kein Gully, sondern ein in die Erde eingelassener Tannenbaumständer», erklärte Siggi, fast dankbar für den Themenwechsel, denn diese morbide Schatzsuche zerrte zunehmend an seinen Nerven. «Jedes Jahr im Advent veranstalte ich einen Weihnachtsmarkt, um das Geschäft anzukurbeln. Es gibt Glühwein, selbst gebackene Lebkuchen und den größten geschmückten Baum weit und breit. Lass das Zeug einfach liegen, wo es ist. Ich werde es später mit der Schneeschaufel zur Abfalltonne tragen.»

Doro zuckte bei seinen Worten zusammen. «Sollten wir nicht auch in der Abfalltonne nachsehen? Das ist ein beliebter Ablageort für Mordopfer, habe ich mal in einem Krimi gelesen.»

«Was uns wieder zu der Frage bringt, wie der Tote da hingekommen sein soll», erinnerte er sie.

«Ach, stimmt ja. Diese Stelle im Tathergang lässt sich schlecht überspringen.» Doro schlug sich mit der Hand vor die Stirn und versank in Grübeleien. Genau wie er musste sie mittlerweile das Gefühl haben, sich gedanklich im Kreis zu drehen.

Bis in den späten Nachmittag hinein gab Doro vor, zwischen den Antiquitäten für Sauberkeit und Ordnung zu sorgen. Doch Siggi konnte seine neue Angestellte dabei beobachten, wie sie sich wiederholt flach auf den Boden warf, um unter ein Möbelstück zu blicken. Ständig quietschte irgendwo eine Schranktür oder ein Truhendeckel. Von Erfolg war ihre Suche allem Anschein nach nicht gekrönt.

Siggis Aufmerksamkeit richtete sich derweil ganz auf das ominöse Bild des Gartens. Und es gefiel ihm immer besser, je länger er es betrachtete. Vom Pfau einmal abgesehen, gab es bei genauerer Betrachtung noch weitere Einzelheiten zu entdecken. Siggi bemerkte einen Baumstumpf, neben dem ein Eichhörnchen hockte und zufrieden an einer Nuss knabberte. Er war so vertieft in das Motiv, dass er zusammenzuckte, als ein Schrei durch den Laden gellte.

4

Siggi sprang auf und rannte dem Geräusch entgegen. Es kam aus dem Porzellanzimmer. Er stürmte hinein und blieb abrupt stehen. Die Szene, die er vor sich sah, hätte kaum seltsamer sein können. Doro saß mit angezogenen Beinen, die Arme um die Knie geschlungen, in einem Korbsessel gleich neben einem großen Tisch voller Porzellan. Vor ihr, zur Hälfte durch eine Damasttischdecke verborgen, stand Lola. Speichel triefte der Boxerdame aus dem offenen Maul, während sie ratlos die Frau vor sich betrachtete.

«Das Biest ist einfach hier hereinstolziert», rief Doro ihm zu und deutete auf den Hund, während sie gleichzeitig darauf bedacht war, Lola mit der Hand nicht zu nahe zu kommen.

Lola hingegen hatte soeben beschlossen, das Verhalten der Frau im Sessel als Spielaufforderung zu verstehen. Freudig sprang sie in die Höhe und legte zwei beängstigend große Pranken auf dem Sitzpolster ab. Ein weiterer spitzer Schrei erklang. Gefolgt von den Worten: «Tu doch was!»

«Lola! Sitz!» Mit zwei Schritten war er neben ihr und packte die Boxerdame am Halsband.

Lola sah fröhlich hechelnd zu ihm auf und fragte sich offensichtlich, wie das Spiel zu dritt nun weitergehen sollte.

Vorwurfsvoll blickte Doro Hund und Halter an. «Lola heißt sie, ja? Und die will natürlich nur spielen, richtig?»

«Nein, sie ist vermutlich gekommen, um mich daran zu

erinnern, dass es Zeit ist, Feierabend zu machen und sie zu füttern», erwiderte Siggi und streichelte dem Tier über den Kopf. «Lola ist so präzise wie eine Schweizer Taschenuhr und genauso harmlos.»

«Das behaupten alle Besitzer von ihren Tieren. Und wenn die dann trotzdem fremde Finger zwischen den Kiefern zermalmen, tun sie ganz erstaunt und rufen: Das hat er ja noch nie gemacht.» Doro stieg vorsichtig vom Sessel.

Lola hatte derweil den Kopf in den Nacken gelegt und sah erwartungsvoll zu Siggi empor. An der Fremden als Spielgefährtin schien sie bereits jedes Interesse verloren zu haben.

«Von Elefanten im Porzellanladen habe ich ja schon gehört, aber mit einem Hund rechnet doch keiner», murmelte diese gerade und strich sich über Kleid und Frisur, obwohl beides nicht in Unordnung geraten war. «So etwas muss einem doch gesagt werden.»

«Ich hatte ja noch gar keine Gelegenheit, dir Lola vorzustellen.» Siggi warf ihr einen entschuldigenden Blick zu, während er gleichzeitig sein Haustier zwischen den Ohren kraulte. «Die meiste Zeit über lässt sie sich nicht im Geschäft blicken und döst lieber auf ihrem Stammplatz neben der Gartenbank. Da kann man schon mal vergessen, dass sie überhaupt existiert. Lola ist wirklich völlig harmlos. Mir wäre es sehr recht, wenn sie sich ein wenig mehr als Wachhund hervortun würde, aber es entspricht einfach nicht ihrem Wesen.»

«Die fesche Lola und ihr Herrchen.» Doro zog eine Grimasse, schien aber schon wieder halbwegs versöhnt. «Ich muss einen ziemlich lächerlichen Anblick geboten haben.»

«Nein, gar nicht», behauptete Siggi. Doch als sie ihn mit gerunzelter Stirn anblickte, korrigierte er sich. «Nur ein ganz wenig überspannt.»

«Überspannt», wiederholte Doro, und ihre Brauen schnellten in die Höhe. Dann wechselte sie wieder einmal abrupt das Thema und erklärte: «Ich komme morgen pünktlich um neun Uhr mit Hundekeksen in den Taschen wieder zur Arbeit. Und ich würde es begrüßen, wenn die fesche Lola bis dahin lernen würde, sich vor dem Betreten des Ladens die Pfoten abzutreten.»

Damit rauschte sie aus dem Porzellanzimmer.

Lola und Siggi verharrten noch eine Weile an Ort und Stelle, lauschten aufmerksam und wechselten schließlich einen vielsagenden Blick.

«Kein Motorengeräusch», brachte der Antiquitätenhändler es schließlich auf den Punkt und fuhr fort, Lola zu kraulen. «Unsere neue Angestellte ist entweder mit dem Rad oder zu Fuß zu uns gekommen. Ein wenig ungewöhnlich, da stimme ich dir zu. Aber an der Dame ist so einiges ungewöhnlich. Was hältst du von ihr?»

Lolas Antwort bestand aus einem Niesen. Dann sprang sie auf den frei gewordenen Sessel und machte es sich zwischen den Kissen bequem, um dort auf das offizielle Ende des Arbeitstages zu warten.

Siggi betrachtete indessen das auf dem Tisch arrangierte Porzellan. Doros Bemühungen trugen bereits Früchte. Teller und Schalen wirkten allesamt wie frisch gespült, und in der Luft hing der Duft von Zitronen. Offensichtlich war es ihm irgendwie gelungen, eine wahre Perle unter den Reinigungskräften aufzutreiben, obwohl er gar nicht danach gesucht hatte. Eigentlich ein Grund zum Jubeln. Aber irgendwie fühlte er sich überfahren von der Fremden, die abseits jeglicher öffentlicher Verkehrsanbindung gänzlich unmotorisiert in seinem Antiquitätengeschäft erschienen war und sofort alle Staubwedel an sich gerissen hatte. War es nicht eigenartig, dass sie ausgerechnet an einem Tag wie diesem völlig eigenmächtig entschied, für ihn arbeiten zu wollen?

Nach und nach löschte Siggi alle Lichter und klemmte sich das rätselhafte Bild unter den Arm. Dann trat er, begleitet von Lola, ins Freie und versuchte, das Schloss seiner Eingangstür wenigstens provisorisch wieder instand zu setzen. Doch sosehr er sich auch bemühte, der Bolzen fand kaum noch Halt im Rahmen, und auch nach zweimaligem Umschließen ließ sich die Tür ganz leicht mit der Hand aufdrücken. Immerhin würde sie auf den flüchtigen Betrachter verschlossen wirken. Zudem gelang es ihm, das durchschnittene Kabel des Lautsprechers mit nur wenigen Handgriffen zu flicken. Auch wenn die Drähte noch blank in der Abendsonne schimmerten, würde er wieder funktionieren, und darauf kam es an.

«Das sind alles unbedeutende Kleinigkeiten, um die wir uns auch morgen noch kümmern können», erklärte er Lola, die zu ihm aufsah. «Du wirst heute Nacht zur Abwechslung eben etwas wachsamer sein müssen.»

Lolas sinkender Kopf und ihr trottender Gang in Richtung Nebeneingang ließen keinen Zweifel daran, wer von ihnen ihrer Meinung nach wachsam bleiben sollte.

Kaum dass er Lola mit dem Nötigsten versorgt hatte, brach Siggi auch schon wieder auf. Kurt erwartete ihn und den frisch gefangenen Fisch zum Abendessen. Wie Siggi vermutet hatte, fand dies, wie so oft, unter freiem Himmel statt.

Die zwei tiefgefrorenen Forellen im Gepäck, umrundete Siggi Kurts Elternhaus, das in den Jahren, seit es seinem Kumpel allein gehörte, zunehmend verwahrloste. Er folgte dem Trampelpfad durch das hohe Gras bis hin zu einem selbst gemauerten Grill. Hier stand Kurt, den Grillanzünder im Anschlag, und fächelte den glühenden Kohlen Luft zu.

Wie das Haus zeigte auch der Garten deutliche Spuren der Vernachlässigung. Nach und nach verwandelte sich das Grundstück in einen Dschungel, und niemand gebot dem Einhalt.

«Unser Abendessen», verkündete Siggi zur Begrüßung und reichte seinem Freund den Plastikbeutel.

Kurt zog eine der Forellen aus der Tüte und schlug den steifen Körper probehalber gegen den Grillrost. «Und die hast du heute aus dem See gezogen? Erstaunlich. Hatten wir einen plötzlichen Kälteeinbruch?» Er untersuchte die Fische genauer. «Ausgenommen sind sie wenigstens. Übrigens wusste ich gar nicht, dass es in dem Gewässer überhaupt Forellen gibt. Ich habe dort noch nie eine gefangen.»

«Glück muss der Mensch eben haben», antwortete Siggi ausweichend, öffnete eine der bereitgestellten Bierdosen und sah zum Haus hinüber, aus dessen Fenstern Licht bis in den Garten fiel. Seit einer Entrümpelungsaktion nach dem Tod von Kurts Eltern war Siggi nur noch selten im Innern gewesen. Ihre Treffen fanden mit zunehmender Häufigkeit an Fischteichen oder im Garten statt.

«Hat bei dir alles geklappt? Bist du nun Reis-Millionär?», griff Siggi ihr Gespräch vom frühen Morgen wieder auf.

Kurt senkte den Kopf, brummelte etwas Unverständliches und richtete den Blick auf die Forellen. Weiterer Erklärungen bedurfte es für Siggi nicht. Die Reis-Idee war allem Anschein nach noch am selben Tag zur Seifenblase mutiert und hoffentlich geplatzt, bevor Kurt mehr investiert hatte, als er überhaupt besaß.

«Es war wohl für uns beide nicht der beste aller Tage», stellte Siggi fest und prostete Kurt zu.

Anschließend lenkte dieser das Gespräch auf ihr letztes Telefonat. «Wir sind vorhin unterbrochen worden, bevor du die Geschichte zu Ende erzählen konntest. Wie war das jetzt mit dieser angeblichen Leiche?»

Allein die Verwendung des Adjektivs «angeblich» in Zusammenhang mit den jüngsten Ereignissen trieb Siggis Puls in die Höhe. Doch er atmete tief durch und berichtete von dem Toten im Sessel, während sein Freund Mühe hatte, die in ihrem Innern vermutlich noch eiskalten Forellen von außen nicht anbrennen zu lassen. Je mehr Siggi dabei mit seinen Ausführungen ins Detail ging, desto ungläubiger wirkte Kurt.

«Du glaubst mir also immer noch nicht?» Siggi legte großen Wert auf die Meinung seiner Freunde und war gern bereit, seine eigene infrage zu stellen. Doch er ahnte, dass seine Kritikfähigkeit an diesem Abend auf eine harte Probe gestellt werden würde.

Kurt behielt weiterhin die Fische im Auge und fragte im beiläufigen Ton: «Hast du eigentlich das Licht eingeschaltet, als du im ersten Stock nach dem angeblichen Einbrecher gesucht hast?»

Siggi knirschte mit den Zähnen. Dass nun auch sein Einbrecher ein «angeblicher» gewesen sein sollte, gab ihm den Rest. «Nein. Ich bin durch meine *angeblich* aufgebrochene Tür unter dem *angeblich* lahmgelegten Lautsprecher eingetreten und habe aufgrund des *angeblich* hellen Tageslichts keine elektrischen Lampen gebraucht!»

«Spiel nicht gleich die beleidigte Leberwurst.» Schwungvoll wendete Kurt eine Forelle, wobei große Teile der Haut am Rost kleben blieben, was dem Fisch das Aussehen von Frikassee verlieh. «Licht und Schatten können einem manchmal die verrücktesten Dinge vorgaukeln. Unser Auge ist leicht zu täuschen. Und wenn du selbst sagst, dass bis zu Gunnars Eintreffen niemand ungesehen das Haus verlassen konnte, der Tote aber plötzlich trotzdem fort war, ist ein Irrtum doch zumindest möglich. Stimmst du mir zu?»

«Kurt?» Er zwang sich, ruhig zu bleiben. «Wie kann es sein, dass meine Reinigungskraft mir mehr Glauben schenkt als du? Wo du doch *angeblich* mein Freund bist.»

«Du hast wieder eine Hilfe im Laden? Seit wann das denn?» Kurt blickte ihn erstaunt an, und als Siggi keine Antwort gab, fuhr er fort. «Nun, die kennt dich wohl noch nicht so gut wie ich. Deine Beobachtungsgabe war nämlich noch nie die beste. Weißt du noch, als du geglaubt hast, bei einer Wanderung auf dem Eifelsteig ein Känguru im Gebüsch gesehen zu haben?»

«Es war wirklich ein ungewöhnlich großer Hase», rechtfertigte Siggi seinen Irrtum. «Der Fehler hätte jedem passieren können.»

«Und damals, als du behauptet hast, der Milliardär Rockefeller hätte in der Bäckerei gegenüber unserer Grundschule Bienenstich gekauft?»

«Es *war* Rockefeller!», erwiderte er aufgebracht.

Kurts darauf folgendes Lächeln war so milde, dass der Antiquitätenhändler es ihm gern aus dem Gesicht geboxt hätte. «Siggi, du hattest schon immer eine blühende Fantasie. Und auch Gunnar weiß das. Er kennt dich genauso lange wie ich. Wenn Gunnar deine Geschichte anzweifelt, dann ...»

«... solltest wenigstens du zu mir halten», brummte er und leerte seine Bierdose in einem Zug.

«Ich halte immer zu dir», widersprach Kurt. «Aber deswegen muss ich dir ja nicht jedes Wort glauben. Kommen wir beispielsweise auf diese beiden Forellen zu sprechen, die du *angeblich* heute geangelt hast. Meinst du nicht, die hast du eher aus deiner Tiefkühltruhe gefischt?»

Anstatt zu antworten, öffnete Siggi eine zweite Dose Bier und trank hastig einige Schlucke, um nicht antworten zu müssen. Anschließend lenkte er das Gespräch zurück auf Kurts Börsengeschäfte. Da dem nun wiederum dieses Thema nicht zusagte, versanken die Männer bald darauf in Schweigen.

«Ich habe ein Bild gefunden. An meiner Wand», sagte Siggi schließlich. «Ich schwöre dir, ich habe es noch nie zuvor gesehen. Das muss der Tote dort hingehängt haben. Oder sein Mörder.»

«Tote hängen keine Bilder auf.»

Siggi wünschte sich, er hätte Kurt die tiefgefrorene Forelle um die Ohren gehauen. Dieser fuhr ungerührt fort: «Du hast so viel Kram an deinen Wänden hängen, wie willst du dich da an jedes einzelne Bild erinnern? Ist es wenigstens hübsch?»

«Nein!», fauchte Siggi und korrigierte sich gleich darauf. «Ja, irgendwie schon. Aber ich frage mich, ob es von besonderer Bedeutung ist. Doro, meine Angestellte, hat heute etwas zu mir gesagt: Sie meinte, Kunst sei manchmal eine gute Tarnung für ein Geheimnis.»

«Mich interessiert dein Bild nur, wenn es auch wertvoll ist. Dann darfst du es mir gern zum Geburtstag schenken.» Er schob eine der Forellen auf einen Teller und reichte ihn an Siggi weiter.

Sie vertilgten ihren Fisch, der glücklicherweise besser schmeckte, als er aussah, und verabschiedeten sich recht früh voneinander. Nicht, ohne sich für übermorgen, Donnerstag, zu einem zweiten Versuch, einen Hecht aus dem Wasser zu ziehen, zu verabreden.

Siggi verdrängte den Gedanken an die zwei Bier, während er mit dem Transporter heimwärts fuhr, und mied bewusst jeden ihm bekannten Schleichweg, an dem Gunnar mit Vorliebe Kontrollen aufstellte. Seiner Meinung nach war man in angetrunkenem Zustand vor der Polizei nirgendwo sicherer als auf der Hauptstraße. Zudem sah er im Gegensatz zu Gunnar auch nach zwei Dosen Bier noch nicht doppelt. Unfassbar, dass jemand dem Mann jemals einen Führerschein ausgestellt hatte.

Es dämmerte bereits, als er die Stufen zu seiner Wohnung emporstieg, wo er beim Betreten der Küche stürmisch von Lola begrüßt wurde. Auf dem Esstisch erwartete ihn die Webarbeit, die ihn noch immer vor ein Rätsel stellte. Doch Siggi fühlte sich inzwischen zu müde, um noch mehr Zeit mit sinnlosem Grübeln zu verbringen.

Er ließ das Bild, wo es war, und tappte in sein Schlafzimmer, den einzigen Ort, an dem er der Gemütlichkeit den Vorzug gegenüber Antiquitäten und Originalität gegeben hatte, und sank in die Kissen.

Das Bett, extrabreit und elektrisch verstellbar, besaß eine Massagefunktion, die besonders Lola zu schätzen wusste. Gerade als die Hündin wie selbstverständlich den Platz am Fußende in Beschlag nahm, klingelte Siggis Handy. Und ein Blick auf den Namen des Anrufers zeigte ihm, dass Anton, die Nachteule von Köln, soeben erwacht war. Sofort nahm er das Gespräch an.

«Wundervoll!», schallte es statt einer Begrüßung aus dem Telefon. «Ich habe es ja gleich geahnt, als ich den Katalog der Weltausstellung in die Finger bekam.»

«Weltausstellung?», wiederholte Siggi verblüfft. «Welche Weltausstellung denn?»

«Die von 1900 in Paris. Neben dem Dieselmotor und der Rolltreppe konnte man dort auch ein ganz bestimmtes Kunstwerk bewundern, und nun steht es vermutlich in deinem Laden. Der Künstler ist ein Österreicher namens Metzner, und es gab nur eine Handvoll Exemplare. Alle verschollen. Bis auf deins.»

«Ich habe ja gleich geahnt, dass mehrere Teile existiert haben müssen», rief Siggi aus und war sehr zufrieden mit seiner *angeblich* schlechten Beobachtungsgabe, wie Kurt sich ausgedrückt hatte. «Der halbe Pavillon ist ein eindeutiger Hinweis auf die Unvollständigkeit des Motivs.»

«Was denn für ein Pavillon?» Jetzt klang Anton verdutzt.

«Na, der am Rand, guck doch mal genau hin», rief Siggi und kehrte mit dem Handy am Ohr in die Küche zurück, wo er das Gartenmotiv erneut betrachtete. «Hast du das mampfende Eichhörnchen neben dem Baumstumpf gesehen? Alles in allem ist es eine liebevoll gestaltete Arbeit. Nur hätte ich sie viel älter geschätzt.»

In Antons Antwort auf diese Einschätzung schwang Entsetzen mit. «Mein lieber Mann, kauf dir eine Brille, Siggi. Dein Eichhörnchen ist ein Frosch, das erkennt doch sogar ein Blinder.»

«Ein Frosch?» Ein paar Sekunden lang starrte der Antiquitätenhändler ratlos auf das putzige Nagetier mit dem buschigen Schwanz, als er zur gleichen Zeit wie sein Freund Schauer begriff, was in ihrem Gespräch gerade schieflief.

«Du sprichst doch nicht etwa von der komischen Porzellanfigur?», rief Siggi aus.

«Natürlich rede ich von dem Froschkönig, wovon denn sonst? Etwa von dem Stück Teppich, dessen Foto du mir geschickt hast?»

«Es ist ein Teppich?», wiederholte Siggi und strich über die Brandlöcher im gewebten Rasen.

«Ganz genau. Allem Anschein nach hast du da einen Wandteppich ausgegraben», fuhr Anton fort. «Oder eine Tapisserie, das lässt sich auf dem Foto nur schwer erkennen, aber wir wollen nicht spitzfindig werden. Alt ist das Stück zweifellos, da stimme ich dir zu. Dem Motiv und dem Farbspiel nach könnte es im späten Barock entstanden sein, eventuell auch erst im Rokoko. Ich vermute, es handelt sich um einen kleinen Teil vom Ganzen. Das Gesamtkunstwerk könnte aufgrund des Alters nicht mehr ansehnlich gewesen sein, und jemand hat dieses Stück einfach herausgeschnitten. Ich denke nicht, dass es von großem künstlerischen oder historischen Wert ist. Das wirst du höchstens an einen Liebhaber verkaufen können.»

«Ich habe es im Austausch gegen eine Leiche bekommen», sagte Siggi. «Allerdings hat mich niemand gefragt, ob ich mit diesem Handel auch einverstanden bin.»

«Wenn das ein Witz sein soll, Siggi, verstehe ich ihn leider nicht.»

«Glaub mir, es ist alles andere als ein Witz. Wenn du etwas Zeit hast, erzähle ich dir alles», schlug Siggi vor. Er war so müde, dass ihm fast die Augen zufielen, doch gleichzeitig brannte er darauf, Anton einzuweihen, der ihm hoffentlich glauben würde.

Dieser lauschte geduldig, während Siggi ihm von dem Toten in seinem Sessel berichtete, ohne ihn auch nur ein einziges Mal zu unterbrechen. Anschließend fragte er: «Glaubst du, es gibt eine Möglichkeit herauszufinden, wer der Tote war? Irgendwo muss der Mann schließlich fehlen. Er hatte vielleicht Familie oder Freunde, und er muss ihnen erst kürzlich abhandengekommen sein. War der Leichnam noch frisch? Hast du an ihm gerochen?»

«Werd bloß nicht ekelhaft. Ich schnuppere doch nicht an einer Leiche! Trotzdem weiß ich, dass er taufrisch war. Noch warm, um genau zu sein. Eine besondere Duftmarke hat er trotzdem mitgebracht. Nämlich die seines Rasierwassers, das so alt gewesen sein muss, wie ich mich nach diesem Tag fühle.»

«Wirst du versuchen, mehr über ihn herauszufinden?»

Eine Welle der Erleichterung spülte über Siggi hinweg. Nachdem Kurt ihm kaum mehr Glauben geschenkt hatte als Gunnar, ging Antons Vertrauen ihm runter wie Öl. Und wie schon so oft war ihm der Kunstexperte in seinen Überlegungen bereits einen Schritt voraus, denn eine Identität und ein soziales Umfeld, egal wie klein, hatte doch so ziemlich jeder. Irgendwo fragte sich gerade jemand, was aus dem Toten in seinem Laden geworden war.

«Wenn Wandteppich und Leiche zur gleichen Zeit in dein Leben traten, drängt sich der Verdacht auf, dass zwischen beiden ein Zusammenhang besteht», fuhr Anton in seinen Überlegungen fort. «Möglicherweise führt dich das eine zum anderen. Wo ist dieses ominöse Bild denn jetzt?»

«Es liegt vor mir auf dem Küchentisch», erwiderte Siggi.

«Ein Bild, das Teil eines Rätsels ist, in dem ein Toter vorkommt? Hältst du das für schlau?»

«Komische Frage.» Siggi runzelte die Stirn. «Glaubst du, dass von diesem Bild irgendeine Gefahr ausgeht?»

«Nicht von dem Kunstwerk direkt, aber eventuell von den Menschen, die daran ein Interesse haben. Warum auch immer es bei dir gelandet ist, es kam nicht allein, und sein Begleiter ist tot. Sei vorsichtig, Siggi. Lass es nicht aus den Augen, und beweg dich nicht vom Fleck, bis ich bei dir bin», sagte Anton.

«Du kommst her?», fragte Siggi. «Wegen eines Bildes, das deiner Meinung nach kaum was wert ist?»

«Nein, wegen dir. Gute Freunde sind schwer zu finden, da werde ich dich unter diesen Umständen doch nicht allein lassen.»

«Unter welchen Umständen denn?», fragte Siggi, doch Anton hatte bereits aufgelegt.

Mit einem Mal wirkte das Motiv des Wandteppichs weniger heiter. Pfau und Eichhörnchen starrten ihn finster an, und über dem Garten schienen sich dunkle Wolken zusammenzubrauen, die ihm zuvor gar nicht aufgefallen waren. Es war, als hätte etwas Böses in seinem Haus Einzug gehalten: ein alter Teppich, der Todesopfer forderte.

«Hirngespinste», sagte Siggi laut und wurde sich mit einem Mal seiner Einsamkeit bewusst. Nicht einmal sein Hund war bei ihm, um finstere Gedanken oder notfalls Mörder zu vertreiben. Lola würde das Bett noch nicht mal bei einem Erdbeben verlassen. Doch für Siggi war an Schlaf nicht mehr zu denken. Seufzend fügte er sich in sein Schicksal und kochte sich einen starken Kaffee, um die kommenden Stunden, bis sein Freund eintraf, zu überstehen.

Er kannte Anton schon einige Jahre. Der hatte, wie er selbst, eine Schwäche für schöne Dinge. Anton behauptete, schon als Kind seine Nachmittage damit zugebracht zu haben, verschiedene Sammlungen in Form von Briefmarken, Münzen, Muscheln und Weinflaschenetiketten anzulegen. Später hatte sich sein Interessengebiet dann stetig erweitert, und inzwischen gehörten ihm zwei Kunstgalerien in Köln.

Ihre Freundschaft hatte begonnen, als Anton auf einer Auktion mehr aus Versehen einen Schrankkoffer ersteigerte, indem er zur falschen Zeit den Arm hochriss, um einem Bekannten zuzuwinken. Das Auktionshaus war keinesfalls bereit, den Handel zu annullieren, und so stand Anton am Ende des Tages mit einem Koffer voller Zirkuskostüme da.

Eher aus Mitleid war Siggi an ihn herangetreten, hatte den Koffer in Augenschein genommen und behauptet, er würde jemanden kennen, der das gute Stück herrichten könnte, und hätte auch schon einen Käufer bei der Hand. Er bot Anton an, den Koffer mitzunehmen, aufarbeiten zu lassen und gewinnbringend zu verkaufen. Für Anton sollte der Auktionspreis herausspringen, wenn er selbst alles, was darüber lag, behalten durfte.

Anton, der froh gewesen war, das sperrige Gepäckstück voller Lumpen so einfach wieder loszuwerden, schlug ein und hatte sein Geld schon am nächsten Monatsanfang zurück. Wie viel Gewinn Siggi der Koffer damals eingebracht hatte, wusste er nicht mehr, und es war ihm auch egal. Doch dieser Begegnung mit Anton waren viele weitere gefolgt, und inzwischen waren sie beinahe täglich im Austausch über lohnende Objekte, den Fischfang und gute Weine. Auch wenn er von Weinen so viel verstand wie Anton vom Angeln, nämlich gar nichts. Trotzdem gab es nicht viel, was sie nicht miteinander besprachen.

Mit einem gurgelnden Geräusch brachte sich die Kaffeemaschine wieder in Erinnerung, und Siggi schenkte sich ein. Anton würde bald eintreffen. Er musste nur noch ein oder zwei Stunden die Augen offen halten. Das sollte zu schaffen sein.

Gleichzeitig verschickte Anton Schauer von seiner Kölner Wohnung aus eine Reihe Sprachnachrichten, nahm den Terminkalender zur Hand und strich sorgfältig alle Verabredungen für den nächsten Tag durch. Siggi bedurfte seiner Unterstützung, da mussten andere Termine zurückstehen. Bestimmt würde auch der Kieferchirurg, der ihm am morgigen Tag einen maroden Weisheitszahn ziehen wollte, dafür

Verständnis haben. Es war ja keineswegs so, dass Anton zu feige war, sich dem operativen Eingriff zu stellen, es war nur leider ein ungünstiger Zeitpunkt für Blut und Schmerzen.

So schrieb er auch dem Zahn-Metzger eine kurze Absage, in der er sich dafür entschuldigte, den Termin zum mittlerweile vierten Mal verschieben zu müssen, verdrängte den drückenden Schmerz im Unterkiefer und packte das Nötigste für einen Kurztrip in die Eifel zusammen. Wenn er das Gaspedal seines Chryslers nur ordentlich durchtrat, konnte er schon in einer Stunde dort sein. Und Eile war geboten, denn er hatte in Kriminalgeschichten gelesen, dass auf den Fund der ersten Leiche häufig genug eine weitere folgte. Siggi schwebte demnach vielleicht in größerer Gefahr, als er selber ahnte.

5

Mit einem Ruck schreckte Siggi aus dem Schlaf hoch und sah sich in seiner hell erleuchteten Küche um. Trotz Kaffee war er kurz eingenickt. Genau wie Lola, die sich zu seinen Füßen zusammengerollt hatte.

Die Deckenlampe tauchte seine Küche in warmes Licht, und vor ihm auf dem Tisch lag noch immer das Stück Wandteppich. Alles schien in Ordnung zu sein, und doch spürte Siggi das Adrenalin durch seine Blutbahnen rasen. Was hatte ihn geweckt? Ein Geräusch? Außer der tickenden Küchenuhr war nichts zu hören.

In diesem Moment gellte die Alarmanlage los, und Siggi sprang augenblicklich vom Stuhl. Während Lola nur träge den Kopf hob und keine Anstalten machte, sich in Bewegung zu setzen, jagte er aus der Küche und die Treppenstufen hinunter.

Auf dem Hof angelangt, entdeckte er sofort die offen stehende Ladentür. Der notdürftig reparierte Lautsprecher darüber gab ein schwaches Jaulen von sich.

Siggi unterdrückte ein Fluchen, fragte sich, was zum Teufel in seinem Leben eigentlich gerade falsch lief, und zog sein Handy aus der Hosentasche. Schon wollte er zum zweiten Mal binnen vierundzwanzig Stunden die Polizei anrufen und einen Einbruch melden, doch der Gedanke an die zerstörerische Kraft des doppelten Gunnar hielt ihn davon ab.

Vorsichtig betrat er den Verkaufsraum und drückte den

Lichtschalter an der Wand. Aber die Deckenlampen blieben dunkel. Sein ungebetener Besuch hatte offensichtlich an alles gedacht. Mit der Taschenlampe seines Handys im Anschlag, die alles um ihn herum in ein geisterhaft blasses Licht tauchte, wagte er sich weiter vor, spähte in jeden Winkel und schlug instinktiv den Weg zur Treppe ein. Wollte man ihm in dieser Nacht ein weiteres Stück von einem alten Wandteppich bringen oder gar noch eine Leiche?

Schon fast routiniert übersprang er die knarrenden Bretter der ersten Stufen, doch je höher er kam, desto mehr fürchtete Siggi, die Eindringlinge würden ihn eher sehen als er sie. Schweren Herzens schaltete er die Taschenlampenfunktion aus.

Auf dem oberen Treppenabsatz blieb er stehen. Noch immer hörte er das Jaulen des Alarms, doch davon abgesehen gab es keinerlei Geräusche. Die Stille in diesem Teil des Ladens hatte etwas Lauerndes. Als ob ihn in der Dunkelheit etwas erwartete, das ihn jederzeit anspringen konnte. Siggi ging den schmalen Flur entlang und redete sich ein, hier jedem Eindringling klar überlegen zu sein, da er die meisten Hindernisse und Stolperfallen, die in seinem Laden herumstanden, in- und auswendig kannte. Im Mondlicht, das durch die von Doro geputzten Fenster fiel, waren die Kunstschätze kaum mehr als Schatten auf seinem Weg.

Als Siggi das letzte Zimmer am Ende des Flures erreichte, hielt er vor Anspannung den Atem an.

Ein kurzer Blick auf den orangefarbenen Sessel genügte jedoch, um ihn erleichtert aufatmen zu lassen. Der Platz war leer. Und an der gegenüberliegenden Wand befand sich noch immer ein kahler Fleck. Alles war so, wie es sein sollte.

Da erschien auf einmal ein ausgestreckter Arm in seinem Sichtfeld. Siggi zuckte zurück, doch seine Reaktion erfolgte

Sekundenbruchteile zu spät. Hart traf ihn eine Faust an der Schläfe, sodass er zu Boden ging. Und während er noch die explodierenden Sterne vor seinen Augen bewunderte, hörte er lautes Gepolter auf den Treppenstufen. Doch er war nicht mal in Gedanken fähig, die Verfolgung aufzunehmen.

Als es ihm trotz pochender Schmerzen endlich gelang, sich aufzurappeln, waren die Schritte des Eindringlings bereits verklungen. So schnell er konnte, rannte er ebenfalls die Stufen hinab und wusste im Grunde schon, dass es zu spät war. Der hinterhältige Schlag hatte ihn zu viel Zeit gekostet.

Siggi blieb stehen, versuchte, ruhig zu atmen, und erschrak, als unerwartet ein Licht vor ihm aufleuchtete. Ein Licht, das langsam auf ihn zukam. Hatte der Einbrecher etwas vergessen und kehrte noch einmal zurück?

Sofort griff Siggi nach dem erstbesten Gegenstand und hob ihn hoch, bereit zuzuschlagen. Da hielt das Licht abrupt inne, und eine Männerstimme fragte: «Sag mal, spielst du Verstecken mit dir selbst, oder was ist hier los?»

Siggi brauchte einen Moment, um die Stimme zu erkennen. Er ließ seine Hand sinken, mit der er die geschnitzte Krippenfigur eines Schäfers samt Lamm gegriffen hatte.

«Anton», rief er. «Bin ich froh, dass du da bist. Hast du den Kerl erwischt?»

«Was für einen Kerl denn?» Anton richtete den Schein seiner Handylampe auf die nähere Umgebung. «Deine Tür stand offen, da wollte ich lieber einmal nachsehen, was sich hier drinnen so tut. Hab ich etwas Entscheidendes verpasst?»

«Das weiß ich noch nicht.» Vorsichtig betastete Siggi die Stelle an seinem Kopf, an der ihn der Schwinger des Angreifers getroffen hatte. «Sicher ist, dass ich heute schon zum zweiten Mal ungebetenen Besuch hatte. Bald geben sich die

Einbrecher und Mörder bei mir regelrecht die Klinke in die Hand.»

«Zwei Einbrüche innerhalb von vierundzwanzig Stunden.» Anton schnalzte mit der Zunge. «Dein Laden erfreut sich gerade großer Beliebtheit, wie mir scheint.» Ein klackendes Geräusch verriet, dass sein Freund soeben vergeblich einen Lichtschalter betätigt hatte. «Wo ist denn dein Sicherungskasten?»

«Ganz am Ende gleich neben der Hintertür. Geh allein, ich habe Kopfschmerzen. Der Mistkerl hat mich mit einem einzigen Schlag auf die Bretter geschickt.»

«Bist du ernsthaft verletzt?» Anton richtete die Lampe mitten auf Siggis Gesicht.

«Muss wohl, denn ich kann nichts mehr sehen. Hör auf damit!»

«Sieh es positiv.» Sein Freund ließ die Hand mit dem Handy sinken. «Du bist am Leben. So eine Verbrecherjagd im Dunkeln hätte auch anders ausgehen können.»

Siggi grunzte unwillig, und Anton bahnte sich, begleitet von leisen Flüchen, einen Weg durch die Antiquitäten. Wenige Augenblicke später wurde es hell um sie herum.

«Ah, hier steht ja auch die Federschale mit dem Froschkönig», hörte er Anton rufen. «Er ist wirklich in einem tadellosen Zustand. Es ist dir doch recht, wenn ich mit dem Interessenten Kontakt aufnehme?»

«Dieses Teil ist mir im Moment völlig egal», rief Siggi zurück. «Irgendetwas Merkwürdiges geht in meinem Haus vor sich, und ich will wissen, was es ist!»

«Verständlich.» Anton kam auf ihn zugeschlendert, in der Hand noch immer sein Handy. Der Kunstexperte wirkte stets wie frisch aus dem Ei gepellt, er trug ein weinrotes Sakko zu einer grauen Hose. Das Haar lag in wohlfrisierten Wellen eng am Kopf, als wäre er einer Fernsehserie der Siebzigerjahre entsprungen, und auf seinen polierten Lackschuhen spiegelte sich das Licht der Deckenlampe.

Mit einer Siggi schon vertrauten Geste schob Anton sich die goldgerahmte Brille höher auf die Nase und musterte ihn prüfend. «Nun, der Kopf ist zumindest noch dran, auch wenn du ihn gerade bestimmt gern gegen einen anderen eintauschen würdest», sagte er. «Was ist passiert?»

«Das ist doch wohl klar, oder? Ich wollte mein Zuhause verteidigen und habe den Kürzeren gezogen.» Siggi betastete erneut seinen pochenden Schädel. «Oder anders gesagt: Der Mörder ist an den Tatort zurückgekehrt. Doch diesmal hat sein Opfer knapp überlebt.»

«Du bist dir sicher, dass es ein Mann gewesen ist?» Anton legte den Kopf schief und begutachtete noch immer Siggis Schläfe. «Ich sehe da einen bösen Kratzer neben deinem Ohr, der durchaus von einem Ring stammen könnte.»

«Auch Männer tragen Ringe.»

«Dir passt der Gedanke nicht, einem schlagkräftigen Frauenzimmer vor die Füße gefallen zu sein, was?» Anton grinste.

«Ich liege zwar gern mal einer starken Frau zu Füßen, aber wenn das da oben ein weibliches Wesen war, verzichte ich auf ein Rendezvous bei Kerzenschein.» Siggi blickte unwillig in Richtung Treppe. «Eigentlich konnte ich nicht viel erkennen. Da war ein Arm, und dann machte es auch schon bum. Ich frage mich, was es da oben zu holen gibt.»

«Sehen wir doch einfach mal nach.» Elegant schritt Anton die Stufen hinauf und wartete, bis Siggi ihm folgte. «Außerdem solltest du dich auch noch fragen, wer eigentlich weiß, wo dein Sicherungskasten hängt, und das Licht im Laden ausschalten konnte.»

Ein bemerkenswerter Punkt. Doch als er darüber nachdachte, gab die Spur nicht viel her. «Jeder Kunde, der sich die Zeit nimmt, alle Ausstellungsräume zu erkunden, kommt irgendwann daran vorbei. Es ist ein Sicherungskasten, kein Safe, den man hinter einem Bild verstecken würde.»

«Das hättest du besser mal getan», meinte Anton, betrat den Ort von Siggis Niederlage als Erster und zog tatsächlich eine Lupe aus der Innentasche seines Sakkos.

«Lass mich raten: Eines deiner großen Kindheitsidole war Sherlock Holmes?»

«Nein, Edgar Wallace. Und auch dessen Ermittler gingen gründlich vor», erwiderte Anton und begann mit einer genauen Untersuchung des Zimmers.

Siggi stand nur da und beobachtete seinen Freund. Die noch immer in der Obstschale liegenden Überreste der Vierkantvase schienen es Anton besonders angetan zu haben.

«Das war die Polizei», stellte Siggi klar. «Gunnar hat Probleme beim Geradeausgucken und hat das Stück zerdeppert. Das hat rein gar nichts mit der Leiche zu tun.»

Doch Anton fuhr unbeirrt fort, die Scherben in Augenschein zu nehmen. «Ich sehe dunkle Fasern am Fuß der Keramik, gleich neben der Signatur des Künstlers», stellte er fest. «Winzige Rückstände von etwas, das an Wolle oder noch eher an Filz erinnert. War das schon so, als du die Vase gekauft hast?»

«Das weiß ich doch nicht, Spürnase», knurrte Siggi. «Für gewöhnlich lege ich Kunst nicht unters Mikroskop.»

«Was sich nun als Nachteil herausstellt», erwiderte Anton. «Wo hat die Vase zuletzt gestanden?»

«Dort oben.» Siggi wies auf ein Regalbrett hoch oben an der Wand und erstarrte. «Gunnar hat behauptet, sie mit dem Ellenbogen heruntergestoßen zu haben.»

«Völlig unmöglich. Oder steht dieser Gunnar als größter

Mann der Eifel im Guinnessbuch der Rekorde?», frotzelte Anton.

«Nein, natürlich nicht. Er ist sogar etwas kleiner als ich.» Siggi versuchte, seine Gedanken zu ordnen. «Gunnar kann die Vase nicht von ihrem Platz gestoßen haben. Das würde bedeuten ...»

«... dass dein Polizistenkumpel aus irgendeinem Grund gelogen hat. Was keinen Sinn ergibt, wenn er trotzdem zugibt, die Keramik zerstört zu haben. Es sei denn, sie stand an einem anderen Platz, als er mit ihr zusammentraf», schlussfolgerte Anton.

«Meine Leiche trug einen verbeulten schwarzen Filzhut.»

«In dem Fall habe ich schlechte Nachrichten für dich», meinte Anton. «Dieser Gunnar hat die Mordwaffe in jede Menge Einzelteile zerlegt. Dem Toten wurde höchstwahrscheinlich mit deiner Vierkantvase der Schädel zertrümmert.»

«Und so einen Schlag soll sie gut überstanden haben, nur um dann nach Gunnars Ellenbogenstoß am Boden zu zerschellen?», fragte Siggi ungläubig.

Anton zückte noch einmal die Lupe und betrachtete das Stück Vasenfuß in seiner Hand. «Das ist beste Keramik, aber jeder Krug geht halt nur so lange zum Brunnen, bis er bricht. Wir dürfen festhalten, dass Zander-Vasen Einweg-Mordinstrumente sind und einem zweiten Aufprall nicht standhalten.»

«Das hätte den Künstler zu seinen Lebzeiten bestimmt interessiert.» Siggi zog eine Grimasse. «Mit dem Gütesiegel wäre er reich geworden.»

«Ich frage mich, was passiert wäre, wenn du dem Toten den Hut abgenommen hättest.» Anton wog die dickwandige Scherbe in seinen Händen. «Möglicherweise wäre dir dann sein Hirn auf die Schuhe gefallen. Andererseits muss ein tödlicher Schädelbruch nicht zwangsläufig mit Unmengen von Blut einhergehen.»

Er warf Siggi die Scherbe zu, der sie geschickt auffing, dann richtete Anton seine Aufmerksamkeit wieder auf den Sessel und seine Umgebung. Langsam wanderte er umher und rüttelte fast beiläufig am Fenstergriff. «Verschlossen. Was für eine Enttäuschung. Es hätte das Rätsel der verschwundenen Leiche lösen können, aber so einfach macht es uns der Mörder wohl nicht.»

Siggi schwieg und besah sich das Bruchstück der Vierkantvase. Ihm war soeben klar geworden, was für ein großes Glück es war, dass diese Vase dem Mörder heute Nacht kein zweites Mal zur Verfügung gestanden hatte. Musste er Gunnar jetzt sogar dankbar sein?

«Lauter hübsche Antiquitäten», stellte Anton fest. «Aber ich sehe keinen Grund, für eine von ihnen einen Einbruch zu begehen, geschweige denn einen Mord. Hast du etwas dagegen, wenn ich mich auch einmal in den anderen Räumen umsehe?»

«Nur zu. Aber das hat Doro auch schon getan», erwiderte Siggi und legte die Scherbe zurück in die Obstschale.

«Doro?» Antons Brauen hoben sich.

«Meine neue Reinigungskraft. Hübsch, aber seltsam. Sie hat sich gewissermaßen selbst eingestellt. Ich hole mir erst mal etwas zum Kühlen für meine Beule, während du hier weiter Detektiv spielst.»

«Tu das», erwiderte Anton und begab sich mit gezückter Lupe hinaus in den Flur.

Siggi kehrte in seine Küche zurück, wo Lola trotz des gellenden Sirenentons friedlich am Boden lag und ihm triefäugig entgegenblickte.

«Du bist ein miserabler Wachhund», stellte er nicht zum ersten Mal fest und entnahm dem Eisfach eine Packung Tiefkühlspinat, die er sich an die Schläfe drückte. Anschließend brachte er die Alarmanlage zum Verstummen und hörte schon Antons leichtfüßige Schritte auf der Treppe. Einen Augenblick später stand der Kunstexperte in seiner Küche und wirkte wie das blühende Leben. Dies hier war seine Zeit, während Siggi immer stärker die Auswirkungen der Kopfverletzung und des Schlafmangels spürte. Er sehnte sich nach seinem Bett.

«Willst du einen Kaffee?», fragte er Anton und kannte doch schon die Antwort.

«Nein, vielen Dank. Aber bei einem Glas Rotwein läuft mein Verstand zu Höchstformen auf.» Da entdeckte sein Freund die Tapisserie auf dem Küchentisch. «Ah, es ist noch da. Es wäre immerhin möglich gewesen, dass der Einbruch nur ein Ablenkungsmanöver sein sollte, um dich aus deiner Wohnung zu locken.»

«Warum sollte jemand das Bild stehlen wollen, nachdem er es hier absichtlich zurückgelassen hat?», fragte Siggi irritiert und ließ die Spinatpackung sinken.

«Weißt du etwa genau, mit wie vielen Parteien wir es zu tun haben?», gab Anton zu bedenken. «Der eine bringt dir etwas, der andere haut dir fast den Schädel ein, und niemand fragt dich dabei um Erlaubnis.» Seine Fingerspitzen strichen über die versengten Stellen auf der Webarbeit. «Wir wissen zum jetzigen Zeitpunkt einfach zu wenig über das, was hier vor sich geht. Aber das werden wir ändern.»

Während Siggi noch über die Worte seines Freundes nachdachte, hielt ihm dieser ein in rosa Glitzer verpacktes Handy unter die Nase. «Das habe ich in deinem Porzellanzimmer gefunden. Dir gehört es vermutlich nicht, oder?»

Siggi schüttelte heftig den Kopf, bereute dies augenblicklich und presste sich rasch wieder den Spinat an die Schläfe.

«Das dachte ich mir. Diesen Glitzerkram findet man eher bei Frauen oder Mädchen.» Anton öffnete das funkelnde Etui und drückte die Knöpfe des fremden Handys. «Mal sehen, was die Besitzerin einer solch infantilen Handy-Hülle wohl als PIN-Code verwendet haben könnte», murmelte Anton und begann, auf die leuchtenden Zahlen zu drücken. «Ich versuche es mal mit eins, zwei, drei, vier … und Überraschung: Wir sind drin. Warum legen die Menschen so wenig Kreativität an den Tag, wenn es darum geht, ihr Eigentum zu schützen?»

Vor Siggis geistigem Auge blitzte eine Erinnerung an Doro auf, die auf der Flucht vor Lola in den Korbsessel gekrochen war. «Hast du das Ding rein zufällig zwischen ein paar Kissen gefunden?»

«Richtig geraten.» Anton studierte einen Chatverlauf und tippte auf das Display, um die letzte Sprachnachricht abzuhören.

Siggi erkannte Doros Stimme sofort und hörte sie im Flüsterton sagen: «Ich habe die erste Hürde genommen. Ob du es glaubst oder nicht, er hat mich eingestellt. Ich habe einfach angefangen zu arbeiten und hinterher so getan, als wäre alles zwischen uns bereits geklärt. Ich fürchte, er zweifelt jetzt an seinem Verstand, aber das geht vorbei. Hach, das hat gutgetan, dass mal jemand anders als ich völlig perplex war. Alles Weitere erzähle ich dir später.»

Siggi sog scharf die Luft ein. Diese Information musste er erst mal verdauen. Gut, er war also übertölpelt worden. Aber dafür hatte er jetzt immerhin eine fleißige Reinigungsfrau. Oder war sie viel mehr als das?

«Die Nachricht ging an jemanden namens Isä. Komischer

Name. Könnte es eine Koseform für Isabella sein?» Anton scrollte den Chatverlauf hinauf. «Isä bekommt fast täglich Nachrichten von der Besitzerin dieses Handys. Der Inhalt scheint mir durchweg belanglos, aber diese letzte Sprachnachricht wirkt im Licht der jüngsten Ereignisse doch etwas seltsam. Oder was meinst du?»

«Das Telefon gehört Doro, und ich sagte ja schon, dass sie seltsam ist», erklärte Siggi. «Sie hat mich einfach überrumpelt und jeden Besen und Staubwedel an sich gerissen.»

«Das war dann wohl besagte erste Hürde, und sie hat sie ziemlich problemlos genommen, was? Wenn ich du wäre, würde ich sie morgen wieder feuern. Oder nein!» In Antons Augen trat ein unheimliches Leuchten. «Tu das lieber nicht. Möglicherweise ist sie der Schlüssel zu diesem Rätsel.»

«Ich soll sie behalten, ohne zu wissen, was ich mir da ins Haus hole?», vergewisserte sich Siggi.

«Im Haus ist sie bereits», sagte Anton. «Und solange du ihr nicht zu sehr vertraust, ist das Risiko überschaubar. Behalte diese Dame im Auge, lass sie nie allein und fürchte sie, falls sie plötzlich mit einer Vase in der Hand hinter dir stehen sollte.»

Er beugte sich über den Wandteppich und zückte erneut seine Lupe. Dann drehte er das ganze Kunstwerk herum und musterte die Schnittstellen. «Es war tatsächlich einmal Teil eines größeren Teppichs, und er muss prächtig gewesen sein.»

«Das glaube ich auch.» Siggi war dankbar für den Themenwechsel. Der Gedanke an Doro mit einer Vierkantvase im Porzellanzimmer war erschreckend. «Ich schätze, der hat einmal in einer Eingangshalle gehangen, die größer ist als meine ganze Wohnung. Natürlich, bevor ihn jemand zerschnitten hat.»

«Nein.» Anton schüttelte den Kopf. «Tapisserien wie diese, und jetzt sehe ich genau, dass es eine Tapisserie ist, dienten in ihren farbenfrohen Landschaftsmotiven oft der optischen Vergrößerung eines Raumes. Er wird also kaum in einer prächtigen Halle gehangen haben, sondern in einem etwas privateren Teil des Hauses. Möglicherweise in einem Ankleide- oder Arbeitszimmer.»

«Kannst du mehr darüber herausfinden?», fragte Siggi.

«Ich werde ein bisschen herumfragen, ein paar Mails verschicken und die Tapisserie genauer untersuchen. Dieses Teilstück zeigt unverwechselbare Elemente wie etwa den Pfau, das Eichhörnchen und den Pavillon. Gut möglich, dass es dem einen oder anderen Historiker bekannt vorkommt. Ich will dir aber nicht zu viel versprechen, Siggi. Es ist ebenso denkbar, dass ich nur kollektives Schulterzucken ernte.»

«Versuch es trotzdem», bat Siggi. «Ich muss wissen, was vor sich geht und warum man mir das Ding an die Wand gehängt hat. Ein Mann ist tot, und ich hab fast ein Loch im Kopf.»

«Du hast eine Schramme an der Schläfe.» Um Antons Mundwinkel zuckte es. «Aber gut, ich fange sofort an.» Anton setzte sich an den Küchentisch. «Wie war das jetzt mit dem Rotwein?»

6

Als die Sonne aufging und ihre ersten Strahlen durch das Küchenfenster warf, legte Anton seinen Laptop, den er von zu Hause mitgebracht hatte, beiseite und gönnte sich noch einen der wirklich hervorragenden Kekse in Knochenform, die Siggi in einer Dose auf dem Esstisch verwahrte. Sein Weisheitszahn schien sich zu einem Waffenstillstand durchgerungen zu haben, und so hatte er die ganze Nacht hindurch ungestört recherchiert. Fotos der Webarbeit waren an mehrere bekannte Auktionshäuser im ganzen Land gegangen. Er hatte die meisten seiner Kontakte genutzt und musste nun nur noch abwarten, bis die Antworten nach und nach eintrudelten, womit vor dem Schlafengehen nicht mehr zu rechnen war.

Gerade wollte es sich Anton auf der Couch in Siggis Wohnzimmer gemütlich machen, um sich seinen gewohnten Vormittagsschlaf zu gönnen, als jemand gegen die Wohnungstür polterte. Neugierig warf er einen Blick durch den Spion und blickte auf den Scheitel einer weiblichen Person, die etwas unter der Fußmatte zu suchen schien. Als er ihr öffnete, hob sie den Kopf und sah ihn verständnislos an.

«Falls Sie einen Nachschlüssel benötigen, um bei Siggi einzubrechen, darf ich Ihnen sagen, dass er zu klug ist, um ihn unter der Fußmatte zu verstecken», verkündete Anton mit ernster Miene. «Oder sollten Sie etwa dort unten ihr Handy vermuten?»

«Sie haben es also gefunden?» Ein Strahlen ging über ihr zart geschminktes Gesicht mit der kecken Himmelfahrtsnase, und auf ihren Wangen erschienen Grübchen. Er schätzte sie auf Anfang vierzig. «Ich war schon völlig verzweifelt, wissen Sie? Mein Handy ist quasi mein Leben, da ist einfach alles drin. Meine Termine, meine Fotos ...»

«Und unter anderem auch Ihre Uhr», ergänzte Anton. «Sonst wäre Ihnen wohl aufgefallen, wie früh es ist. Siggi schläft noch. Aber wenn Sie bereits den Wischmopp schwingen wollen, steht Ihnen die Ladentür offen. Sie lässt sich gar nicht mehr schließen, fürchte ich.»

«Das würde ich gern tun. Wenn ich nur zuerst mein Telefon zurückhaben könnte. Wer sind Sie eigentlich? Siggis Lebensgefährte oder so etwas Ähnliches?»

«Eher etwas Ähnliches», beeilte sich Anton zu sagen und musste grinsen. «Kommen Sie nur herein, das Handy liegt irgendwo in der Küche.»

Sie folgte ihm bis an den Esstisch, wobei sie sich auf Zehenspitzen fortbewegte, um ja kein Geräusch zu verursachen, das den Hausherrn hätte stören können. Anton entdeckte die glitzernde Telefonhülle neben der Kaffeemaschine, gab der Frau das Handy aber nicht sofort zurück, sondern fragte stattdessen: «Möchten Sie erst einmal etwas frühstücken? Es ist noch Rotwein da und darüber hinaus diese ganz hervorragenden Kekse. Siggi wird nichts dagegen haben, wenn Sie sich bedienen, ich habe schon reichlich davon verputzt.»

Er wies auf die Dose neben der Tapisserie, die sie nun in die Hand nahm, öffnete und hineinsah. «Das sind Hundekekse», stellte sie fest und sah Anton ungläubig an.

«Wirklich?» Er hob die Brauen. «Das erklärt die eher dezente Süße, nehme ich an. Während er sich mit der einen Hand den Bauch streichelte, um ihn dazu zu ermuntern, die ungewohnte Kost nicht weiter zu hinterfragen und einfach so schnell wie möglich zu verdauen, wies er mit der anderen, die noch immer das Handy hielt, zur Kaffeemaschine. «Dann vielleicht doch lieber ein koffeinhaltiges Heißgetränk?»

«Eine gute Idee. Aber das mache ich schon selbst, vielen Dank.» Sie öffnete den Küchenschrank und nahm Kaffeepulver und Dosenmilch heraus. «Wollen Sie auch eine Tasse?»

«Sehr gern.» Anton beobachtete stirnrunzelnd, wie sie die Schublade aufzog, um einen Löffel herauszunehmen. «Sie kennen sich erstaunlich gut aus. Putzen sie neben Siggis Geschäft etwa auch seine Privaträume?»

«Nein, ich war noch nie hier», sagte sie und zuckte mit den Schultern. «Aber die Menschen sind nicht übermäßig fantasievoll, was die Aufteilung ihrer Küchenschränke angeht. Alles, was man zum Kaffeekochen braucht, befindet sich meist in der Nähe der Maschine, das ist kein Kunststück.»

Anton war beeindruckt. Für jemanden, der den langweiligsten PIN-Code der Welt verwendete, um ihr «Leben», wie sie ihr Handy genannt hatte, vor dem Zugriff anderer zu schützen, erschien sie nun erstaunlich clever.

«Ich bin übrigens Anton, ein guter Freund von Siggi», stellte er sich vor. «Und Sie müssen Doro sein. Darf ich fragen, was Sie vor der Wohnungstür gesucht haben? Etwa wirklich den Nachschlüssel?»

«Nein, mein Handy natürlich», rief sie aus. «Ich konnte die ganze Nacht nicht schlafen, also bin ich früh aufgestanden und hierher zurückgekommen.»

Der Eindruck von Cleverness schmolz wie Butter in der Sonne. «Aber warum haben Sie vor der Wohnungstür gesucht und nicht im Laden, wenn Sie hier oben gar nicht putzen? Das ist nicht logisch, im Gegensatz zu dem Platz, an dem Siggi seine Löffel verwahrt.»

«Ich weiß.» Sie zuckte erneut mit den Schultern. «Ich wollte besonders gründlich vorgehen, und irgendwo musste ich schließlich anfangen.»

Anton wollte ihr gerade erklären, wie wenig sinnvoll es war, eine Suche an einem Ort zu beginnen, an dem sich das vermisste Objekt gar nicht befinden konnte, als sie auf das Bild mit dem Pfau deutete.

«Was ist das denn? Ist es wertvoll?»

«Das weiß ich noch nicht», gab Anton zu. «In jedem Fall ist es ein interessantes Stück einer Tapisserie.»

«Das ist eine Tapisserie? Ich hätte es für eine Art Teppich gehalten.» Doro strich, wie vermutlich jeder, der das Bild zum ersten Mal sah, über die versengten Stellen. «Wo liegt der Unterschied zwischen beidem?»

«Nun», Anton straffte die Schultern und fühlte sich voll und ganz in seinem Element. Er genoss es, Fragen von Laien zu beantworten. Es gab ihm das Gefühl einer gewissen intellektuellen Überlegenheit, die ihm besser bekam als Hundekekse. Es war mit ein Grund, warum er seinen Beruf so liebte. «Im Alltag verwenden wir die Worte Wandteppich und Tapisserie recht wahllos für hängende Webarbeiten in Innenräumen. Dabei gibt es sehr wohl einen feinen Unterschied.» Er wies mit dem Finger auf den Pfau im Gras. «Die senkrechten Fäden nennt man Kettfäden, die waagerechten sind die Schussfäden.»

«Wie brutal.» Doro verzog das Gesicht.

Anton ließ sich davon nicht aus der Ruhe bringen. «Während die Schussfäden bei einem Wandteppich immer komplett durch alle Kettfäden gezogen beziehungsweise geschossen werden, wird bei der Tapisserie oft nur ein kleines Stück Schussfaden verwendet und gleich darauf ein andersfarbiges eingesetzt, je nach Motiv, das man darstellen möchte.»

Doro hing bei diesen Ausführungen an seinen Lippen und sah ihn mit großen Augen an. Sie erinnerte ihn an ein staunendes Kind, das allerdings kaum in der Lage war, den Erläuterungen zu folgen.

Und so war er wenig überrascht, als ihre nächste Frage lautete: «Können Sie das bitte noch einmal erklären?»

Siggi erwachte von dem Geruch morgendlichen Hundeatems und schob Lola von seinem Kopfkissen herunter. Anschließend nahm er sich die Zeit, an die Decke seines Schlafzimmers zu starren und den vergangenen Tag Revue passieren zu lassen. Rasch kam er zur folgenden Erkenntnis: Auch wenn er Anton auf seiner Seite hatte, wurmte es ihn, vor dem doppelten Gunnar als Lügner und in Kurts Augen als komischer Kauz dazustehen, der sich alles nur einbildete. Das musste er dringend ändern, doch wo sollte er mit seinen Nachforschungen beginnen?

Nie zuvor hatte er sich als Detektiv versucht, nicht einmal wenn es um Antiquitäten ging, war ihm die Herkunft besonders wichtig. Für besonders knifflige Fälle hatte er schließlich Freunde wie Anton. Und auch jetzt war dieser hoffentlich der Schlüssel zum Erfolg, denn ihre einzige brauchbare Spur war ein Stück Teppich, der schon einmal bessere Tage gesehen hatte.

Ob es Schauer bereits gelungen war, mehr über das «Geschenk» in Erfahrung zu bringen? Oder war sein nachtaktiver Freund beim ersten Strahl der Morgensonne in sich zusammengesackt und mit dem Kopf auf die Tischplatte gesunken?

An diesem Punkt seiner Überlegung angekommen, hörte

er unterdrücktes Gelächter aus der Küche. Das joviale Gewieher konnte Siggi ohne Schwierigkeiten Anton zuordnen. Ganz offensichtlich war der Mann mit Arbeit einfach nicht totzukriegen. Das verlegen klingende Gekicher, das sich daruntermischte, war ihm allerdings fremd.

Seine Neugier war geweckt, er selbst aber hatte noch Schwierigkeiten mit dem Wachsein. Also gönnte Siggi sich ein paar Minuten im Badezimmer, wo er nicht nur eine erfrischende Dusche nahm, sondern auch seine lädierte Schläfe vor dem Spiegel begutachtete. Von dem unschönen Kratzer einmal abgesehen, der sogar noch bis in das Plastik des Brillenbügels verlief, schien der Schaden gering. Mehr um sich ein wenig Mitleid zu sichern, klebte er ein Pflaster auf die Schramme, dann zog er sich an und erkundete zusammen mit Lola, wer da am frühen Morgen in seiner Küche saß.

Es war Doro, die sich prächtig mit Anton unterhielt. Neben der Tapisserie auf dem Küchentisch lag das funkelnde Handy.

«Ich bin ja so froh, dass ihr mein Telefon gefunden habt», rief sie zur Begrüßung und strahlte Siggi an. «Ich war schon ganz verzweifelt.» Heute trug sie ein smaragdgrünes Kleid mit hochgestelltem Kragen und hatte das ohnehin kurze Haar glatt zurückgestrichen.

«Es ist nämlich ihr Leben, wie sie mir gerade erklärt hat», ergänzte Anton.

«Ja, wir sind in der Tat zwei findige Burschen», erwiderte Siggi und warf Anton einen fragenden Blick zu, der ihm verstohlen zublinzelte. Von ihm hatte Doro vermutlich nicht erfahren, wie einfach ihr Handy zu entsperren gewesen war, und das würde wohl so bleiben, solange sie nicht wussten, woran sie mit dieser Frau waren.

«Für heute habe ich mir übrigens eine gründliche Reinigung aller Vitrinen vorgenommen, doch ich habe ja keinen

Schlüssel zum Laden. Deshalb sitze ich jetzt schon seit über zwei Stunden in deiner Küche und trinke Kaffee», fuhr Doro ein wenig vorwurfsvoll fort und warf einen Blick auf die Küchenuhr, deren Zeiger bereits auf neun Uhr zukrochen.

«Aktuell braucht man für die Tür gar keinen Schlüssel. Man kann es mit einem Sprüchlein wie ‹Sesam, öffne dich› versuchen – oder sie auch einfach aufdrücken», sagte Siggi. Doro sah ihn verwirrt an, bevor sie sich mit der flachen Hand vor die Stirn schlug. Eine Geste, die er schon einmal bei ihr beobachtet hatte.

«Stimmt ja», murmelte sie, griff nach ihrem Handy und tippte einige Worte ein, bevor sie es in ihre Rocktasche schob.

Siggi registrierte es verwundert, stellte aber keine Fragen. Stattdessen wandte er sich Anton zu, der ihm gerade unaufgefordert einen Kaffee einschenkte: «Gibt es irgendetwas Neues?»

«Noch nicht, aber ich habe die Angel ja auch gerade erst ausgeworfen. Bildlich gesprochen, natürlich.» Der Kunstexperte rieb sich die Augen. «Ich halte es für möglich, dass die Arbeit aus einer Savonnerie-Manufaktur aus Belgien stammt, zumindest gleicht sie anderen Arbeiten, die aus Brüssel und Umgebung bekannt sind. Aber das ist bisher das Einzige, was ich dir dazu sagen kann.»

«Sie haben eine Angel ausgeworfen, Herr Schauer? Wer soll denn anbeißen?», wollte Doro wissen und schlug kokett die Beine übereinander.

«Ein Mörder.» Anton verzog keine Miene, erhob sich und sah Siggi an. «Jetzt werde ich es mir erst einmal für eine Weile auf deiner Couch gemütlich machen, und dann sehen wir weiter.»

«Ich bin dir sehr dankbar für deine Hilfe», sagte Siggi,

«aber wirst du nirgendwo erwartet heute? Hast du keine Arbeit?»

«Och, das geht schon. Ich habe all meine Termine wohlweislich abgesagt.» Anton wich seinem Blick aus und setzte eine so demonstrative Unschuldsmiene auf, dass Siggi sofort misstrauisch wurde.

«Sag mal, wann war noch gleich der Termin beim Kieferchirurgen, den du schon so oft verschoben hast?»

«Welcher Termin? Ach so, der.» Anton blinzelte. «Ich fürchte, das kann sich noch eine Weile hinziehen.» Mit diesen Worten schlenderte er aus der Küche und verschwand im Wohnzimmer.

«Der alte Feigling hat mich als Vorwand benutzt», stellte Siggi an Doro gewandt fest. «Deshalb ist er so bereitwillig mitten in der Nacht hergekommen.»

Sie schien ihm nicht zugehört zu haben. «Ob er das mit dem Mörder ernst gemeint hat?» Sie wirkte leicht beunruhigt.

«Natürlich hat er das», erwiderte Siggi. «Anton Schauer setzt sich lieber auf die Spur eines Verbrechers als in einen Zahnarztsessel. Lassen wir ihn schlafen und gehen wir an die Arbeit.»

Lola rannte vorneweg, als Siggi, den vollen Kaffeebecher vor sich her balancierend, in gemäßigtem Tempo die Treppe hinunterstieg. Doro folgte ihm auf dem Fuße und plapperte über Krimis, die sie in letzter Zeit gelesen hatte. Offensichtlich beschäftigte sie der Gedanke an den von Anton erwähnten Mörder sehr.

Sie dozierte noch über Mord und Totschlag, als sie bereits gemeinsam den Laden betreten hatten, in dem auf den ersten Blick alles unverändert schien. Siggi nahm seinen Platz neben der Kasse ein und fuhr den Laptop hoch, um die neuesten E-Mails zu lesen, während Doro dazu überging, vor sich hin zu pfeifen und dabei rhythmisch den Inhalt einer Flasche Glasreiniger zu versprühen, die sie soeben aus einer Umhängetasche gezogen hatte. Beides sorgte dafür, dass er sich nur schwer auf den Inhalt seines Posteingangs konzentrieren konnte.

Nachdem er zum dritten Mal dieselbe Nachricht über eine anstehende Haushaltsauflösung gelesen hatte, ohne die wesentlichen Punkte erfasst zu haben, räusperte er sich, woraufhin Doro mit der Arbeit innehielt und ihn fragend ansah.

«Ist etwas nicht in Ordnung?»

«Doch. Ich frage mich nur, ob es möglich ist, die Glastüren einer Vitrine ohne akustische Untermalung vom Fliegendreck zu befreien.»

«Möglich ist es schon», erwiderte Doro spitz. «Es bringt nur deutlich weniger Spaß.»

Danach kehrte für eine Weile Ruhe ein. Der Andrang an Kunden hielt sich an diesem Morgen in Grenzen, lediglich ein kleines Grüppchen plappernder Hausfrauen zog an Siggi vorbei, der höflich grüßte und eine weitere Mail öffnete.

Sie stammte von einer Frau, die recht verzweifelt und angeblich überall nach einem Pendant zu ihrem silbernen Kerzenleuchter suchte, das nirgends aufzutreiben war. In ihrer Verzweiflung hatte sie Siggi eine Fotografie des Schmuckstücks geschickt und versicherte in einem Nachsatz, dass sie für ein zweites Exemplar gleicher Machart über Leichen gehen würde. Das Lachen, das beim Lesen dieser Worte in Siggi aufstieg, blieb ihm im Halse stecken.

Gerade fragte er sich, ob es jemanden gab, der für den Wandteppich in seiner Küche über Leichen gegangen war, und ob die Gefahr, in der er sich befand, unbemerkt stetig wuchs, als hinter ihm ein zischendes Geräusch ertönte. Siggi fuhr mitsamt seinem Drehstuhl herum und sah sich Doro gegenüber, die ihre Flasche mit Glasreiniger im Anschlag hielt und ihn verdutzt musterte. Sofort erinnerte er sich an Antons Warnung, Doro stets im Blick zu behalten und den Moment zu fürchten, in dem sie mit einer Vase in der Hand hinter ihm stand.

«Ich weiß, ich habe diese Frage schon einmal gestellt, aber ist irgendetwas nicht in Ordnung?», fragte sie vorsichtig.

Siggi zwang sich, gelassen zu bleiben. «Alles bestens. Aber warum stehst du plötzlich hinter mir?»

Doro wies stumm auf die Vitrine an der Wand, in der er einige seltene Schmuckstücke aus Silber verwahrte.

«Na gut. Aber kannst du bitte aufhören, dich an mich heranzuschleichen? Ich bin ein alter Mann und würde ungern an einem Herzinfarkt sterben.»

Sie setzte ein unschuldiges Lächeln auf. «Ich könnte ja wieder pfeifen, während ich hier putze. Nur, falls es dich nicht stört.»

Siggi, der wusste, wann er verloren hatte, brummelte etwas Unverständliches und drehte sich zum Bildschirm um, während Doro nun wieder damit begann, eine ihm fremde Melodie zum Besten zu geben. Als sie unvermittelt abbrach, bemerkte er in der Spiegelung auf der kugelförmigen Vase, die seine Kugelschreiber beherbergte, dass sie ihm über die Schulter blickte und mitlas.

«Noch nicht fertig mit der Vitrine?», brummte er und klappte den Laptop zu.

«Doch, doch», rief sie eilig und wuselte davon, um woanders weiterzupfeifen. Nachdenklich blickte er ihr nach und beobachtete, wie sie die Flasche mit dem Glasspray auf einem Visitenkartenteller abstellte, ihr Handy zückte und erneut etwas eintippte. Siggi beschloss, Doros digitalen Kumpel so bald wie möglich gründlich zu filzen. Gut möglich, dass die Frau nur gewissenhaft ihre sozialen Kontakte pflegte. Doch ihm kam es so vor, als wäre jedes von ihr geschriebene Wort eine direkte Reaktion auf die Geschehnisse um sie herum.

Noch einmal las er die Mail der Kundin, die für einen passenden Silberleuchter töten würde, und überlegte angestrengt, was er als Nächstes tun sollte. Als ihn die Erkenntnis wie ein Blitz aus heiterem Himmel traf, sprang er vom Stuhl und lief zurück in seine Wohnung.

7

Lautlos trat Siggi an die Sofakante, zog am Band der seidenen Schlafmaske, die Antons Augen bedeckte, und ließ es wieder los. Mit einem schnalzenden Geräusch klatschte das Gummi auf dessen Wange, und Anton fuhr aus dem Schlaf hoch.

«Wir müssen reden», sagte Siggi laut. «Ich habe eine Idee und brauche deine Hilfe, damit ein Plan daraus wird.»

Anton gab ein unwilliges Knurren von sich, wälzte sich herum und drehte das Gesicht zur Sofalehne.

Siggi ließ sich davon nicht im Geringsten stören. «Mal angenommen, das Bild vom Garten steht im Fokus der Ereignisse, und jemand geht dafür über Leichen. Dann haben wir den Trumpf in der Hand. Wie auch immer es dazu kam, dass der Garten an meiner Wand hängenblieb, ob es eine Botschaft war oder es jemand loswerden wollte: Wir haben es, und ein anderer will es. Vielleicht können wir den Mörder schnappen und ihn der Polizei fertig verschnürt und bereit für den Knast vor die Wache legen. Ich kann es kaum erwarten, Gunnars Gesicht zu sehen.»

«Im Moment sind leider alle Leitungen belegt. Bitte versuchen Sie es später noch einmal», nuschelte Anton. Doch Siggi konnte am Ton seiner Stimme hören, dass sein Freund bereits hellwach war.

«Alles, was wir tun müssen, ist, das Bild zu verkaufen», fuhr er fort.

Einen Moment lang herrschte Stille. Dann setzte Anton sich schlagartig auf, zog die Schlafmaske vom Gesicht und tastete nach seiner Brille, die auf dem Couchtisch lag. Noch während er sie aufsetzte, rief er: «Verstehe ich dich richtig? Du bist auf die Idee verfallen, dieses Stück Teppich könnte das Mordmotiv sein?»

«Ganz genau.»

«Und deshalb willst du ihn verkaufen? Warum? Um das Ding loszuwerden? Oder damit dir ein ahnungsloser Käufer tot vor die Füße fällt und deine Theorie bestätigt?»

«Aber nein, wir verkaufen natürlich nur an den Mörder, und der würde sich wohl kaum selbst um die Ecke bringen», widersprach Siggi und konnte die Begeisterung für seinen Plan kaum zügeln. «Und dadurch wird er sich verraten.»

«Dadurch, dass er überlebt?» Den Kopf in die Hände gestützt, begann Anton, seine müden Augen zu reiben, und murmelte schließlich: «Ich verstehe es einfach nicht. Das muss an der Uhrzeit liegen. Mir ist völlig schleierhaft, was du da wieder für ein Ei ausgebrütet hast, aber es klingt nicht gut, falls du an meiner Meinung interessiert bist.»

«Noch mehr bin ich an deinen Kontakten interessiert. Wir brauchen einen Auktionator. Einen Könner, der seinen Job versteht und darüber hinaus spontan verfügbar ist. Heute ist Mittwoch, ich denke, unsere Falle sollte am Freitag zuschnappen. Bis dahin haben wir noch jede Menge zu erledigen, wie etwa eine große Werbekampagne zu starten. Glücklicherweise habe ich meinen alten Facebook-Account nicht gelöscht. Instagram hab ich auch noch. In welchen sozialen Medien bist du denn unterwegs?»

«Siggi.» Anton zog ein Gesicht, als hätte er in eine Zitrone gebissen. «Du kannst das Bild nicht einfach so an den Meistbietenden verkaufen, es gehört dir doch noch nicht einmal!

Eigentlich wissen wir rein gar nichts darüber. Was, wenn meine Recherchen ergeben, dass es sich um Beutekunst handelt? Dann machst du dich strafbar, mein Freund.»

Siggi schüttelte den Kopf. «Da ich überhaupt gar nicht vorhabe, das Bild herauszugeben, besteht da keinerlei Gefahr.»

«Also, jetzt wird es ja richtig kriminell.» Antons Miene verfinsterte sich. «Wir verkaufen es dem Mörder und geben die Ware nicht heraus? Was meinst du, was dann mit uns passiert? Willst du Wetten darauf abschließen, wer von uns beiden die größeren Überlebenschancen hat?»

«Ganz bestimmt nicht. Und genau deswegen haben wir ja jetzt auch alle Hände voll zu tun», sagte Siggi und zog Anton am Ärmel. «Nun steh schon auf, wir müssen eine Bestellung aufgeben. Selbstverständlich einen Expressauftrag, denn sonst werden wir niemals rechtzeitig fertig. Das Duplikat muss bis Freitag hier sein.»

«Das Duplikat?», wiederholte Anton. Und zum ersten Mal, seit Siggi ihn aus dem Tiefschlaf geholt hatte, schien dieser seinem Gedankengang folgen zu können. «Du willst eine zweite Webarbeit anfertigen und diese Fälschung an den Meistbietenden versteigern, in der Hoffnung, dass nur derjenige das Ding wiederhaben will, der etwas mit der ganzen Geschichte zu tun hat?»

«Du hast es erfasst. Falls es mir allerdings an die Wand gehängt wurde, weil es jemand einfach nur loswerden wollte, ist mein schöner Plan dahin. Aber das glaube ich nicht», erklärte Siggi aufgeregt. «Denn in dem Fall hätte man das Bild auch einfach im nächstbesten Kamin verheizen oder auf den Sperrmüll bringen können. Genau das ist aber nicht passiert, also spielt es eine Rolle. Und zwar eine ganz besondere.»

«Irgendwo bei mir zu Hause muss noch mein alter Schulwebrahmen herumliegen.» Anton sah ihn mit todernster Miene an. «Wenn du gleich anfängst, kannst du bis Freitag schon die Füße vom Pfau geschafft haben. Mal ehrlich, was ist denn in dich gefahren? Wir können doch nicht auf die Schnelle einen Wandteppich nachbasteln.»

«Wir nicht, andere schon», sagte Siggi. «Alles, was wir brauchen, ist eine Firma, die uns ein Foto der Tapisserie auf einen Stoff mit Struktur druckt. Den Rest erledigen wir beide doch im Handumdrehen. Ein bisschen Sonnenlicht, etwas Ruß, ein paar Streicheleinheiten mit der Nagelbürste, und schon sieht die Kopie aus, als hätte sie das ein oder andere Jährchen auf dem Buckel. Anschließend ziehen wir das Werk auf ein paar morsche Latten, verwenden alte Nägel aus einer echten Antiquität und stecken es in einen hübschen Rahmen. Einen Experten wie dich können wir damit natürlich nicht täuschen, aber einen Laien ...»

«Oder einen Mörder, der vermutlich ohnehin gerade unter Strom steht ...» Anton rieb sich nachdenklich das Kinn und sah schon weniger skeptisch drein.

«Das Duplikat wird an den Meistbietenden verkauft, während das Original bei mir bleibt», brachte Siggi die Idee auf den Punkt. «Solange ich nicht weiß, was dahintersteckt, werde ich die Tapisserie zusammengerollt in meinem Safe verwahren. Dort ist sie sicherer als auf dem Küchentisch.»

«Etwas hast du bei deinem wunderbaren Plan aber vergessen», meinte Anton. «Was, wenn die Tapisserie von einem Unbeteiligten ersteigert wird? Du könntest die Person in Lebensgefahr bringen.»

«Das wird nicht geschehen, keine Sorge. Ich bitte ganz einfach meinen Angelkumpel Kurt, als Strohmann zu fungieren und mitzubieten. Er kann den Preis so weit hochtreiben, dass Spontankäufer aussteigen und nur jemand mit echtem Interesse im Rennen bleibt.»

«Fein, setzen wir den Mörder einfach auf deinen Angelkumpel an», frotzelte Anton. «Das wird Kurt aber gefallen. Willst du nicht lieber diesen doppelten Gunnar bitten, das Bild zu ersteigern? Nur, damit die Polizei in irgendeiner Weise involviert ist. Und wozu überhaupt die Fälschung, wenn du Kurt ins Rennen schicken willst? Er kann doch so lange bieten, bis sogar der Mörder klein beigibt, der sich für uns dann ja trotzdem enttarnt hat.»

«Das ist viel zu riskant», erwiderte Siggi düster. «Der Mörder würde dann ja glauben, das Bild sei bei Kurt. Der ist eh nicht gerade ein Glückspilz. Ich würde mir nie verzeihen, wenn ihm deswegen was zustößt. Kurt wird auf ein Zeichen von mir aufhören zu bieten, während unser Verdächtiger fröhlich das Duplikat aus dem Laden trägt und wir uns an seine Fersen heften. Klingt das für dich nach einem guten Plan?»

«Er ist noch ein bisschen konfus, aber es könnte tatsächlich funktionieren», lenkte Anton ein. «Falls der Mörder wirklich hier auftaucht, um das Bild zu bekommen, ist es sogar ein hervorragender Plan. Das aber ist und bleibt die Schwachstelle darin.»

«Nun, mit dem Risiko müssen wir leben, und außerdem wird's jetzt dringend Zeit, mit der Arbeit anzufangen», drängte Siggi. «Schlafen kannst du später auch noch. Wir müssen die Werbetrommel rühren und den Druck des Bildes in Auftrag geben.»

«Du weißt gar nicht, was du in nächster Zeit alles für mich tun musst, um diese Schuld abzutragen», maulte Anton und erhob sich von der Couch. «Aber nun gut, ich kümmere mich sofort darum. Ich kenne eine Druckerei, die uns so schnell wie möglich eine zweite Version des Wandteppichs liefern würde.»

«Na also!» Siggi klopfte seinem Freund auf die Schulter. «Ich kümmere mich darum, dass die Hütte auch wirklich voll wird. Je mehr Menschen zur Auktion kommen, umso wahrscheinlicher ist es, dass der Mörder darunter ist. Das schaffe ich spielend. Darin bin ich brillant. Und Doro wird sich um ein Buffet kümmern, das die Käufer so richtig in Stimmung bringen wird.»

«Apropos Doro.» Anton senkte die Stimme. «Wo ist die überhaupt?»

«Sie ist unten im Laden und putzt Vitrinen», erwiderte Siggi arglos.

«Ich hatte dir doch geraten, sie keine Sekunde aus den Augen zu lassen. Woher willst du wissen, ob sie nicht gerade ein Fallbeil für dich über deiner Eingangstür installiert?»

«Schon gut, ich bin ja schon unterwegs.»

Obwohl er Antons Sorge für reichlich übertrieben hielt, beeilte er sich, aus der Wohnung zu kommen. Gerade legte er eine Hand ans Treppengeländer, als seine Finger unerwartet den Halt verloren und nach vorn glitten. Er versuchte noch, sich zu fangen, und konnte von Glück sagen, nicht wie eine Lawine zu Tal zu rauschen. Unsanft landete er am Fuß der Treppe und spürte einen stechenden Schmerz im Fußknöchel.

«Was war das denn?», hörte er Anton vom oberen Treppenabsatz rufen. «Hast du vor Aufregung die Stufen vergessen?»

«Das wird es wohl gewesen sein», ächzte Siggi und bewegte probehalber die ihm am wichtigsten erscheinenden Gelenke. Sein linker Knöchel meldete verhalten Protest an, aber ansonsten hatte er Glück gehabt. Warum war er überhaupt gestürzt?

Er schnupperte an der Innenfläche seiner Hand. Der durchdringende Geruch von Glasreiniger stieg ihm in die Nase. Doro hatte ihre Visitenkarte auf seinem Handlauf hinterlassen.

Das leichte Pochen in seinem Knöchel ignorierend, lief Siggi zurück zum Geschäft, wo er seine Reinigungskraft dabei antraf, wie sie zwischen den Vitrinen herumstand und sich voll und ganz ihrem Handy widmete. Er räusperte sich vernehmlich. Sie schrak zusammen und ging unverzüglich wieder an die Arbeit. Als sie an ihm vorbeimarschierte, nahm er den durchdringenden Geruch des Glasreinigers wahr, der ihn zu Fall gebracht hatte. Anton und auch sein eigener Instinkt hatten völlig recht. Irgendetwas stimmte mit dieser Frau nicht. Doch das würde er ihr erst auf den Kopf zusagen, wenn sie auch die letzte Ecke seiner Verkaufsräume auf Hochglanz gebracht hatte.

Während Doro ihre Vitrinen putzte, setzte Siggi sich an seinen Platz und stellte fest, dass sein Laptop zugeklappt war. Hatte er es selbst getan, bevor er zu Anton hinaufging? Er konnte sich nicht mehr erinnern. Sicherheitshalber überprüfte er den Browserverlauf. Eine ihm unbekannte Seite war kurz zuvor aufgerufen worden, und als er der Sache nachging, stieß er auf einen informativen Text über Kett- und Schussfäden. Siggi biss sich auf die Lippen. Falls er zuvor noch Zweifel daran gehabt hatte, dass Doro mehr über die Vorgänge in seinem Antiquitätenladen wusste, als sie preisgab, waren sie jetzt endgültig verflogen. Und als er aufsah, trafen sich ihre Blicke, bevor Doro den Kopf abwandte. Zweifellos beobachtete sie ihn. Trotzdem versuchte er, sich zu konzentrieren. In seiner Kundenkartei auf dem Rechner befanden sich zahlreiche Multiplikatoren. Menschen, die viele andere Menschen kannten und die Nachricht von der bevorstehenden Versteigerung in Windeseile verbreiten würden. Ein Foto der mysteriösen Tapisserie musste das Einladungsschreiben zieren, um die Aufmerksamkeit des Mörders zu erregen. Hoffentlich klappte es.

Mit der Zunge zwischen den Vorderzähnen saß er vor dem Bildschirm und ließ beide Zeigefinger über der Tastatur kreisen wie Geier über dem Death Valley. Gelegentlich stießen sie herunter und ließen einen Buchstaben auf dem Bildschirm erscheinen. Als er ein weiteres Mal aufblickte, stand Doro unmittelbar vor ihm. In ihrem Gesicht spiegelte sich eine Mischung aus Mitleid und Neugier.

«Darf ich fragen, was du da verfasst?»

«Mein Testament», erklärte Siggi und versuchte, sich auf die eine Zeile zu konzentrieren, die er bislang zustande gebracht hatte. «Nur für den Fall, dass ich wegen Glasreiniger auf dem Treppengeländer stürze und mir das Genick breche.»

Im ersten Moment versuchte sie, den Eindruck zu erwecken, als ob sie nicht wüsste, wovon er redete. Doch da er seine Bemerkung nicht weiter ausführte, wechselte sie schließlich die Strategie und rief mit einem Anflug von Panik: «Oh Gott, ich habe doch nicht etwa das Material beschädigt? Mir war ja klar, dass Glasreiniger nicht für Holz geeignet ist, aber ich hatte nichts anderes bei mir, und du hättest mal die vielen fettigen Fingerabdrücke auf dem Geländer sehen sollen.»

Sie versuchte also, die Unschuldige zu mimen. Damit hatte er gerechnet.

«Es geht nicht um den Glasreiniger.» Er warf ihr über den Rand seiner Brille einen scharfen Blick zu. «Aber man muss das Zeug hinterher abwischen. Ich hätte mir sämtliche Knochen brechen können.»

«Das tut mir leid.» Ihre Unterlippe begann zu beben, während sie gleichzeitig das Putztuch in ihren Händen erwürgte. «Bin ich jetzt etwa gefeuert?»

Im ersten Moment war er versucht, einfach ja zu sagen, besann sich aber eines Besseren. Falls er sie jetzt hinauswarf, brachte er sich um die Chance herauszufinden, was und wie viel sie wusste. Genau wie Anton gesagt hatte, tat er gut daran, sie im Auge und gleichzeitig unter Kontrolle zu behalten. Auch wenn er sich selbst damit dem Risiko aussetzte, sich dank ihres schmierigen Glasreinigers das Genick zu brechen.

«Nein, aber du stehst unter strenger Beobachtung.» Er versuchte, ein wenig versöhnlicher zu klingen. «Bestimmt hast du noch andere Qualitäten, als mich in Gefahr zu bringen. Das hoffe ich zumindest.» Und einer plötzlichen Eingebung folgend, ergänzte er: «Du kannst nicht zufällig tippen, oder?»

«Besser und schneller als du allemal.» Doro eilte um den Tisch herum, während er sich erhob, um ihr den Platz an der Tastatur zu überlassen. Rasch legte sie Glasreiniger, Putzlappen und Handy beiseite, nicht ohne noch schnell eine Notiz getippt zu haben, dann setzte sie sich und sah erwartungsvoll zu ihm auf. «Möchtest du mir diktieren?»

«Das wäre großartig.» Er war ehrlich erleichtert. Allein schon dafür hatte es sich gelohnt, Doro als Hilfe zu behalten. «Also: ‹Großer Auktionstag bei Kunst & Kurioses. In gepflegter Umgebung mit gehobenem Ambiente …›» Er bemerkte, wie sie innehielt und ihm einen fragenden Blick zuwarf. «Was denn? Die Veranstaltung findet am Freitag statt, du hast also noch reichlich Zeit, für Ambiente zu sorgen. Wo war ich?»

«Beim gehobenen Ambiente», wiederholte sie, und ein Hauch von Unsicherheit lag in ihrer Stimme.

«Ach ja.» Er räusperte sich. «… wunderschöne und zugleich wertvolle Antiquitäten zu moderaten Preisen ersteigern. Lassen Sie sich den Spaß nicht entgehen. Sekt und Häppchen reichen wir zu Veranstaltungsbeginn. Reservieren Sie sich noch heute einen Platz in der vordersten Reihe.»

«Wäre die hinterste bei einer solchen Veranstaltung nicht attraktiver?», fragte Doro. «Sonst sieht man ja gar nicht, wer auf welches Stück bietet, und müsste sich ständig umdrehen, um das Geschehen zu verfolgen.»

«Aber wir können doch unmöglich die hintersten Reihen bewerben», meinte Siggi und fuhr dann in so raschem Tempo mit seinem Text fort, dass sie Mühe hatte mitzuhalten. Als die Einladung geschrieben war, bat er sie: «Nun müssten wir bloß noch ein Bild einsetzen, kannst du das ebenfalls für mich erledigen? Wenn ich es versuche, verschiebt sich bestimmt der ganze Text, dafür habe ich ein Talent.»

«Ich kann es ja mal versuchen.» Sie wartete geduldig ab, bis Siggi sein Handy an den Laptop angeschlossen hatte, um das letzte Foto im Speicher auf den Rechner zu übertragen. Als die Tapisserie auf dem Bildschirm erschien, rief sie: «Das kenne ich doch! Es lag heute früh auf deinem Küchentisch!»

«Ganz genau.» Er grinste. «Es wird das Prunkstück der Veranstaltung werden.»

Gespannt wartete er auf einen weiteren Kommentar von ihr, doch sie fügte das Foto schweigend mittig über den getippten Worten ein.

«Größer. Zieh es größer», forderte Siggi und beugte sich über sie, um besser erkennen zu können, was sich auf dem Bildschirm tat. Der Duft ihres Parfums stieg ihm in die Nase, und er spürte die Wärme, die von ihrer Haut ausging.

Für einen kurzen Moment vergaß er, dass sie darüber hinaus von einem Geheimnis umgeben war, und auch Doro schien etwas verwirrt zu haben, denn sie schrumpfte das

Foto versehentlich auf Briefmarkengröße und korrigierte den Fehler in offensichtlicher Hast.

«So sieht es gut aus.» Rasch richtete sich Siggi wieder auf. «Jetzt müssen wir es nur noch an alle Kunden aus der Kartei verschicken und in die sozialen Medien setzen. Wenn ich es recht bedenke, würden sich ein paar altmodische Plakate in der näheren Umgebung bestimmt auch gut machen.»

«Ich könnte sie morgen vor der Arbeit in den Geschäften der nächsten Ortschaften aushängen», schlug Doro vor.

«Das kann auf keinen Fall schaden.» Siggi überdachte gerade seine eigene Behauptung, als sein Handy zu klingeln begann und ihm gerade noch die Zeit blieb, Doro eine letzte Anweisung zu geben: «Die Kundenkartei findest du dort unten im Adressbuch.» Er wies auf ein Symbol am unteren Rand des Bildschirms. «Schick es einfach an jeden, der drinsteht. Vielen Dank.»

Anschließend wandte er sich ab und nahm das Gespräch an. «Hallo?»

«Gunnar hier, hallo Siggi», lautete die knappe Erwiderung.

«Gibt es etwas Neues?»

«In Bezug auf den Einbruch? Nein. Aber du bekommst eine Anzeige wegen groben Unfugs von mir. Das Erfinden von Leichen ist unter Strafe zu stellen. Damit schaffe ich einen Präzedenzfall.»

Siggi glaubte, sich verhört zu haben. «Grober Unfug? Das trifft wohl eher auf deinen grobmotorischen Auftritt bei mir im Laden zu. Hör mal, der Tote hat hier gesessen, das werde ich vor jedem Gericht der Welt beschwören.»

Bei einem flüchtigen Blick über die Schulter sah er, wie Doro alle Empfänger markierte und auf «Senden» drückte. Sie schien genau das zu tun, was er ihr aufgetragen hatte, und beruhigt konzentrierte er sich wieder auf das Telefonat.

«Wir können es gerne drauf ankommen lassen, Gunnar Bartels!», brüllte er ins Mikrofon. «Und wenn ich dir erst Leiche und Mörder frei Haus geliefert habe, dann wirst du derjenige sein, der sich bei mir entschuldigen muss, und nicht andersrum. Haben wir uns verstanden?»

Er legte auf und sah noch, wie Doro ein zweites Mal auf «Senden» klickte und sich dann zurücklehnte. «Fertig», verkündete sie. «Nun hat jeder Kunde aus deinen Adressbüchern eine Einladung erhalten.»

Siggi hörte kaum hin und rief aufgebracht: «Wenn der zuständige Polizist ein selbstgerechter Idiot ist, muss man eben alles allein regeln.» Und an Doro gerichtet, ergänzte er ein wenig sanfter: «Danke schön. Um Facebook und das restliche Gedöns kümmere ich mich selbst. Könntest du mir bitte noch einen Kaffee aus der Küche holen?»

Doro erhob sich, überließ ihm seinen Sitzplatz und streichelte Lola über den Kopf, die gerade zur Tür hereingekommen war. «Gehobenes Ambiente», sagte sie zur Boxerhündin, die zu ihr aufblickte. «Ich weiß noch nicht einmal genau, was damit gemeint ist. Immerhin fällt niemand die Karriereleiter so schnell nach oben wie ich. Von der Reinigungskraft zur Eventmanagerin in etwas mehr als vierundzwanzig Stunden. Das soll mir doch erst einmal jemand nachmachen.» Und an Siggi gerichtet, ergänzte sie: «Über meine Gehaltserhöhung reden wir dann später.»

Der Nachmittag verging wie im Flug, und schon weit vor Feierabend trudelten die ersten Rückmeldungen bei Siggi ein. Als er die dreißigste Zusage überflog, verabschiedete sich

Doro von ihm und marschierte hinaus. Siggi achtete kaum auf sie. Ihn beschäftigte die Frage, wie er die potenziellen Käufer in seinem Laden unterbringen sollte. Der Bewegungsradius war zwischen all den Antiquitäten ohnehin begrenzt, und nun erwartete er keine einzelnen Besucher, sondern eine ganze Horde.

Erst als er den Glasreiniger samt Putzlappen sowie Doros Handy neben sich auf der Tischplatte entdeckte, schob er alle Probleme für einen Moment beiseite. Er warf einen Blick zur Tür, durch die Doro verschwunden war. Die Frau, die ihr Telefon Anton gegenüber als «ihr Leben» bezeichnet hatte, ließ es schon wieder einfach so herumliegen? In dem Fall ging sie nicht gerade gut mit ihrem «Leben» um.

Einen Augenblick wartete er noch ab, ob sie es vermissen und zurückkommen würde. Dann schnappte er sich das Gerät und tippte die Ziffern von 1 bis 4 ein. Das eben noch dunkle Display hellte sich auf, und er starrte auf ein geöffnetes Dokument, in dem nur ein einzelner Satz zu lesen war. Er lautete: *Glasreiniger nach dem Aufsprühen wieder abwischen.*

Siggi legte das Handy weg und verschränkte die Arme vor der Brust. Diese Person hielt ihn ohne jeden Zweifel zum Narren. Aber das war nur möglich, wenn sie wusste, dass Anton ihren lächerlichen PIN-Code enträtselt hatte. Oder lag etwa eine bestimmte Absicht darin? Hatte Doro ihr Handy ganz bewusst verloren und absichtlich den einfach zu entschlüsselnden Code gewählt, weil sie wollte, dass Siggi diese Dinge las und sich über Blödsinn den Kopf zerbrach, statt sich um Wesentliches zu kümmern?

Eine Weile überlegte er, was in Doros hübschem Kopf vor sich gehen mochte. Doch er kam zu keinem Ergebnis.

In diesem Moment klingelte sein eigenes Telefon.

«Kunst & Kurioses?», meldete sich Siggi. Er erwartete, eine

weitere Rückmeldung auf die Einladung zu erhalten, doch schon der Tonfall des Anrufers verriet, dass es diesem um etwas ganz anderes ging.

«Sie haben nicht die leiseste Ahnung, auf was sie sich da eingelassen haben.»

Siggi spürte, wie sich die Härchen in seinem Nacken aufstellten, und fragte mit belegter Stimme: «Wer spricht denn da?»

«Der Mann, dem Sie das Bild überlassen werden.»

Spontan entschied Siggi, sich blöd zu stellen. Auch weil es ihm Zeit gab, seine Fassung wiederzugewinnen. «Welches Bild meinen Sie? Ich habe Hunderte Bilder. Porträts, Landschaftsmotive oder auch Akte, wenn Ihnen der Sinn danach steht.»

«Ich spreche von dem Bild, das Ihre Einladung ziert. Es gehört mir, und Sie werden es zurückgeben.»

«Wenn Sie Beweise für Ihre Behauptung haben, können wir gerne darüber reden. Ansonsten wird es am Freitag versteigert. Warum kommen Sie nicht jetzt gleich her, und wir besprechen die Angelegenheit sofort?», schlug Siggi vor und warf einen raschen Blick auf sein Display. Doch wenig überraschend war die Rufnummer unterdrückt worden.

«Es wird keine Versteigerung geben. Sie überlassen mir das Bild und sind aus der Geschichte raus. Das sollte Ihnen Anreiz genug sein.»

Mittlerweile zweifelte Siggi nicht mehr daran, mit dem Mörder zu sprechen. Und obwohl ihm das Herz bis zum Hals schlug, war er fest entschlossen, sich nicht einschüchtern zu lassen. «Wollen Sie mir etwa drohen?»

«Habe ich das nicht bereits getan?» Die Stimme des Anrufers klang plötzlich eine Spur leiser. «Dann lassen Sie mich noch deutlicher werden, Herr Malich: Haben Sie Kinder?»

«Nicht, dass ich wüsste», antwortete Siggi und war in diesem Moment sehr froh darüber.

«Dann vielleicht Menschen, die Ihnen am Herzen liegen, die Sie vor bösen Verletzungen schützen möchten?» Siggis Blick fiel fast automatisch auf Doros Handy, und er erwiderte nichts. «Und das Dach über Ihrem Kopf ist Ihnen bestimmt auch recht lieb und teuer, nehme ich an. Wie gut sind Sie eigentlich versichert, Herr Malich? Sagen wir mal gegen Feuer zum Beispiel?»

Siggi verspürte den Drang, einfach aufzulegen, widerstand aber.

«Ich werde Ihnen eine Nachricht zukommen lassen, Herr Malich. Darin stehen Zeit und Ort für die Übergabe. Sie liefern das Bild ab, verschwinden wieder und leben Ihr Leben weiter wie bisher.»

Siggi lauschte angestrengt und bemerkte zunächst gar nicht, dass der Fremde aufgelegt hatte. Als er das Telefon beiseitelegte, spürte er, wie sehr ihm die Hände zitterten. Sein Stich ins Wespennest war ein Volltreffer gewesen, noch bevor die Auktion überhaupt stattgefunden hatte. Jetzt fragte er sich, ob es nicht doch besser gewesen wäre, die Dinge auf sich beruhen zu lassen. Nicht allein in seinem eigenen Interesse, sondern auch in dem seiner Freunde.

Nur langsam wich seine Sorge einem Gefühl der Wut auf den Fremden, der es gewagt hatte, ihm Angst einjagen zu wollen.

8

Der Donnerstag brach an, und es war ein Morgen wie geschaffen für einen weiteren Versuch, zusammen mit Kurt in aller Frühe ein paar Fische zu fangen. Wenn Siggi nur nicht so unglaublich schlecht und wenig geschlafen hätte.

Die Stimme des Fremden hatte sich immer wieder wie ein unheilvolles Echo unter seine kreisenden Gedanken gemischt, und er hatte beschlossen, sich in den Korbsessel im Porzellanzimmer zu setzen und Wache zu halten. Mit dem Baseballschläger über den Knien hatte er eine quälend lange Nacht hinter sich gebracht. Er war fest entschlossen gewesen, jedem, der es wagen sollte, auch nur einen Fuß in seinen Laden zu setzen, eins überzubraten. Ganz egal, ob dieser Jemand mit Benzinkanister und Streichholz anrückte oder ihn nur bestehlen wollte. Doch die Stunden waren ereignislos verstrichen, und einen erholsamen Schlaf hatte nur Lola zu seinen Füßen genossen.

Jetzt marschierte Siggi neben Kurt durch die unberührte Natur fernab befestigter Wege, und sein Freund zeigte nicht die geringste Spur von Mitgefühl.

«Du bist selbst schuld, wenn du dich auf die Lauer legst, anstatt wie jeder andere gemütlich in einem weichen Bett zu liegen», sagte Kurt gerade und übersprang leichtfüßig eine Baumwurzel, die Siggi kurz zuvor fast zu Fall gebracht hatte. «Schließlich wird ja nicht jede Nacht irgendwo eingebrochen oder jemand ermordet. Die Halunken müssen auch mal schlafen.» Er lachte, als ob er einen Witz gemacht hätte, wurde aber wieder ernst, als Siggi ihm einen sparsamen Blick zuwarf. «Und die Recherchen von deinem Freund Anton haben wirklich rein gar nichts ergeben?»

«Gar nichts», bestätigte Siggi und wünschte, der See würde endlich in ihrem Sichtfeld erscheinen. Zwei Tage zuvor war ihm der Weg bis zu Kurts angeblichem Geheimtipp weniger lang und umständlich vorgekommen. «Niemand scheint die Tapisserie zu kennen. Kein Auktionshaus, kein befreundeter Experte, kein Kunsthändler. Zwar stimmen sie alle mit Anton darin überein, dass die Arbeit an die dreihundert Jahre alt sein könnte und möglicherweise aus einer belgischen Manufaktur stammt, aber damit hat es sich auch schon. Als Anton gestern Abend zurück nach Köln fuhr, war auf all seine Anfragen reagiert worden, und es war nicht eine einzige heiße Spur dabei.»

«Und was schließt du daraus?» Kurt blieb stehen, lupfte seinen Anglerhut, um sich den Schweiß von der Stirn zu wischen, und sah Siggi herausfordernd an.

«Jedenfalls nicht, dass ich mir das Bild nur einbilde und es in Wahrheit meiner überbordenden Fantasie entsprungen ist», erwiderte Siggi ein bisschen zu pampig.

«Das ist wohl schlecht möglich, wenn du den alten Lappen in deinen Safe gesperrt hast.» Kurt setzte sich wieder in Bewegung. «Ist dir schon der Gedanke gekommen, es könnte sich bei diesem Bild um ein absolut wertloses und komplett uninteressantes Stück handeln?»

«Natürlich habe ich daran gedacht, hältst du mich für verkalkt? Aber warum sollte man mich dann anrufen und bedrohen?»

«Das war bestimmt nur ein Missverständnis», versuchte Kurt ihn zu beruhigen.

«Na klar. Das war vermutlich ein Typ, der mir eine Feuerversicherung verkaufen wollte. Und was für tolle Argumente der hatte.» Siggi wusste, wie ungerecht es war, seine schlechte Laune an Kurt auszulassen, aber da Anton nun wieder in Köln und Doro gerade nicht greifbar war, traf es eben denjenigen, der ihm zur Verfügung stand. «Irgendjemandem dort draußen ist das Bild ganz und gar nicht egal. Und völlig wurscht, ob es bei mir versteckt oder entsorgt werden sollte, die Tapisserie und der Tote im Sessel gehören zusammen. Deshalb habe ich einen Plan ausgeheckt, und es wird dich freuen zu hören, dass du ein Teil davon bist.»

«Aha. Soll ich das Bild für dich verwahren?» Kurt klang mit einem Mal, als ob er auf der Hut wäre. Und als Siggi abwinkte, fuhr er fort: «Dann lass hören. Ich kann allerdings nicht versprechen, dir ...»

Siggi, der gerade fast über eine Wurzel gestolpert wäre, sah auf, weil Kurt neben ihm mitten im Satz verstummt war, und entdeckte sofort den Grund für dieses Verhalten: Nur eine kurze Wegstrecke vor ihnen, an genau der Stelle am Seeufer, die ihr Ziel war, standen zwei Gestalten in warmen Steppjacken und hielten ihre Angeln ins Wasser.

«Was für eine Unverschämtheit», rief Kurt aus. «Das ist doch unser Geheimtipp! Wie kommen die beiden dazu, sich dort breitzumachen?»

«Das ist noch viel unverschämter, als du denkst.» Siggi schloss sich der Entrüstung des Freundes an. «Der eine von den beiden ist der doppelte Gunnar. Und der hat sich in seinem ganzen Leben noch nie fürs Angeln interessiert.»

«Die schmeiß ich doch gleich ins Wasser.» Kurt ließ Eimer, Angel und alles, was er bei sich trug, fallen und stampfte auf die beiden Männer am Seeufer zu, die ihn noch nicht bemerkt hatten.

Im allerletzten Moment gelang es Siggi, seinen Freund zurückzuhalten. «Nun beruhig dich mal wieder, oder Gunnar wird alle Kurte und Siggis, die er sieht, einbuchten. Also vermutlich insgesamt vier. Und denk mal nicht, dass in der Gefängniszelle heute noch Hecht serviert wird.»

«Aber er stiehlt unsere Fische.» Kurts Lebensgröße von fast zwei Metern schien noch weiter anzuwachsen, während er mit geballten Fäusten auf die Rücken der sich angeregt unterhaltenden Angler starrte.

«Erstens sind es nicht unsere Fische, und zweitens gibt es von denen an dieser Stelle bestimmt nicht mehr als vorgestern. Also ziemlich genau null. Lass uns von hier verschwinden und einen besseren Platz suchen.»

Just in diesem Moment stieß der doppelte Gunnar einen Freudenschrei aus und begann mit dem Einholen der Angel, deren Schnur sich gespannt hatte.

«Unser Hecht!», rief Kurt aus und wollte erneut davonstürmen. Doch Siggi klammerte sich an den Arm des Freundes, und so verharrten sie an Ort und Stelle und mussten mit ansehen, wie Gunnar Bartels ein wahrhaft prachtvolles Tier aus dem Wasser zog.

Jetzt reichte es auch Siggi. Allerdings war er noch vernünftig genug, um nicht die offene Konfrontation mit dem Gesetzeshüter zu suchen. «Komm mit. Es gibt noch andere Fische im See.»

Nur widerstrebend ließ Kurt sich von ihm wegführen. Gemeinsam trampelten sie einen neuen Pfad durch eine Ansammlung von Brombeerbüschen und erreichten schließlich ein Stück unberührtes Ufer, das sehr schlammig war und unangenehm faulig roch. Fast trotzig stapfte Siggi in den Matsch und warf seine Angel aus, während Kurt zurückblieb. Als der Antiquitätenhändler sich nach seinem Freund umsah, bemerkte er, wie erschreckend fahl dessen Gesichtsfarbe geworden war.

«Es ist immer das Gleiche, Siggi», brachte er schließlich heraus. «Die Gunnars dieser Welt bekommen die Fische, die Reis-Aktien und die Frauen, während wir bis zu den Knöcheln im Schlamm stehen und in die Röhre gucken.»

«Jemand wie der doppelte Gunnar bekommt sogar zwei Frauen.» Es war ein lahmer Witz, und Siggi erkannte gleich, wie wenig er zur Auflockerung der Lage taugte. Kurts Stimmungsbarometer war binnen Minuten tiefer gefallen als das seine. Und das wollte an diesem Morgen schon etwas heißen.

«Ich habe es satt, verdammt noch mal.» Kurt nahm einen Angelhaken aus der Dose und stieß ihn in einen unschuldigen Köder. «Ich fange jetzt den größten Hecht, der in diesem See haust, und dann gehe ich zu Gunnar und schlage ihm das Tier um die Ohren.»

Siggi erwiderte nichts. Er beschloss abzuwarten, bis Kurts Ärger sich etwas gelegt hatte. Und tatsächlich verfehlten die ersten Sonnenstrahlen und das Zwitschern der erwachenden Vögel ihre Wirkung nicht. Kurt atmete tief durch und murmelte schon wesentlich leiser: «Ist doch wahr.»

«Es widerspricht dir ja auch keiner. Aber hättest du nicht Lust, einmal in die Rolle eines Gewinners zu schlüpfen, der bekommt, was er will?», fragte er den Freund und setzte eine besonders unschuldige Miene auf.

Kurt runzelte die Stirn. «Was soll das denn heißen?»

«Du erinnerst dich vielleicht noch, worüber wir sprachen, bevor wir die beiden Spielverderber am See entdeckten? Ich habe dir in meinem Plan eine Rolle zugedacht. Und zwar die eines reichen Schnösels. Es ist alles ganz einfach. Du kommst zu meiner Auktion am Freitag, legst einen fürchterlich großkotzigen Auftritt hin und treibst den Preis für das von mir und Anton gefälschte Bild in die Höhe. Das Original bleibt natürlich im Safe.»

«Und dann?» Kurt klang noch immer misstrauisch.

«Dann wirst du auf mein Zeichen hin abwinken und jemand anderem das Kunstwerk überlassen. Und der ist dann ab sofort mein Hauptverdächtiger.»

«Ich soll klein beigeben? Wo bleibt denn da der Spaß?» Kurt schüttelte den Kopf. «Das ist ja kaum weniger frustrierend als die Sache mit Gunnar und unserer Angelstelle.»

«Aber es ist sicherer für dich, denn immerhin geht es um Mord», erinnerte ihn Siggi. «Außerdem gibt es jede Menge Sekt und Häppchen. Also, wie sieht's aus? Machst du mit?»

Kurt stieß einen Seufzer aus und verdrehte die Augen gen Himmel. «Siggi, du kannst manchmal ganz schön nerven, weißt du das? Dein Plan klingt wie der eines Fünfjährigen. Aber wenn du Spaß dran hast, bitte schön. Dann spiele ich eben den Bieter für dich. Wenn es allerdings gefährlich wird, erwarte ich, dass du mich vor deinem angeblichen Mörder rettest.»

Wieder einmal hatte Kurt das Wort «angeblich» verwendet, das bei Siggi inzwischen zu spontanem Sodbrennen führte. «Keine Sorge. Ein Mörder, an den du ohnehin nicht glaubst, kann dir rein gar nichts anhaben. Sind wir uns wenigstens darin einig?»

Kurt nickte und richtete seine Aufmerksamkeit auf die Oberfläche des Sees. Eine Weile wurde es still. Dann sagte er, an Siggi gewandt: «Sie beißen heute nicht, oder?»

Mit einer Rolle noch am Vorabend ausgedruckter Plakate in grellem Neongrün unter dem Arm marschierte Doro an diesem Donnerstagmorgen in aller Frühe die Dorfstraße entlang und versuchte ihr Glück in den Geschäften an der Hauptstraße. Doch sowohl beim Bäcker als auch beim Schlachter und dem Blumenladen an der Ecke traf sie auf Ablehnung. Ihre Plakate, so hieß es, seien zu groß und würden die Schaufenster schon allein aufgrund der aufdringlichen Farbe zu sehr dominieren.

«Aber es wäre doch nur für anderthalb Tage», beteuerte Doro. «Sie können die Plakate schon am Freitagnachmittag wieder abhängen, dann ist die Auktion vorbei.»

Doch auch mit diesem Argument stieß sie überall auf taube Ohren. Als man sie sogar im Autohaus mit seinen riesigen Schaufensterflächen fortschickte, erwachte ihr Widerstandsgeist.

Entschlossen klebte sie das erste Werbeplakat an die nächstbeste Hauswand. Das zweite landete an der Lehne einer Parkbank und ein weiteres auf der Informationstafel der katholischen Kirche, wo bekannt gegeben wurde, zu welchen Zeiten die Messen stattfanden. Die Frage, wie diese Art der Werbung von ihrer Umwelt aufgenommen werden würde, schob sie von sich. Immerhin war es ja nur für eine kurze Zeit, da konnte die Welt sich ihrer Meinung nach durchaus mal tolerant zeigen.

Ihr nächstes Zielobjekt war das Wartehäuschen einer Bushaltestelle, wo sie gleich mehrere grellgrüne Blätter hinterließ. Und Doro tat dies mit dem besten Gewissen, denn sie war nicht die Erste, die die hölzerne Rückwand auf diese Weise nutzte. Neben ihren Plakaten hingen bereits Verkaufsangebote für Hundewelpen und sogar zwei verschwommene Fahndungsfotos. Das erste zeigte eine gescheckte Katze, das zweite einen älteren Mann. Beide waren ihren Familien offensichtlich abhandengekommen. Doro hielt inne und las die wenigen Zeilen unter dem hohlwangigen Gesicht des gesuchten Herrn.

Es gab keine Beschreibung seiner Kleidung, auch ein Zeitraum für sein Verschwinden wurde nicht angegeben. Und es wurde keine geistige Verwirrtheit oder eine andere Erkrankung erwähnt, wie es bei Radiodurchsagen manchmal der Fall war und womit sich sein Ausbleiben zumindest im Ansatz erklären ließe. Stattdessen stand dort nur eine Handynummer, an die man sich wenden sollte, falls man ihn irgendwo gesehen hatte.

Doro legte den Kopf schief und betrachtete das unscharfe Foto eingehend. Schließlich löste sie die Klebestreifen, die den Aushang an seinem Platz hielten, vorsichtig vom Holz, faltete das Blatt zusammen und steckte es in die Tasche ihres Mantels.

Pfeifend schlenderte sie davon, um weitere Plakate gegenüber dem Eingang der Grundschule anzubringen. Eine knappe Stunde später war sie sehr zufrieden mit sich und schlug den weiten Weg zum Antiquitätenladen ein. Das Dorf hinter ihr erstrahlte nun, zumindest partiell, in leuchtendem Neongrün, das von niemandem ignoriert werden konnte. Diese Werbeaktion durfte sie schon jetzt als großen Erfolg verbuchen.

Beschwingt lief sie am Straßenrand entlang und winkte fröhlich einem der vorbeifahrenden Autos zu, woraufhin dieses seine Fahrt verlangsamte und wenige Meter vor ihr zum Stehen kam. Doro stieg ein, und nur Minuten später erreichte sie ihre Arbeitsstelle, wo Lola auf der Fußmatte saß und Wache hielt. Wenige Hundekuchen reichten aus, um die Boxerdame dazu zu überreden, den Weg freizugeben. Doro hängte ihren Mantel an den nächstbesten Garderobenständer und sah sich um.

«Ambiente», seufzte sie. «Und dann auch noch gehoben. Das schaff ich in so kurzer Zeit doch nie.» Sie ließ den Kopf sinken und sah direkt in die treuen Augen Lolas, die zu ihr aufblickte und weitere Leckerlis erwartete. «Es sei denn, wir versuchen es gar nicht erst.» Ein Lächeln huschte über Doros Gesicht, während sie in Gedanken schon ihre Möglichkeiten abwog.

Pünktlich um zehn traf Siggi in seinem Laden ein und begegnete gleich im Eingangsbereich Doro, die mit hochgezogenen Brauen seine Stiefel musterte. Da bemerkte auch er die schlammigen Spuren auf dem ansonsten frisch gewischten Boden.

Gerade wollte er zu einer Entschuldigung ansetzen, als sie ihn fragte: «Was soll denn der alberne Hut?»

«Das ist ein Anglerhut, der ist überhaupt nicht albern.»

«Die Fische sehen das bestimmt anders, und ich auch.» Noch bevor er etwas erwidern konnte, wechselte sie auch schon wieder das Thema. «Haben wir eigentlich so etwas wie einen Gartenpavillon?»

«Da muss ich mal draußen im Schuppen gucken», sagte er. «Ich glaube, da stehen noch die Eisenbögen für so eine Art Rankhilfe, die als Grundgerüst für einen Rosenpavillon dienen soll.»

«So etwas meine ich doch nicht», widersprach Doro und verzog das Gesicht. «Ich rede von einem Zelt. Einem Baldachin, der vor schlechtem Wetter schützt und mit wenigen Handgriffen aufzubauen ist. Diese Dinger sind heute kaum komplizierter als ein Regenschirm.»

«Ach, solch einen Pavillon meinst du.» Siggi nickte. «Ja,

davon besitze ich sogar mehrere. Die sind ganz praktisch, im Winter wie im Sommer.» Er verstummte und begriff, was sie ihm zu sagen versuchte. Seine neue Reinigungskraft hatte soeben das Platzproblem gelöst. «Doro, mein Engelsche, der Vorschlag ist genial. Ich hatte schon Sorge, wie wir die Leute hier drinnen unterbringen sollen. Dass ich nicht selbst darauf gekommen bin: Wir verlegen die Auktion einfach ins Freie.»

Doro strahlte. Sein Lob schien ihr viel zu bedeuten. Aufgeregt fuhr sie fort, ihren Plan zu erläutern: «Wir schaffen wettergeschützte Plätze genau vor unserer Haustür, schmücken alles mit frischen Blumen und platzieren für den Sektempfang Stehtische.»

«Ich stelle eine Bühne für den Auktionator und die Exponate auf und kümmere mich um die Akustik. Irgendwo muss ich doch noch Lautsprecherboxen und ein Mikrofon haben», spann Siggi die Idee bereits weiter.

«Gehobenes Ambiente!» Doro jubelte noch, als Siggi hörte, wie jemand mit schweren Schritten den Laden betrat. In Doros Gesicht konnte er ein deutliches Missfallen entdecken.

Als Siggi sich umdrehte, erkannte er Gunnar, dessen Anglerstiefel ebenfalls eine unschöne Spur auf dem Boden hinterließen. In der Hand hielt der Polizist ein paar zerknüllte grellgrüne Plakate, und er sah gar nicht glücklich aus.

«Sag mal, Siggi, was denkst du dir eigentlich bei so was?»

«Warum stellt man mir neuerdings immer wieder so seltsame Fragen?» Siggi verschränkte die Arme vor der Brust. «Guten Morgen, Gunnar. Du bist hoffentlich gekommen, um deine Rechnung zu begleichen.»

«Rechnung?» Gunnar lehnte seine Angelausrüstung gegen eine Bodenvase, die umfiel. Umständlich begann er, eines der Plakate auseinanderzufalten.

«Straßburger Fayence-Manufaktur um 1745», merkte Siggi an und verzog das Gesicht. «Sag schnell, was dich herführt, Gunnar, bevor das ganze Haus einstürzt.»

«Na, das hier!» Er hielt das Plakat in die Höhe. «Wie kommst du dazu, die Dorfstraße mit deinem Müll zu pflastern? Weißt du, welche Strafe auf wildes Plakatieren steht?»

«Natürlich», sagte Siggi. «Schlimmstenfalls bringt einen das für zwei Jahre in den Bau, und deswegen würde ich auch nie ...»

Er brach ab und wandte sich Doro zu, die bei Gunnars Worten kreidebleich geworden war. Offensichtlich wusste sie sehr viel mehr über die Angelegenheit als er.

Als ihr Hilfe suchender Blick dem seinen begegnete, überlegte er rasch, wie die Situation noch zu retten war. Dann entschied er sich für eine kleine Notlüge: «Es ist wirklich nett von dir, dass du mir mein Eigentum zurückbringst. Wo haben sich die Plakate denn angefunden?»

«Angefunden?», wiederholte der Polizist konsterniert. «Was soll das bedeuten? Du weißt doch genau, wo ich sie ‹angefunden› habe.»

«Ich habe keine Ahnung. Meine Befürchtung war, die Einbrecher hätten sie zum Einwickeln von Kunstwerken verwendet. Doch bei mir scheint nichts zu fehlen, außer eben diesen grünen Blättern. Schade, dass sie jetzt wirklich nur noch als Packpapier taugen.» Siggi streckte die Hand nach den Plakaten aus, doch Gunnar hielt sie fest.

«Du willst mir weismachen, das Zeug sei dir geklaut worden? Ist dir klar, wie unglaubwürdig das klingt? Schließlich hat jemand damit heute Vormittag den halben Ort tapeziert!»

«Heute Morgen?», fragte Siggi übertrieben fröhlich. «Da war ich, genau wie du, am See zum Angeln. Ich habe dich sogar gesehen, du mich aber offensichtlich nicht, sonst würdest du mich gar nicht erst verdächtigen. Deine Beobachtungsgabe scheint für einen Polizisten nicht sonderlich ausgeprägt zu sein. Aber das ist ja nichts Neues.»

«Dann hat es vermutlich die dort für dich erledigt», rief Gunnar, und sein ausgestreckter Zeigefinger deutete anklagend auf Doro.

Diese fuhr sie sich mit der Zunge über die Lippen und klang reichlich nervös, als sie erwiderte: «Ich? Ich putze hier nur. Was sollte ich damit zu schaffen haben?»

«Da hörst du es, sie putzt hier nur. Und jetzt geh lieber, Gunnar, bevor du noch mehr Porzellan zerschlägst. Die grellgrüne Diebesbeute kannst du gern behalten, die brauchen wir nicht mehr. Schließlich findet die Auktion schon morgen statt, da lohnt sich das Plakatieren gar nicht mehr.»

Gunnar gab ein Schnauben von sich, griff nach seiner Angelausrüstung und brachte dabei den Garderobenständer gefährlich ins Wanken. «Ich krieg dich schon noch, Siggi Malich. Wenn nicht für diese missratene Werbeaktion, dann doch immerhin wegen des Missbrauchs der Notrufnummer. Das habe ich nicht vergessen!»

Damit stolzierte er hinaus, nicht ohne mit dem Ärmel seiner Steppjacke an der Türklinke hängen zu bleiben. Es gab ein hässliches, reißendes Geräusch, bevor er endlich aus Siggis Blickfeld verschwunden war.

«Das war knapp», stellte er fest.

«Danke.» Doro wagte kaum, ihn anzuschauen.

«Du bist nicht gerade ein Glücksbringer.» Er warf ihr einen finsteren Blick zu. «Na ja, Schwamm drüber. Wir beide haben noch viel zu tun.»

«Gehobenes Ambiente?», fragte Doro.

«Genau. Denk nur an all die Häppchen, die du noch vorbereiten musst. Und schau mal nach, wie viele Sektgläser wir haben.»

«Müssen?» In ihre eben noch zerknirschte Miene mischte sich ein Hauch von Trotz. «Gar nichts muss ich. Ich bin hier die Putzfrau, schon vergessen?»

«Jetzt nicht mehr. Gunnar ist weg, dem brauchst du nichts weiter vorzuspielen. Ab sofort bist du meine letzte Rettung. Denn wo soll ich so kurzfristig einen Caterer herbekommen?» Er sah sie flehentlich an. «Und eigentlich bist du mir wegen der Plakataktion etwas schuldig. Du hast Gunnar damit einen zweiten folgenschweren Auftritt in meinem Laden ermöglicht.» Er wies auf die umgestürzte Bodenvase zu ihren Füßen, doch Doro zeigte sich wenig beeindruckt.

«Ich fordere trotzdem eine Gehaltserhöhung.» Sie streckte kampflustig das Kinn vor.

«Das geht in Ordnung», stimmte er bereitwillig zu. «Und jetzt vergewissere dich bitte, wie viele Sektgläser wir im Haus haben.»

Kaum dass Doro aus seinem Blickfeld verschwunden war, bemerkte Siggi eine Notiz, die an einem Spiegel nahe der Eingangstür klebte. Mit gerunzelter Stirn trat er näher und rückte seine Brille zurecht. Doch nachdem er nur die ersten Worte gelesen hatte, rief er Doro zurück und wies auf den zweifellos aus einem Telefonbuch gerissenen Zettel, auf dem schwarze Buchstaben prangten.

«Wie ist das denn dort hingekommen?»

«Keine Ahnung.» Doro zuckte mit den Schultern. «Das muss jemand dagelassen haben. Ich habe beim Putzen ja nicht unentwegt die Tür im Auge.» Sie trat näher heran und las laut vor: «Heute Nacht um zwei am Friedhof in Simmerath. Einfach am Tor abstellen.» Doro runzelte die Stirn. «Ist das eine Art Date?»

«Ja», erwiderte Siggi tonlos und dachte an den unbekannten Anrufer und seine Drohungen. «Ein Date, zu dem ich bestimmt nicht gehen werde. Wer was von mir will, weiß, wo er mich finden kann.»

9

Am späten Donnerstagnachmittag, als Siggi gerade dabei war, einzelne Elemente einer transportablen Bühne miteinander zu verschrauben, kehrte Anton zurück.

Kaum hielt der Chrysler auf dem Hof des Antiquitätenladens, da ließ Siggi auch schon sein Werkzeug fallen und lief seinem Freund entgegen.

«Hast du es?»

Anton nickte und grinste, verzog jedoch plötzlich das Gesicht. Offensichtlich rächte sich der verschobene Termin beim Kieferchirurgen bereits auf schmerzhafte Weise.

Siggi sparte sich vorerst einen passenden Kommentar und sah gespannt zu, wie Anton den Kofferraumdeckel öffnete und eine Decke auseinanderschlug.

«Es ist recht gut geworden. Allerdings, und das ist ein großes Manko, sieht es sehr neu aus. Es wird uns einige Zeit und Mühe kosten, es in eine Antiquität zu verwandeln. Soll ich es gleich hier an Ort und Stelle fallen lassen? Ein paar kleine Macken im perfekten Druck können nicht schaden.»

«Untersteh dich!», rief Siggi. «Diese Arbeit wird mit Sorgfalt und Sachverstand ausgeführt. Stell es gleich mal dort drüben an die Wand. Es sieht nach Regen aus. Hinterher trocknen wir es dann im Backofen.»

«Ja, das klingt sehr professionell», spottete Anton. «Wollen wir derweil in deine Fälscherwerkstatt gehen, schwarzen Tee kochen und die Pinsel bereitstellen?»

«Je eher wir anfangen, desto besser.» Siggi unterdrückte ein Gähnen, was Anton nicht entging.

«Du siehst müde aus. Wann hast du das letzte Mal richtig ausgeschlafen?»

«Und du?», fragte Siggi. «Warum hast du Ringe um die Augen wie ein Pandabär? Du hast doch nicht etwa Zahnschmerzen, oder?»

Antons Antwort bestand aus einem unverständlichen Brummeln. Er lehnte die Kopie wie von Siggi vorgeschlagen an die Hauswand. Erste Regentropfen fielen auf den Pfau und perlten an ihm ab.

«Fast ein bisschen schade, es so zu misshandeln», meinte Anton.

«Mit einem nagelneuen Bild können wir nichts anfangen.» Siggi ging vor Anton her ins Haus und stieg die Treppe zu seiner Wohnung hinauf. Er betrat als Erster die Küche und damit auch gleichermaßen ein Schlachtfeld. Stapelweise Brote, frisches Obst und Gemüse sowie eine Vielfalt an Käse-, Fisch- und Wurstsorten warteten auf der Arbeitsfläche auf ihren Einsatz. Am Boden lagen heiße Backbleche herum, und über allem hing der Duft von Knoblauch und Camembert.

Doro hatte sich eine geblümte Schürze über einen schneeweißen Hosenanzug gebunden und das kurze Haar unter einem farbenfrohen Tuch verborgen. Sie war das Zentrum des Tohuwabohus und zeigte erste Anzeichen von Verzweiflung.

«Wir haben unzählige Einladungen rausgeschickt, und dazu kommen noch die Leute, die aufgrund der Internet- oder Plakatwerbung morgen Vormittag hier auftauchen können. Wie soll ich da vernünftig kalkulieren?», rief sie zur Begrüßung und warf Anton eine Salatgurke zu. «Können Sie die mal bitte schälen und in Scheiben schneiden?»

«Doro, die Reinigungskraft», rief Anton und legte die Gurke beiseite. «Wie nett, Sie wiederzusehen.»

«Doro vom Catering», verbesserte sie ihn und spießte eine Weintraube auf einen Zahnstocher. «Ich bereite alles, was nicht so schnell verwelken kann, vor, gehe aber davon aus, die ganze Nacht in dieser Küche zu verbringen. Und falls Sie sich das gerade fragen sollten: Nein, ich habe keine Erfahrungen auf diesem Gebiet.»

«Und auf welchem Gebiet haben Sie Erfahrungen?», nahm er den Faden auf.

Anstatt einer Antwort drückte sie ihm einen Gemüseschäler in die Hand und bedachte ihn mit einem strengen Blick, der ihn an die Salatgurke erinnern sollte. Doch statt sich zur Hilfskraft degradieren zu lassen, gab Anton den Schäler wortlos an Siggi weiter und bahnte sich einen Weg zur Kaffeemaschine.

«Wie schön. In der Kanne befindet sich eine kalte und wenig appetitliche braune Brühe. Das ist fast genauso gut wie Tee. Unser Objekt dürfte auch so weit sein.» Er deutete zum Fenster, vor dem gerade ein kräftiger Aprilschauer niederging. «Lass uns anfangen, Siggi.»

«Was soll das heißen?», fragte Doro misstrauisch. Sie hielt darin inne, die Weintrauben mit Zahnstochern zu erdolchen, und musterte ihn aufmerksam.

Anton verschloss derweil das Spülbecken mit einem Stöpsel, goss den Kaffee hinein und verdünnte ihn mit etwas klarem Wasser. Gleichzeitig durchsuchte Siggi die Küchenschubladen nach einem Backpinsel, wurde fündig und fand sogar noch ein weiteres Exemplar aus Silikon. Die Basis für ihre kleine Fälscherwerkstatt war geschaffen.

«Darf ich erfahren, was das werden soll? Und warum schält niemand die Gurke?», rief Doro.

Siggi hoffte, Anton würde die passenden Worte finden, und flitzte hinaus in den Regen, wo eine pitschnasse Lola neben der durchweichten Webarbeit saß und ihn vorwurfsvoll ansah.

«Hab dich vergessen», sagte er zu der Hündin. «Kann ja mal passieren.»

Rasch klemmte er sich das Bild unter den Arm und trat, gefolgt von der tropfenden Hündin, den Rückweg an.

«Völlig durchnässt», rief er, als er in der Küche ankam, und hielt das Duplikat der Tapisserie in die Höhe. «Wir können anfangen.»

«Was anfangen? Womit anfangen?», rief Doro. «Ich brauche jeden Quadratzentimeter Platz für meine Häppchen! Und was macht der nasse Hund zwischen meinen Backblechen?»

Doro klang leicht hysterisch, doch als Siggi, unterstützt von Anton, damit begann, den neuen Wandteppich von den stabilisierenden Holzlatten zu reißen, verstummte sie.

«Der Ofen ist schon heiß, das ist gut.» Siggi rieb sich zufrieden die Hände, während Anton das Bild, so gut es ging, zusammenknüllte, es in die Spüle mit dem Kaffeewasser warf und mit der Wurzelbürste darauf losging.

«Was soll denn das? Ihr macht ja das schöne Bild kaputt!»

Doro versuchte, ihn zurückzuhalten, aber Anton ließ bereits wieder von der Leinwand ab. «Wir werden es eine Weile einwirken lassen, dann im Backofen auftrocknen und die Prozedur wiederholen. Hast du alles, was wir brauchen, Siggi?»

«Selbstverständlich», erwiderte er. «Ich habe einen passenden Rahmen gefunden, in dem bis letzte Nacht noch irgendein Heiliger steckte. Im Holz sind wunderbare Wurmlöcher sowie handgeschmiedete Nägel zur Befestigung. Wir vollbringen heute ein wahres Meisterwerk. Ein altes Meisterwerk, wie ich betonen möchte.»

Anton nickte zufrieden, zog das Bild aus der braunen Tunke, drückte es vorsichtig aus und begann, Küchentücher darauf auszubreiten. Doro schimpfte über die Sauerei, die er veranstaltete, beobachtete aber gleichzeitig fasziniert, was vor sich ging.

Als die Männer einen kritischen Blick auf die Rückseite der Leinwand warfen, bemerkte Siggi: «Das ist noch viel zu hell und neu. Der Kaffee hat dem Stoff gerade mal den Teint einer Buttercremetorte verpasst. Ich fürchte, wir werden diese Prozedur noch ganz schön oft wiederholen müssen, bis er so richtig schön vergilbt aussieht. Und einige Stellen sollten wir verschonen, damit es so ungleichmäßig wirkt, als wäre es durch Sonnenlicht entstanden.»

Anton war der gleichen Ansicht. Entschlossen öffnete Siggi die Ofenklappe, legte das Kunstwerk auf das letzte freie Backblech und setzte sich auf einen Küchenstuhl. Sie würden Geduld haben müssen. Doch es konnte gelingen, obwohl die Zeit äußerst knapp war. Erst wenn die Tapisserie am Freitagmorgen trocken und gerahmt auf der Bühne stand, würde sich zeigen, ob ihre Arbeit überzeugen konnte.

«Es riecht penetrant nach Kaffeesatz», stellte Doro fest und bückte sich, um durch die Scheibe der Ofentür zu blicken. «Nein, ich korrigiere mich: Es stinkt regelrecht nach Kaffee.»

«Das macht nichts. Um den Geruch kümmern wir uns zuletzt», meinte Siggi und deutete auf das Gewürzregal. «Am Ende des Tages wird unser falscher Garten duften wie Omas Gewürzkissen.»

«Ihr wollt diesen Lappen als das Original ausgeben?» Bei Doro war der Groschen gefallen. «Wozu?»

Anton sah gespannt zu Siggi hinüber, dem bewusst wurde, dass er soeben vor die Wahl gestellt worden war, Doro in seinen Plan einzuweihen oder sie aus der Küche zu werfen. Da er allerdings auf ihre Hilfe angewiesen war, schien es nur eine Möglichkeit zu geben. Es sei denn, er erfand auf die Schnelle irgendeine plausible Geschichte.

«Tja, weißt du ...» Auch für Siggi klang das nicht nach einem vielversprechenden Anfang. Außerdem wusste er auch gar nicht, wie es enden sollte. Dann sagte er das Erstbeste, was ihm einfiel: «Es ist wie bei einem Hütchenspieler auf der Straße, der eine Erbse unter einem der drei Becher hin und her schiebt. Solange der Mörder nur glaubt, die Erbse sei noch im Rennen, können wir gewinnen.»

Anton starrte ihn mit offenem Mund an. Auch Doro konnte unmöglich entgangen sein, dass sie soeben mit einem kuriosen Vergleich abgespeist worden war.

Doch zu Siggis Überraschung schien diese ernsthaft über seine Worte nachzudenken und antwortete schließlich, während sie gleichzeitig ein paar unschuldige Radieschen massakrierte: «Ja, ich glaube, das verstehe ich.»

Kopfschüttelnd wandte Anton sich ab. Siggi beobachtete, wie sein Freund das Gewürzregal an der Wand durchsuchte, eine Nelke aus einem der Gläser nahm, sie sich in den Mund schob und zerbiss. Antons Zahnschmerzen schienen schlimmer zu werden. Doch immerhin war sein Leiden ein vorübergehendes. Bei Doro allerdings musste eine ziemlich große Schraube locker sein, wenn sie wirklich meinte, in Siggis Worten einen Sinn zu erkennen.

In den folgenden Stunden standen sie einander erfolgreich im Weg herum. Lola strich Doro um die Beine, in der Hoffnung, etwas von dem guten Essen könne für sie abfallen. Doro kreierte Häppchen, erkämpfte sich immer wieder den

Backofen für ihre eigenen Zwecke und stellte glücklicherweise keine Fragen mehr. Siggi und Anton fuhren fort, ihre Neuanschaffung nach allen Regeln der Kunst zu misshandeln. Nach jedem Durchgang waren sie ein bisschen zufriedener.

Als die Zeiger der Uhr auf Mitternacht zumarschierten, konzentrierten sie sich darauf, den Stoff in einen alten Rahmen einzupassen. Ein schwacher Duft von Gewürzen umfing nun den Pfau inmitten seines fleckigen Gartens. Trotzdem stieg Siggi noch immer das unterschwellige Aroma von Kaffee in die Nase. Wenn man das Bild aber erst auf einer Staffelei platzierte und die Auktionsbesucher nicht allzu dicht heranließ, würde das nicht weiter auffallen.

Sorgsam brachten sie etwas Mehl als Staubersatz auf dem Rahmen auf. Ihr Köder war nun perfekt hergerichtet, und Siggi unterbreitete seinen Helfern einen Vorschlag.

«Ich bin dafür, dass wir uns jetzt zumindest etwas Ruhe gönnen.»

«Keine Einwände», erwiderte Anton, und Doro nickte, woraufhin sich jeder von ihnen ein Plätzchen suchte.

Wenig später döste Doro in einem Sessel, während Anton die Couch mit Beschlag belegt hatte. Siggi selbst zog sich in sein Bett zurück und schlief tatsächlich einige Stunden am Stück, bevor er zu seinen Arbeiten an der Bühne zurückkehrte, die er im Schein einer Baustellenlampe fertigstellte. Während er ein paar Schrauben in den Bodenplatten versenkte, überlegte er, ob sich der ganze Aufwand auch wirklich lohnte. Würde sich der Mörder tatsächlich unter die harmlosen Gäste mischen und auf eine Chance lauern, die Tapisserie in seinen Besitz zu bringen?

Als Siggi bald darauf die Arbeit einstellte und in die Küche kam, stand Doro bereits wieder an der Arbeitsplatte. Sie sahen einander an und sagten gleichzeitig: «Fertig», woraufhin Anton, der auf dem Küchenstuhl saß, wo er erneut eingenickt war, zusammenzuckte, aber nicht aufwachte.

Siggis Hunger hätte mittlerweile ausgereicht, um eine überladene Häppchenplatte binnen Minuten kahl zu fressen, doch er ahnte, dass Doro das nicht zulassen würde. So warf er lediglich Lola, die genauso hungrig dreinblickte wie er selbst, einen Hundekeks zu und sagte: «Ein Profi hätte es nicht besser hinbekommen. Hoffentlich gilt das auch für meine Bühnenkonstruktion.»

«Schieb es bloß nicht auf den Genuss von zu vielen Häppchen, wenn der Auktionator plötzlich einbricht», erwiderte sie und wischte sich die Hände an der Schürze ab.

«Das würde ich nie wagen.» Siggi versetzte Anton einen Stoß, woraufhin dieser die Augen aufschlug.

«Fertig», brummelte nun auch sein Freund und deutete auf die Kopie der Gartenlandschaft, die vor ihm auf dem Tisch lag. «Der Kaffeeduft ist kaum noch vorhanden.»

«Es ist ziemlich gut geworden, oder?» Doro warf der noch immer hungrig wirkenden Lola eine zu klein geratene Frikadelle zu, stellte sich neben ihn und bewunderte die fertige Fälschung. «Zu neu sieht das Bild jedenfalls bestimmt nicht mehr aus. Kein Wunder bei dem Aufwand, den ihr betrieben habt. Fehlt eigentlich nur noch, dass ihr den Pfau mit dem Auto überfahrt.»

«Alt und kaputt ist nicht dasselbe.» Siggi musterte die Hauptattraktion der heutigen Veranstaltung genauer. Er fragte sich, was ihn daran störte. Auf den ersten Blick war es nicht vom Original zu unterscheiden. Doch Siggi hatte das unbestimmte Gefühl, als würde noch irgendetwas fehlen.

«Es ist dasselbe Motiv und wirkt doch anders», brachte er schließlich hervor. «Haben wir etwas vergessen?»

«Quatsch», murmelte Anton. «Diese Kopie wurde doch mittels eines Fotos vom Original angefertigt. Wie sollte dabei etwas verloren gegangen sein?»

«Ich weiß auch nicht, es ist nur so ein Gefühl», wiederholte Siggi und fixierte den Pfau in der Rasenmitte. Das Tier wirkte genauso prächtig wie auf der ursprünglichen Tapisserie. Auch das vorwitzige Eichhörnchen saß neben dem Baumstamm, wo es hingehörte, und der halbe Gartenpavillon befand sich exakt an der richtigen Stelle. Alles schien perfekt, und doch war es das nicht.

Am liebsten hätte Siggi das Original aus dem Safe geholt, um beide Bilder miteinander zu vergleichen. Doch ein Blick auf die Uhr verriet, dass ihnen keine Zeit blieb, um weitere Änderungen vorzunehmen, selbst wenn er jetzt noch auf den Unterschied stieß.

«Jeden Moment kann unser Auktionator eintreffen.» Siggi krempelte seine Ärmel hinunter, während Anton sich kerzengerade auf dem Küchenstuhl aufrichtete und ebenfalls den Sitz seiner Kleidung überprüfte.

«Wer kommt denn?», fragte Doro. «Eine Berühmtheit aus dem Fernsehen etwa? Jemand aus dieser Antiquitätensendung, die ich so gerne gucke?»

«Es ist die beste Kraft, die wir für diese Aufgabe finden konnten», erwiderte Anton und strich sich prüfend über das stoppelige Kinn. «Meine Mutter.»

«Wie bitte?» Doro sah überrascht von Siggi zu Anton und erwartete offensichtlich eine Erklärung.

«Sie ist großartig, du wirst sie erleben», verteidigte Anton seine Wahl, erhob sich von seinem Platz und mopste einen der Käsespieße. Augenblicklich verzog er das Gesicht und betastete seinen Unterkiefer. «Wenn meine Mutter das Heft beziehungsweise das Mikrofon in der Hand hält, kitzelt sie auch noch den letzten Cent aus einem Interessenten heraus. Schon ihr ganzes Leben lang ist sie als Auktionatorin aktiv. Es liegt ihr einfach im Blut.» Er warf einen Blick aus dem Küchenfenster. «Und wenn mich nicht alles täuscht, kommt sie gerade vorgefahren. Ich sollte mich etwas frisch machen, bevor ich ihr unter die Augen trete.»

In beeindruckendem Tempo drängte er sich aus der Küche, und gleich darauf fiel die Badezimmertür hinter ihm ins Schloss.

«Na großartig.» Siggi spürte Ärger in sich aufkeimen. «Und ich darf mich mit einer Gabel frisieren und etwas Speiseöl auftragen, oder was? Dabei hatte ich mit dem Bühnenaufbau die weitaus schweißtreibendere Aufgabe.»

Doro reagierte sofort, öffnete ihre Handtasche und reichte ihm ein Erfrischungstuch.

Als er die Verpackung aufriss, stieg ihm ein penetranter Duft nach Alkohol und Zitrone in die Nase. «Das ist es!», entfuhr es ihm. «So roch es in meinem Laden, als ich den Toten gefunden habe.»

Er sah zu Doro, die gelassen am Spülbecken lehnte. «Na und? Viele Menschen benutzen solche Erfrischungstücher, wenn sie das Bedürfnis nach Sauberkeit haben, aber gerade einmal keine Waschgelegenheit zur Hand ist.»

«Ernsthaft? Ich habe so etwas das letzte Mal in den Siebzigern gesehen, und zwar im Handtäschchen meiner Oma.» Doch Siggi blieb keine Zeit, noch länger mit ihr über Körperpflege zu diskutieren, denn er musste Antons Mutter in Empfang nehmen, egal, wie er gerade aussah oder roch.

Begleitet von Doro, kam er gerade rechtzeitig vor dem Haus an, um zu beobachten, wie eine korpulente Dame mit vollem weißem Haar sich mühsam aus dem Fahrersitz ihres Oldtimers quälte. Nachdem sie in aller Seelenruhe den Sitz ihrer Kleidung überprüft und schwungvoll ihren Lippenstift nachgezogen hatte, ohne dafür einen Spiegel zurate zu ziehen, stolzierte sie direkt auf Siggi zu.

«Guten Morgen, mein Junge. Spielst du schön?»

Siggi, der von ihr nichts anderes erwartet hatte, als wie ein Schulkind angesprochen zu werden, lächelte. «Liebe Frau Schauer, ich freue mich außerordentlich, dass Sie es einrichten konnten. Mit Ihnen als Hauptperson wird die Veranstaltung gewissermaßen auf ein neues Level gehoben.»

«Wir wollen sehen, Jungchen.» Am Klang ihrer Stimme hörte er, wie geschmeichelt sie sich fühlte. Das war ein guter Anfang, denn Adelheid Schauer war nach seiner Erfahrung eine Person, die bei Laune gehalten werden musste.

«Bring mir eine Wasserschorle, Kleines.» Antons Mutter nahm Doro ins Visier. «Und achte darauf, dass ich immer etwas zu trinken am Rednerpult habe. Dann werden wir beide uns gut verstehen.» Adelheid Schauer öffnete ihre reich bestickte Handtasche, zog einen Fünf-Euro-Schein hervor und hielt ihn Doro hin. Als diese keine Anstalten machte, das Geld entgegenzunehmen, ergänzte die alte Dame: «Stell dich nicht so an, Kind, ich zahle das Trinkgeld immer im Voraus. Jemand hat mir einmal erzählt, damit sichere man sich von Anfang an die Sympathien des Personals.»

Während Doro noch immer auf den zerknitterten Geldschein starrte, setzte Siggi zu einer Erklärung an: «Doro ist …»

«Was? Deine kleine Freundin?» Die fünf Euro wurden in die Handtasche zurückgestopft. «Nun, dann wird sie mir meine Wasserschorle auch so bringen, nicht wahr?»

«Ich weiß nicht, was eine Wasserschorle ist.» Doro klang

ein wenig patzig. Sie musterte die wesentlich ältere Frau in dem moosgrünen Wollkleid, auf deren Brust ein Bernstein von der Größe eines Faustkeils ruhte, und schien sich zu fragen, ob sie ihr Gegenüber mochte.

Siggi war versucht, ihr zuzuflüstern, dass dies im Grunde völlig ohne Belang war. Viel bedeutender schien die Frage, ob Doro Frau Schauer gefiel. Denn falls nicht, konnten die nächsten Stunden für seine neue Putz-, Schreib- und Küchenhilfe ganz schön anstrengend werden.

«Zwei Drittel Leitungswasser und ein Drittel Mineralwasser, vielen Dank», erklärte die Auktionatorin in gebieterischem Ton.

Doro öffnete den Mund, um etwas zu erwidern, doch in diesem Moment betrat Anton ein wenig atemlos die Szene und hauchte Frau Schauer einen Kuss auf die geschminkte Wange. «Guten Morgen, Mutter. Es ist schön, dich zu sehen.»

«Wenn ich meinem Jungen und seinen Spielgefährten helfen kann, fahre ich gern in aller Herrgottsfrühe von Münster bis in die Eifel.» Sie streckte ihrem Sohn die leere Handfläche entgegen. «Wo ist der Katalog?»

Siggi und Anton wechselten einen raschen Blick, bevor Letzterer antwortete: «Wir haben für diese Auktion keinen Katalog, Mutter. Es ist eine sehr spontane Veranstaltung, und uns blieb nur wenig Vorbereitungszeit. Aber natürlich gibt es ein Programm, in dem alle Exponate aufgeführt und nummeriert sind.»

Er zog ein gefaltetes Blatt Papier aus der Innentasche seines falsch zugeknöpften Sakkos und gab es an seine Mutter weiter.

«Das Papier ist ja noch warm.» Sie hob die Brauen. «Das kommt wohl gerade erst aus dem Fotokopierer, ja?» Sie zuckte mit den Schultern. «Na, und wennschon. Wir werden die

Veranstaltung professionell über die Bühne bringen. Dafür bin ich schließlich hier. Wo stehen die Exponate?»

«Im Antiquitätenladen.» Siggi deutete eine Verbeugung an und wies Frau Schauer den Weg.

Auch Anton setzte sich in Bewegung, allerdings in die entgegengesetzte Richtung. Siggi war sich nicht sicher, ob sein Freund etwas oben in der Wohnung vergessen hatte oder vor seiner Mutter floh.

«Ein bisschen dunkel hast du es hier drinnen», war der erste Kommentar, zu dem Frau Schauer sich beim Betreten des Ladens herabließ. «Und auch ein wenig muffig.» Sie strich mit dem Daumen über den Rahmen eines Bildes. «Wenigstens wird hier ordentlich geputzt.»

Mit einem zufriedenen Nicken ließ sie die Hand sinken. Doro setzte eine Miene auf, als ob sie soeben eine Prüfung bestanden hätte.

«Licht, Luft und Sauberkeit unterscheiden ein nobles Antiquitätengeschäft von einem einfachen Trödelladen, merk dir das, mein Junge.»

Siggi versprach es und betätigte eilig den Lichtschalter für die Deckenbeleuchtung. Dann wies er auf die Kunstwerke rund um seinen Arbeitsplatz, die er für die Auktion ausgewählt hatte.

«Sehr hübsch.» Frau Schauer drehte eine zierliche chinesische Teetasse in ihrer Hand. «Du hast ein Händchen für gute Objekte.»

Wie aufs Stichwort erschien Anton, in der Hand die Hauptattraktion, die er nun zu den anderen Exponaten stellte. Als der Blick seiner Mutter auf das Duplikat fiel, verfinsterte sich ihre Miene.

Mit angehaltenem Atem beobachtete Siggi, wie die alte Dame das Bild an sich nahm und damit ans Fenster trat, um es im Tageslicht zu betrachten. Dann beugte Frau Schauer unvermittelt den Kopf, drückte ihre Nase gegen die Tapisserie und sog hörbar die Luft ein. Anton und Siggi warfen einander düstere Blicke zu.

«Habt ihr mit Lebensmitteln gespielt?» Als die Auktionatorin den Kopf hob, wirkten ihre hellgrauen Augen hart wie Kiesel. Unbarmherzig starrte sie erst ihren Sohn und dann Siggi an. «Wollt ihr eine alte Frau für dumm verkaufen?»

«Mitnichten.» Anton sprang vor und nahm ihr das Bild ab. «Es ist nur so, dass Siggi in einer üblen Sache steckt und ich mich verpflichtet fühle, meinem Freund zu helfen.» Mit einem Augenzwinkern ergänzte er: «Das sind Werte, die du mir beigebracht hast, Mutter.»

Frau Schauer gab ein unwilliges Geräusch von sich und schürzte die Lippen. «Was soll ich mit diesem Machwerk anfangen? Ihr könnt wohl kaum von mir erwarten, es als Antiquität anzupreisen.»

«Natürlich nicht», rief Siggi eilig. «Aber Sie sind doch eine wahre Meisterin der Worte, daher hoffen wir, Sie könnten eine unverfängliche, aufrichtige und doch reizvolle Formulierung finden, wenn dieser Artikel mit der Nummer 23 an die Reihe kommt.»

«Unverfänglich, aufrichtig und reizvoll», wiederholte die Auktionatorin und strich sich nachdenklich über das Kinn, als müsste sie überlegen. «Diese üble Sache, in der ihr nun wohl alle beide steckt, hat hoffentlich nichts mit einem gefälschten Gutachten zu tun.»

Sie hoben gleichzeitig abwehrend die Hände und brabbelten Worte schlecht gespielter Empörung.

«Oder etwa mit der Polizei?», fragte Frau Schauer lauernd.

Der Protest ebbte schlagartig ab, und Siggi murmelte:

«Aber nur ganz am Rande. Und ich bin im Recht, wie ich betonen möchte.»

Frau Schauer erwiderte nichts. Sie betrachtete die Webarbeit und schien noch immer überlegen zu müssen. Gespannt wartete Siggi, wie sie sich entscheiden würde, als mit einem Mal Doro in den Fokus der alten Dame geriet.

«Wo bleibt meine Wasserschorle, Mädchen? Jetzt aber hurtig, wenn ich bitten darf.»

Doro nickte und beeilte sich, die Flucht zu ergreifen. Siggi hoffte für sie, dass sie sich noch an das Mischverhältnis der Schorle erinnern konnte.

10

Als die ersten Gäste ankamen, steckte Siggi in seinem besten Anzug und versuchte verzweifelt, die Krawatte um seinen Hals nicht wie einen Strick aussehen zu lassen. Zu seinem Glück nahm Anton ihn beiseite und half ihm mit geübten Handgriffen.

«Ich gratuliere dir schon jetzt zu einer gelungenen Veranstaltung», flüsterte sein Freund. «Die Stuhlreihen unter den Baldachinen genügen für eine ganze Kompanie kaufwilliger Gäste, die Bühne ist mit frischem Grün geschmückt, die Technik funktioniert, meine Mutter lächelt, und Doro sieht in ihrem hübschen Kleid wie das blühende Leben aus, während sie den Neuankömmlingen Sekt und Häppchen aufnötigt. Alles ist perfekt. Sogar du.» Er zupfte ein letztes Mal am Binder und reichte Siggi ein Sektglas.

«Perfekt ist es erst, wenn unsere Falle auch zuschnappt», korrigierte Siggi und sah sich suchend um. «Ist Kurt schon aufgetaucht?»

Prompt schob sich soeben sein Kumpel, der alle Anwesenden um Haupteslänge überragte, durch die Menge. Er wirkte ein wenig abgehetzt, hatte aber zur Feier des Tages seine Anglergarderobe gegen einen kanariengelben Cordanzug eingetauscht, der vermutlich aus dem Nachlass seines Vaters stammte und schon in den Siebzigern eine Beleidigung für den Betrachter gewesen sein musste. Statt eines Einstecktuchs ragte ein Geldschein aus seiner Brusttasche. Ganz offensichtlich war Kurt entschlossen, seine Rolle voll auszuleben.

Als er Siggi erreichte, rief er: «Tolle Party! So etwas solltest du öfter veranstalten. Das tröstet mich über meinen heutigen Fehlschlag hinweg.»

«Hat es etwas mit Aktien zu tun?», fragte Siggi mitfühlend.

«Gewissermaßen.» Kurt biss in den Lachs und wechselte rasch wieder das Thema. «Das halbe Dorf ist gekommen, und sogar Gunnar habe ich schon entdeckt und davon abgehalten, eine der Zeltstangen umzureißen.»

Siggi gab ein leises Stöhnen von sich und nutzte die Gelegenheit, um seine beiden Freunde, die aus ganz unterschiedlichen Bereichen seines Lebens stammten, einander vorzustellen. Und während Kurt bei einer höflichen Plauderei feststellen musste, dass Anton Fisch zwar aß, aber ihn nie im Leben selbst fangen würde, musterte der Antiquitätenhändler den Strom der ankommenden Gäste. Tatsächlich erkannte er viele Einheimische wieder und musste sich eingestehen, dass Doros unerlaubte Plakataktion zweifellos ihren Zweck erfüllt und jede Menge Neugierige angelockt hatte. So weit hätte er zufrieden sein können, wenn ihm nicht plötzlich ein Gesicht in der Menge aufgefallen wäre, das er hier noch einmal zu sehen nicht erwartet hatte.

Die Boxernase sowie die schlecht überkronten Vorderzähne gehörten ohne jeden Zweifel zu dem Kölner Zuhälter Bodo Rappenich, einem Kleinkriminellen, dem Siggi vor Jahren Hausverbot erteilt hatte, nachdem Bodo mit dem Versuch, ihm gestohlene Ware anzudrehen, gescheitert war. Und um das Maß vollzumachen, bemerkte Siggi nun auch die Baronin von Pilz unter seinen Gästen. Eine Frau, die mit dem Adel in etwa so viel gemein hatte wie ein Laubfrosch mit einer

Kettensäge und der die Hochstapelei einfach im Blut lag. Auch ihr hatte Siggi schon vor langer Zeit weitere Besuche in seinem Geschäft untersagt, nachdem sie ihn um einige Schmuckstücke erleichtert hatte.

«Das ist merkwürdig», sagte er laut, zupfte Anton am Ärmel und deutete auf die beiden unwillkommenen Besucher. «Was hat das Gesindel hier verloren?»

Kurt, der seine Bemerkung gehört hatte, reckte den Hals, um besser sehen zu können, während Anton ein übertrieben breites Grinsen aufsetzte und seinem Freund durch die zusammengebissenen Zähne zuzischte: «Du wolltest doch unbedingt im Dreck spielen. Wundert es dich wirklich, dass du heute Leute bewirtest, die du lieber hinter Schloss und Riegel wissen würdest?»

«Meinst du, die sind wegen des Bildes gekommen?», hauchte Siggi. «Ein alter Teppich, der haufenweise kriminelles Gesindel anzieht, glaubst du das etwa?»

«Natürlich, denn wir halten schließlich Ausschau nach einem Mörder.» Anton grinste noch immer wie ein Honigkuchenpferd und prostete Baronin von Pilz zu, die einen fürchterlich hässlichen Hund von der Größe einer Ratte an ihren mageren Busen drückte und ihnen hoheitsvoll zunickte.

«Sie kommt tatsächlich zu uns herüber.» Siggi wäre am liebsten davongelaufen, um sich zwischen den anderen Neuankömmlingen zu verstecken, doch Anton schien fest entschlossen, die Stellung zu halten.

Kurt, der jedes Wort begierig aufgesogen hatte, sah der Hochstaplerin mit einer Mischung aus Neugier und Respekt entgegen.

«Sigismund Malich, wie schön, wieder einmal hier zu sein», flötete sie und hielt ihm die behandschuhte Linke unter die Nase, als erwartete sie einen Handkuss. «Ich war überrascht, deine Einladung zu erhalten, und habe mich von ganzem Herzen gefreut.»

Siggi spürte förmlich, wie sein Verstand offline ging. Er ignorierte ihre Finger unter seiner Nase und blickte in die grell geschminkten Gesichtszüge der angeblichen Baronin. Als er darin keine Antwort auf seine Fragen fand, warf er Anton einen Hilfe suchenden Blick zu, doch der zuckte nur mit den Schultern.

«Ach, und der Herr Schauer ist auch da. Ja, wenn die Frau Mama die edlen Stücke aufruft, ist der Sohn nicht weit.» Sie streckte dem völlig verdutzten Anton ihre kläffende Handtaschentöle entgegen. «Mein kleiner Lord muss mal Gassi, Herr Schauer. Und niemandem würde ich das Herzilein lieber anvertrauen als Ihnen, während ich mich hier weiter umsehe.» Und an Kurt gewandt, ergänzte sie: «Sie dürfen mich gern begleiten, Herr ...»

«Graf Simon von Bibelwipfingen», rief Kurt übermäßig fröhlich aus und deutete eine Verbeugung an. «Darf ich Sie zu einem Glas Sekt einladen?»

Mit diesen Worten zog er die Dame mit sich und ließ einen konsterniert dreinblickenden Anton sowie einen empörten Siggi zurück.

Der Kunstexperte sprach als Erster wieder, nachdem er den «kleinen Lord» auf einem leeren Klappstuhl in seiner unmittelbaren Nähe abgesetzt hatte. «Da gehen sie hin und bilden mit ihren Lügengeschichten so etwas wie das perfekte Paar. Aber was um alles in der Welt hat sie gemeint, als sie von einer Einladung sprach?»

«Ich habe nicht die leiseste Ahnung», sagte Siggi und beobachtete Doro, die in ihrem leuchtend roten Kleid neben dem Zuhälter Bodo Rappenich stand und selig lächelte, während der Ex-Boxer ihr ungeniert in den Ausschnitt stierte.

«Die Pilz habe ich bestimmt nicht eingeladen. Persönliche Einladungen gingen nur an Personen in meiner Kundenkartei, und die hat Doro unter meiner Anleitung verschickt.» Er verstummte, und sein Blick verweilte nun noch etwas länger auf Doro. Als aber ein ihm wohlbekannter Kleptomane namens Hans Reuter ganz ungeniert einen Serviettenring in seinem Hemdsärmel verschwinden ließ, reichte es Siggi. Hier bestand dringender Klärungsbedarf.

«Ich bin gleich wieder da», murmelte er Anton zu, der so tat, als ginge ihn der Hund der Baronin von Pilz nicht das Geringste an. «Ich muss mit Doro sprechen.»

«Ja, tu das», erwiderte sein Freund. «Bevor sie sich für heute Abend mit dem bösen Bodo verabredet. Es sieht ganz so aus, als würden die zwei Gefallen aneinander finden.»

Antons Worte noch im Ohr, bahnte Siggi sich immer schneller einen Weg durch die Umstehenden und konnte sich, als er die beiden Turteltauben erreichte, nicht recht entscheiden, wen er zuerst fortschleifen und verhören sollte. Spontan entschied er sich für Doro, die so bezaubernd aussah wie nie zuvor, und auch Siggi konnte nun nicht umhin, das mit funkelnden Glaskirschen geschmückte Dekolleté zu bewundern. Einen Moment lang fragte er sich, wann sie den praktischen weißen Overall gegen diese gefällige Garderobe eingetauscht hatte, als ihm aufging, dass das Kleid aus seinem Fundus im ersten Stock stammte. Es war kaum zu fassen, aber an der richtigen Person sah einfach alles verführerisch aus.

«Darf ich kurz stören? Ich muss mich mit meiner Angestellten unterhalten.» Er wartete eine Antwort des Zuhälters gar nicht erst ab und zog die ihm nur widerstrebend folgende Doro hinter eine billige Terrakottasäule.

«Was zum Teufel geht hier vor?», fragte Siggi. «Auf meinem Grund und Boden laufen gerade zusammen gut zwanzig Jahre Zuchthaus herum, vielleicht sogar wesentlich mehr. Wie kommt es, dass diese Auktion ein Treffpunkt für Kleinkriminelle geworden ist, von denen zumindest eine behauptet, eine Einladung zu besitzen?»

«Das weiß ich doch nicht.» Doro blickte ihn entrüstet an. «Ich habe mich lediglich mit diesem freundlichen Großunternehmer aus Köln unterhalten, der mir übrigens einen Job in einem seiner Hotels angeboten hat. Er meint, ich hätte hervorragende Eigenschaften und Talente, mit denen ich in seinen Häusern glänzen könnte.»

«Der Mann ist Zuhälter und betreibt Bordelle. An deiner Stelle würde ich mir gut überlegen, ob das die Art von Karriere ist, die du anstreben willst. Aber vielleicht bist du auf dem Gebiet ja talentierter als auf dem der Korrespondenz.»

«Was soll das denn heißen?» Doro schoss die Röte ins Gesicht. Sie warf Bodo Rappenich einen leicht angeekelten Blick zu und versuchte, sich hinter der Terrakottasäule vor dem Mann zu verstecken.

«An wen genau hast du die Einladungen versandt?», fragte Siggi weiter und schirmte Doro nun zusätzlich mit ganzem Körpereinsatz vor den begehrlichen Blicken Rappenichs ab.

«An alle Leute, deren Namen in deinen Adressbüchern standen, ganz wie gewünscht», beteuerte Doro.

«Ich habe nur ein Adressbuch auf meinem Computer.»

«Aber nein, es gibt ein zweites», behauptete Doro. «Adressen: B bis L heißt die Datei und ist nur schwer zu übersehen.»

Als die Erkenntnis über ihn hereinbrach, schloss Siggi die Augen und konnte ein Stöhnen nicht unterdrücken. «Das heißt nicht B bis L, sondern schlichtweg BL, und dieses Kürzel steht für Blacklist!», entfuhr es ihm lauter als gewollt.

«Du hast all das Gesindel, das ich in meinem Geschäft nie mehr sehen wollte, zu dieser Auktion eingeladen. Für den Fall, dass wir vorher noch keinen Mörder auf dem Gelände gehabt haben sollten, jetzt ist bestimmt einer darunter.»

«Du führst eine schwarze Liste? Aber das konnte ich doch nicht ahnen.» Doro sah verzweifelt aus. «Oh Gott, ich bin so ein dämliches Schaf. Jetzt wirst du mich sicher feuern, und alles ist aus. Ich bin eine Katastrophe, wie konnte mir nur ein solcher Fehler unterlaufen?»

«Schon gut», versuchte Siggi zu beschwichtigen. Ihr Gefühlsausbruch wurde ihm bereits peinlich. «Hör auf, dich ständig um deinen Job zu sorgen, es ist ja noch nichts geschehen. Wir werden ein wachsames Auge auf die Kanaillen haben, und mit etwas Glück hält sich der Schaden bis zum Ende der Veranstaltung in Grenzen. Wenigstens weiß ich nun, dass nicht das Bild selbst diese zwielichtigen Typen angelockt hat.» Er hakte die weiterhin aufgelöste Doro unter und führte sie zurück zu einem der Stehtische, auf dem noch immer ein Tablett mit Sektgläsern stand. «Trink einen Schluck, das ist gut für den Kreislauf», sagte er und begleitete sie, nachdem sie sich bedient hatte, zu den Klappstühlen unter dem Zeltdach, damit sie sich einen Augenblick setzen konnte.

«Bin ich gefeuert?», fragte sie noch einmal und sah zu ihm auf.

In ihren Augen, die er nur strahlend kannte, schwammen Tränen, und der Anblick brach ihm fast das Herz. «Natürlich nicht, das habe ich doch schon gesagt.» Anscheinend war «gefeuert werden» einer ihrer schlimmsten Albträume. «Ich kann es schließlich nicht riskieren, dass du das Angebot von Bodo Rappenich annimmst.»

«Da bin ich aber erleichtert», rief Doro aus und ließ sich

rückwärts auf den nächstbesten Klappstuhl fallen. Ein markerschütterndes Fiepen ertönte und verstummte dann. Mit einem Ruck zog Siggi Doro, kaum dass sie saß, wieder vom Stuhl hoch und starrte auf den winzigen Handtaschenhund der Gräfin von Pilz, der nun mit Augen, so leer wie die des verschwundenen Toten vom letzten Dienstag, von der Sitzfläche des Stuhls zu ihnen hochstierte. Rund um ihn herum erstarben alle Gespräche, während Doro einen spitzen Schrei ausstieß.

«Ich habe ihn umgebracht», rief sie verzweifelt, ließ sich auf die Knie nieder und begann damit, die Pfoten des Chihuahua in pumpenden Bewegungen vor- und zurückzuschieben. «Atme. Oh bitte, bitte atme!»

«Was ist hier denn los?», hörte man nun die durchdringende Stimme der Baronin von Pilz. Rasch kam sie näher und griff sich beim Anblick ihres Haustiers an die Brust, als ob sie der Schlag getroffen hätte. «Mein armer kleiner Liebling, was haben sie dir angetan?»

«Gar nichts», behauptete Siggi, packte den Hund an den Hinterläufen und zog ihn ruckartig in die Höhe. «Der Fifi schläft nur, sehen Sie?»

Doch das Tier hing schlaf in seinen Händen, woraufhin er den Hund zurück auf den Stuhl legte und mit Wiederbelebungsmaßnahmen begann.

«Schneller!» Plötzlich stand Anton neben ihm und feuerte ihn an. «Prüfen, pusten, drücken, prüfen, pusten, drücken.»

Siggi hörte kaum hin. Er massierte den Brustkorb des «kleinen Lords», blies ihm seinen Atem in die feuchte Hundenase und spürte eine wahre Welle der Erleichterung über sich hinwegspülen, als der Chihuahua endlich blinzelte.

«Da haben wir aber Glück gehabt», raunte Anton ihm ins Ohr, während rund um ihn herum der Applaus aufbrandete.

«In Krimis gibt es meist mehr als eine Leiche, und der ‹kleine Lord› wäre fast zu unserem zweiten Opfer geworden.» Er wies auf den doppelten Gunnar, der nur wenige Meter entfernt stand. «Der Herr dort hatte schon die Handschellen gezückt, um dich abzuführen, das kann ich beschwören.»

Siggi warf Gunnar einen schrägen Blick zu, der nun ebenfalls, allerdings nur sehr verhalten, in die Hände klatschte, um seine Anerkennung auszudrücken. Siggi überreichte der Baronin ihren noch recht verwirrt dreinblickenden Schoßhund und zog sich aus der allgemeinen Aufmerksamkeit zurück, indem er ebenfalls zu applaudieren begann und demonstrativ in Richtung Bühne schaute, wo sich Adelheid Schauer nun hinter dem Rednerpult aufbaute, den bereitliegenden Auktionshammer ergriff und ans Mikrofon klopfte. Nachdem sich alle Anwesenden ihr zugewandt hatten, hob sie in ihrer gebieterischen Art zu einer Begrüßungsrede an. Siggi lauschte ihr einige Sekunden lang, dann bemerkte er, dass Bodo Rappenich nur wenige Meter vor ihm stand und schon wieder die noch ziemlich verstört wirkende Doro anstarrte. Spontan beschloss er, dass diese Angelegenheit unaufschiebbar und das Maß voll war. Er legte dem untersetzten Mann eine Hand auf die Schulter und verstärkte den Druck kontinuierlich, bis er Rappenichs volle Aufmerksamkeit auf sich gezogen hatte.

Dann flüsterte er ihm zu: «Wir zwei müssen uns unterhalten. Aber nicht hier. Mitkommen. Jetzt.»

Rappenich, eine Mischung aus Neugier und Besorgnis im Blick, folgte Siggi bis zu der Terrakottasäule, hinter der bereits die Unterredung mit Doro stattgefunden hatte.

«Was willst du, Malich?», schnarrte der Zuhälter in gedämpftem Ton und einer Stimmlage, die verriet, dass der Mann in seiner Jugend zu viele billige Gangsterfilme konsumiert hatte. «Du hast mich selbst eingeladen, also wo ist das Problem?»

«Es geht um meine Angestellte.» Siggi packte den Zuhälter am Arm, drehte ihn herum und wies ihm die Richtung. Doro zappelte noch immer nervös neben der Baronin umher und ließ den wiederbelebten Hund nicht aus den Augen. «Sieh sie dir noch ein letztes Mal ganz genau an und danach nie wieder. Bin ich verstanden worden?»

Rappenich wandte sich ihm wieder zu und hob die Arme zu einer entschuldigenden Geste. «Hey, mein Freund. Selbstverständlich wildere ich nicht in fremden Gefilden. Wenn die Kleine zu dir gehört, fasse ich sie nicht einmal mehr mit der Kneifzange an, das ist doch Ehrensache.»

«Sie gehört nicht zu mir, aber ...»

«Also, was jetzt?» Rappenich blickte lauernd zu ihm auf. «Steht die Braut nun unter Artenschutz oder nicht?»

«Ja.» Siggi entschied sich spontan für eine klare Ansage. Zumindest Rappenich gegenüber. «Doro wird beschützt, und zwar von mir. Typen wie dich will ich nicht in ihrer Nähe sehen.»

Rappenichs wulstige Lippen verzogen sich zu einem breiten Grinsen. Der Mann zog einen imaginären Hut, verbeugte sich und schlenderte davon. Siggi blieb zurück, lehnte sich an die Säule und versuchte das Gefühl der Verwirrung, das sich während der letzten Sekunden in ihm breitgemacht hatte, loszuwerden. Jetzt fing er Doros fragenden Blick auf und erkannte, dass es allerhöchste Zeit für ihn wurde, sich zusammenzureißen. Adelheid Schauer ließ sich von Anton soeben das erste Stück der Auktion anreichen und beschrieb den Anwesenden in überschwänglichen Worten die gut erhaltene Statuette einer Schäferin. Schon hoben sich erste Hände. Die Auktion hatte begonnen.

«Mein Herz flattert noch immer wie ein Kolibri», flüsterte Doro ihm zu, als Siggi sich neben sie stellte, um die Auktion besser verfolgen zu können. «Bei allen Missgeschicken, die mir schon unterlaufen sind, hat es bisher zumindest noch nie ein Todesopfer gegeben.»

«Das höre ich gern», sagte Siggi und dachte an die Leiche in seinem Laden. Von der Liste der Verdächtigen würde er Doro nur wegen dieser Behauptung nicht streichen.

«Der Moment, als der kleine Hund reglos auf dem Sitz lag, platt gequetscht von meinem Hintern, war einer der schlimmsten meines Lebens. Ich bin dir so dankbar für deinen spontanen Einsatz, mit dem du den ‹kleinen Lord› gerettet hast.»

«Schon gut», flüsterte Siggi zurück und bereute es schon, den Platz neben ihr gewählt zu haben, denn ihr Geplapper lenkte ihn vom Geschehen ab.

Um das Maß vollzumachen, vibrierte nun auch noch ihr Handy und meldete den Eingang einer Nachricht. Dies hatte immerhin den willkommenen Nebeneffekt, dass Doro verstummte und er sich auf die Auktion konzentrieren konnte.

Nahezu alle Gäste hatten Platz auf den Klappstühlen gefunden. Die übrigen standen am Rand und verfolgten wie er das Geschehen. Ein Stück nach dem anderen wurde von Anton auf die Bühne getragen und fand auch kurz darauf einen Käufer. Doch ein richtiges Bieterduell wollte sich bisher nicht entspinnen. Die Antiquitäten wechselten zu moderaten Preisen den Besitzer. Und sosehr Frau Schauer sich auch bemühte, das Publikum ließ sich nicht dazu verleiten, die Geldbörsen weiter als unbedingt notwendig zu öffnen.

Erst als eine wirklich entzückende silberne Zuckerdose mit Schloss und passendem Schlüssel präsentiert wurde, brach fast ein Streit zwischen zwei älteren Damen in identischen rosa Strickjacken aus, die einander böse Blicke zuwarfen und für jedes Gebot die Faust in die Luft rammten, als ob sie jemanden schlagen wollten. Den Sieg trug überraschend eine junge Frau im Leopardenfellmantel davon, indem sie eine Summe bot, deren Höhe beide Streithennen verstummen ließ.

«So viel Geld möchte ich auch mal für schöne Dinge übrighaben», murmelte Doro und blickte neidisch auf den Pelzmantel, als die Dame nach vorn ging, um mit Anton die Einzelheiten des Kaufs zu regeln.

Siggi hörte kaum hin, denn seine Spannung wuchs, da nun auch der Artikel mit der Nummer 22 einen Liebhaber gefunden hatte. Als Nächstes würde Anton das Bild auf die Bühne tragen. Forschend musterte er das Heer der potenziellen Käufer, damit ihm keine Veränderung im Verhalten jedes Einzelnen entging. Jetzt musste sich zeigen, ob der Mörder den Köder geschluckt hatte.

«Ein wohl einzigartiges Stück unbekannter Herkunft, dessen Alter schwerlich zu bestimmen ist», rief Antons Mutter, nachdem ihr Sohn die Webarbeit auf einer Staffelei platziert hatte. «Leuchtende Farben und ein naiv verspieltes Motiv, das jeden Raum mit Heiterkeit erfüllt. Wir beginnen mit einem Mindestgebot von hundertfünfzig Euro. Höre ich zweihundert?»

Doro neben ihm riss mit einem Mal die Augen auf und deutete so unauffällig wie möglich auf Kurt in seinem kanariengelben Anzug, dessen Arm soeben in die Höhe geschnellt war. Siggi winkte ab.

«Zweihundert Euro sind geboten», rief Frau Schauer, und

ihre Miene verriet nicht, ob sie dieses Angebot zufriedenstellte. «Höre ich mehr?»

«250!»

Siggi reckte den Hals, um besser sehen zu können. Das Gebot war von einem jungen Mann mit tief gebräunter Haut abgegeben worden, der kerzengerade auf seinem Platz saß. Der Bieter war höchstens dreißig und trug weiße Jeans zu einem dunkelblauen Pullover, in dessen Halsausschnitt ein weißer Hemdkragen blitzte. Ein moderner Dandy, der sich den Anschein geben wollte, nur mal eben von seiner Jacht gehüpft zu sein, um hier etwas Geld loszuwerden. Den Mörder des älteren Herrn hatte Siggi sich irgendwie anders vorgestellt.

«300! Hier! Ich biete 300!»

Ein kleiner Mann mit gewaltigem Schnauzbart und einer dicken Brille mit rechteckigen Gläsern wedelte mit dem Griff eines Regenschirms in der Luft herum, um nicht übersehen zu werden. Auch er wirkte auf Siggi nicht wie ein Verbrecher. Unter den Gästen der Veranstaltung gab es eine ganze Reihe Leute, denen er einen Mord eher zugetraut hätte als den Personen, die sich für die Webarbeit interessierten. Doch von diesen anderen hob niemand den Finger. Bodo Rappenich rümpfte sogar ein wenig die Nase, während er das Objekt beiläufig musterte. Gleich darauf schnappte er sich ein neues Sektglas vom Stehtisch und stopfte sich ein Kanapee in den Mund.

«500 Euro sind geboten», rief Frau Schauer, und der gewaltige Bernstein auf ihrer Brust erbebte.

Siggi blickte sich irritiert um. Offensichtlich waren ihm einige Gebote entgangen, während er Rappenich beobachtet hatte. Er musste wachsamer sein.

Gerade hob Kurt erneut den Arm, wobei er nicht nach vorn zur Bühne schaute, sondern versuchte, Augenkontakt mit

Siggi aufzunehmen. Siggi nickte ihm unauffällig zu, doch dem aufmerksamen Blick Doros war diese Bewegung nicht entgangen. Mehrfach sah sie von Kurt zu Siggi und zog ganz offensichtlich ihre Schlüsse.

«650, 700, 750. Jemand noch mehr als 750? Betrachten Sie nur diesen wundervollen Pfau und das niedliche Eichhörnchen. 800 ... 850. Höre ich 900?»

Kurt guckte wieder rasch zu Siggi, der nun dezent den Kopf schüttelte, woraufhin sein Angelkumpel die Arme vor der Brust verschränkte.

Der junge Mann im blauen Pullover und der Herr mit dem Schnauzer aber boten munter weiter. Siggi bemerkte die Schweißtropfen auf der Stirn des Älteren und die verkniffene Miene des Segeltörn-Dandys. Keiner von beiden schien die Situation zu genießen, offensichtlich saß das Geld bei ihnen nicht so locker, wie sie es gerade im Begriff waren auszugeben. Der Ältere zählte sogar zwischendurch etwas an den Fingern ab, und das Ergebnis musste ausgesprochen unbefriedigend ausgefallen sein, denn er wirkte zunehmend verzweifelter.

«2850 zum Ersten, 2850 zum Zweiten, 2850 zum Dritten. Herzlichen Glückwunsch zu Ihrer Neuerwerbung», rief Frau Schauer und nickte dem jüngeren der Bieter zu.

Dieser nickte ein wenig geistesabwesend zurück und sah sich unter den anderen Gästen um, als ob er nach etwas oder jemandem suchte. Nur zögernd ging er auf Anton zu, der ihn bereits mit dem Bild in der Hand erwartete.

Während das nächste Stück, ein englisches Fischbesteck, an die Reihe kam, beobachtete Siggi, wie der Mann mit dem Schnauzer wütend den Handzettel mit den Auktionsgegenständen zerpflückte, von seinem Stuhl aufsprang und sich einen Weg durch die Reihe der anderen Interessenten bahnte. Es hatte den Anschein, als ob er so schnell wie möglich fort wollte. Schon machte Siggi sich auf, ihm nachzugehen, als ihn unvermutet der Dandy im blauen Pullover ansprach.

«Lovis Bülow ist mein Name. Herr Schauer sagt, ich solle mich mit meinem Problem an Sie wenden.»

«Ich bin ganz Ohr», versicherte ihm Siggi, der mit den Augen woanders war.

«Ich kann heute nur eine Anzahlung leisten, mit einer solch hohen Summe hatte ich nicht gerechnet», begann er und sah verlegen aus. «Natürlich bekommen Sie Ihr Geld.»

«Daran zweifele ich nicht», sagte Siggi und beobachtete alarmiert, wie Doro dem unterlegenen Bieter nachschlich, der auf einen alten Nissan Micra zuhielt. Ihr wiederum folgte die gedrungene Gestalt von Bodo Rappenich.

«Ich gebe Ihnen die Adresse meines Onkels», fuhr der Käufer der Kopie fort. «Bei ihm bin ich derzeit erreichbar. Würden Sie mir die Rechnung dorthin schicken?»

«Selbstverständlich.» Der Antiquitätenhändler sah, wie Rappenich Doro in den Weg trat und auf sie einredete. Siggi wünschte, an zwei Orten gleichzeitig sein zu können. So musste er sich damit zufriedengeben, die Worte Bülows zu hören und alles, was sonst noch vor sich ging, aus der Entfernung zu beobachten.

Prompt schob sich eine Traube von Menschen, die einen besseren Blick auf die Bühne ergattern wollten, zwischen ihn und das Geschehen am Straßenrand. Er unterdrückte einen Fluch, ließ sich von seinem Gesprächspartner eine Visitenkarte geben und entschuldigte sich. Doch bis er sich durch die Umstehenden gedrängt hatte, waren Doro, Rappenich und auch der Mann mit dem Schnauzer von der Bildfläche verschwunden.

Sofort lief er zurück zu Anton, der seiner Mutter gerade die nächste Antiquität angereicht hatte, und fasste ihn am Arm. «Hast du Doro gesehen? Ich glaube, sie plant etwas.»

Anton wies in die Menge. «Dort drüben ist sie und sammelt leere Gläser ein. Wenn du mich fragst, ist das eine völlig unverdächtige Tätigkeit.»

Siggis Kopf flog herum, und tatsächlich räumte Doro auf der gegenüberliegenden Seite der Stuhlreihen ein paar Sektgläser von einem Stehtisch, bevor sie seelenruhig zum nächsten ging, um dort mit ihrer Arbeit fortzufahren. Siggi sah ihr dabei zu, und sein Puls beruhigte sich langsam wieder. Doro war noch da, und zu gegebener Zeit würde er sie fragen, was die Unterhaltung mit Bodo Rappenich zu bedeuten gehabt hatte.

11

D er Name unseres Verdächtigen ist Lovis Bülow», sagte Siggi zu Anton, während sie gemeinsam breit lächelnd vor dem Antiquitätenladen standen und seiner davonfahrenden Mutter demonstrativ nachwinkten. Für den Fall, dass sie in ihren Rückspiegel blickte, sollte nichts ihr einen Anlass geben, noch einmal umzudrehen, um weitere gute Ratschläge loszuwerden. «Der Mann hat darum gebeten, ihm die Rechnung für das Bild zu schicken. Wir haben also seine vollständige Adresse.»

«Meinst du, er kennt das Original? Hat er bemerkt, dass er mit einer Kopie abgespeist wurde?», wollte Anton wissen und behielt noch immer Grinsen und Pose bei.

«Wenn er die Tapisserie bereits kannte, so hat er es gut überspielt. Ebenso wie die Freude über seine neue Errungenschaft.»

Siggi rief sich den Gesichtsausdruck des Käufers in Erinnerung, als dieser das von ihm sorgfältig in Luftpolsterfolie verpackte Bild überreicht bekam. Für ihn hatte es so ausgesehen, als ob der Mann gar nicht wirklich an dem Bild interessiert wäre. Stattdessen hielt er fortwährend nach jemandem Ausschau und war für den Rest der Veranstaltung fahrig und nervös gewesen.

«Habe ich meine Sache gut gemacht?» Kurt, in jeder Hand eines von Doros liebevoll geschmierten Broten, gesellte sich zu ihnen und winkte pro forma dem soeben hinter einer Kurve verschwindenden Auto nach. «Diese Baronin von Pilz hat, glaube ich, eine Schwäche für mich, was meint ihr?»

«Mag sein, aber ich fand Sie nicht besonders überzeugend in ihrem Auftreten», bemerkte Doro spitz, während sie mit einem Tablett voller leerer Sektgläser in den Händen an ihnen vorbeistolzierte. «Sie haben sich viel zu oft bei Siggi rückversichert. Selbst mir, der einzigen Person, bei der es niemand für nötig hielt, sie in diesen Teil des Plans einzuweihen, ist es aufgefallen.»

Siggi musste lachen und holte nach, was er schon längst hätte tun sollen. «Doro, darf ich dir meinen Angelkumpel Kurt vorstellen? Seine Aufgabe war es, herauszufinden, wie weit andere Interessenten für unsere Fälschung gehen würden.»

«Jetzt ist mir das auch klar, danke. Guten Tag, Kurt.» Doro klang noch immer etwas beleidigt, nickte dem Mann im gelben Cordanzug hoheitsvoll zu und entschwand in Richtung Wohnung.

«Wer ist *die* denn?» Kurt hob fragend eine Braue.

«Meine neue Angestellte.» Siggi war sich selbst nicht mehr so ganz sicher, in welcher Funktion Doro bei ihm mittlerweile tätig war. Nach und nach nahm sie immer mehr Raum in seinem Leben ein. «Sie ist ein bisschen eigenwillig.»

«So kann man es auch nennen.» Kurt sah ihr kopfschüttelnd hinterher.

Doch gerade als er den Mund öffnete, um einen weiteren Kommentar abzulassen, verhinderte ein ankommendes Auto, dass er sich bei Siggi unbeliebt machen konnte. Direkt vor ihm und Anton zog ein weißer Mercedes schwungvoll auf den Hof und hielt. Aus dem Wagen stieg, sehr zu Siggis Verwunderung, Bodo Rappenich, den er im Laufe der Versteigerung völlig aus den Augen verloren hatte.

«Wo ist das Sahneschnittchen?», wollte er wissen und schlug die Fahrertür zu. «Sie hat mir Informationen versprochen, wenn ich für sie diese Rostlaube verfolge.»

An Antons Miene konnte Siggi ablesen, dass sein Freund genauso wenig darüber wusste wie er. Gedehnt fragte er: «Wen meinst du mit Sahneschnitte?»

«Mich», verkündete Doro, die vom Haus herübergelaufen kam. «Ich war so frei, ebenfalls einen eigenen Plan zu verfolgen.»

«Tut sie das nicht sowieso andauernd?», raunte Anton und runzelte die Stirn.

«Herr Rappenich war so freundlich, den zweiten Bieter zu verfolgen, den Mann mit dem Schnauzbart.» Sie strahlte den Zuhälter an. «Und? Was können Sie mir erzählen?»

«Nicht viel.» Bodo Rappenich rieb sich verlegen die Boxernase. «Bis Simmerath bin ich drangeblieben, aber hinter dem Ortsschild habe ich ihn irgendwie verloren.»

«Simmerath?» Siggi dachte an seine nicht eingehaltene Verabredung mit dem Erpresser.

«Verloren? Wie enttäuschend.» Doro schob die Unterlippe vor. «Und für dieses fragwürdige Resultat erwarten Sie jetzt wirklich Informationen von mir? Darüber muss ich erst nachdenken.»

Für einen kurzen Moment klappte dem Zuhälter die Kinnlade herunter. Dann wandte er sich direkt an Siggi. «Ich will wissen, was hier läuft. Warum habt ihr für den gehäkelten Ramsch so viel Kohle kassiert? Der Lappen war keine fünfzig Euro wert, das wisst ihr genauso gut wie ich.»

«Es ist eine aufwendig hergestellte Webarbeit, und bei einer Auktion entscheidet der Kunde selbst, was ihm die Ware wert ist», widersprach Anton entrüstet.

Doch Rappenich wies anklagend auf Kurt und sprach weiterhin mit Siggi. «Der hat doch in deinem Auftrag geboten, Malich. Versuch nicht, jemanden für dumm zu verkaufen, der selbst den ganzen Tag über nichts anderes macht.»

«Soll das heißen, ich bin jetzt auf dein Niveau herabgesunken, Bodo? Das trifft mich hart», erwiderte Siggi mit gespielter Trauer. «Warum sollte ich dir eine Erklärung schulden? Was immer hier vor sich geht, hat dich nicht zu interessieren.»

«Na ja, vielleicht klärst du mich auf, weil ich mir das Kennzeichen des Nissans notiert habe, den ich für deine Freundin verfolgen sollte?»

«Ein guter Grund», gab Siggi zu und streckte die Hand aus. «Gib mir deine Notiz.»

«Erzähl du mir erst, was vor sich geht», wiederholte Rappenich stur.

«Wir suchen einen Mörder», warf Anton ein und sah ungeduldig auf seine Uhr. Offensichtlich ging ihm das Geplänkel gegen den Strich. «Und dank dieser Auktion haben wir nun einen Hauptverdächtigen, mit dem wir uns gerne näher beschäftigen würden. Dürften wir also um das Kennzeichen des Wagens bitten?»

«Einen Mörder?» Rappenich trat einen Schritt zurück, wohl um deutlich zu zeigen, dass er mit solchen Dingen nichts zu schaffen haben wollte. «Und wen habt ihr auf dem Kieker? Diesen Schnauzbart etwa? Weil er das Bild haben wollte? Oder geht es euch um den kleinen Bülow?»

Augenblicklich war Siggi wie elektrisiert. «Du kennst Bülow? Was weißt du über ihn?»

Rappenich zuckte die Achseln. «Nicht viel, nur das, was allgemein bekannt ist. Die Bülows zählen nicht zu meiner Kundschaft, die halten sich für was Besseres.»

«Na, das ist ja auch nicht so schwer.» Anton verdrehte die

Augen, bedeutete der kleinen Gruppe, ihm zu folgen, und marschierte zu den jetzt verlassenen Stühlen. Mit flinken Bewegungen formte er die letzte Reihe zu einem Sitzkreis und bot dem Zuhälter einen Platz an. «Es ist noch Sekt da, wenn das Ihre Zunge löst. Und jetzt möchten wir gern alles hören, was Sie uns über diesen jungen Mann erzählen können.»

Siggi sicherte sich den Platz neben Doro und stellte erfreut fest, wie sich auch der ewig skeptische Kurt hinsetzte, um nichts zu verpassen.

Bodo Rappenich fühlte sich sichtlich geschmeichelt von der Aufmerksamkeit, die ihm entgegengebracht wurde. Eine bis zum Rand gefüllte Sektflöte aus teurem Kristall in der Hand, lehnte er sich zurück, schlug die Beine übereinander und setzte das milde Lächeln eines Märchenonkels auf.

«Die Bülows waren einmal eine sehr reiche und angesehene Familie, doch das liegt nun schon hundert Jahre zurück. Sie besaßen mehrere schöne Häuser in Köln und eine hübsche Villa mit eigenem Park gar nicht weit von hier. Doch von all der Pracht ist ihnen meines Wissens nach nur die Villa mit dem Parkgelände geblieben.»

«Die Villa kenne ich», rief Kurt. «In der Nähe gibt es einen Fischteich, und der alte Park ist frei zugänglich. Ich bin dort schon häufiger spazieren gegangen. Viele Familien nutzen die verwilderte Grünanlage in den Sommermonaten als Picknickgelände.»

«Wo ein Fisch zu fangen ist, ist Kurt nicht weit», erklärte Siggi zu Doro gewandt, die schon wieder auf dem Display ihres Handys herumtippte. Ihm war es ein Rätsel, wie sie sich gerade jetzt mit anderen Dingen beschäftigen konnte.

«Wo war ich gleich?» Rappenich hielt Anton seine leere Sektflöte hin, die dieser bereitwillig auffüllte. «Ach ja, der Niedergang der Familie Bülow. Also im Grunde weiß niemand genau, wie es kam. Vielleicht gab es Fehlinvestitionen, möglicherweise brach ihnen der Börsencrash von 1929 das Genick. Fest steht, dass die Stadthäuser zwischen den beiden Weltkriegen den Besitzer gewechselt haben, und nach 1945 ging es den Bülows dann so richtig mies. Da waren ihnen eigentlich nur noch die Villa und der Name geblieben.»

«Und was ist mit diesem Lovis Bülow?», hakte Siggi nach. «Heute hat er bereitwillig fast 3000 Euro für ein Stück Wandteppich bezahlt. Völlig verarmt kann er demnach nicht sein. Wovon lebt er?»

«Vom Kellnern.» Rappenich lachte. «Er serviert in der ‹Blauen Ente›, und von daher kenne ich auch seine Visage. Der Junge studiert seit Jahren Jura und wird dabei von seinem Onkel unterstützt, der ganz allein besagte Villa bewohnt. Ich schätze, sein Neffe und dessen mögliche Karriere sind sein einziger Hoffnungsschimmer, dem Namen Bülow wieder zu altem Glanz zu verhelfen.»

Rappenich schlug sich auf die Schenkel und reichte Anton sein leeres Glas. «So, Kinder, das war's. Mehr habe ich nicht zu berichten. Danke für die Einladung, Siggi. Ich komme gern wieder einmal vorbei, sobald ihr diese Mordgeschichte losgeworden seid. Hab da erst kürzlich rein zufällig ein paar hübsche Uhren auf dem Dachboden gefunden. Die könnten dich interessieren.»

«Das glaube ich kaum», sagte Siggi, der davon ausging, dass Bodo seit Jahren keinen Dachboden mehr betreten hatte, schon gar nicht seinen eigenen. «Bleib sauber.»

Rappenich lachte laut auf und erwiderte: «Bleib du am Leben.» Damit drückte er Siggi ein Stück Papier in die Hand, das offensichtlich aus einem Notizbuch herausgerissen worden war. Darauf waren in ungelenker Schrift die Buchstaben und Zahlen des Nummernschilds gekritzelt worden. «Wenn ihr wirklich auf der Spur eines Mörders seid, dann passt auf euch auf. Wer einmal diese Grenze überschritten hat, der kann es auch ein zweites Mal tun. Und es wäre schade um dich, Siggi. Ein noch größerer Verlust wäre allerdings deine hübsche Freundin.» Mit diesen warnenden Worten schlenderte er davon. Kurz darauf rollte sein weißer Mercedes vom Hof.

«Er hat recht.» Kurt war dicht an Siggi herangetreten und bedachte ihn mit einem ähnlich sorgenvollen Blick wie zuvor Bodo Rappenich. «Wenn es wirklich einen Mörder gibt, dann lass die Sache lieber auf sich beruhen, Siggi. Ich habe keine Lust, zukünftig allein am Ufer zu stehen.»

«Mach dir keine Sorgen», beruhigte Siggi den Freund. «Wir beide fahren bald wieder zum Angeln, und mit etwas Glück ist all das dann schon vorbei und nicht mehr als eine spannende Anekdote, die andere für Anglerlatein halten.»

Kurt sah nicht gerade überzeugt aus. Aber auch er verabschiedete sich bald.

Zurück im Stuhlkreis blieb Anton, der verhalten gähnte und sagte: «Was hast du jetzt vor? Planst du, noch heute Abend bei den Bülows anzuklopfen und dich zu erkundigen, ob sie etwas von einer Leiche wissen, die vorübergehend in deinem Laden gesessen hat?»

«So ähnlich habe ich mir das gedacht, ja.» Siggi nickte.

Anton wirkte wenig begeistert. «Ich habe meiner Mutter versprochen, mich richtig auszuschlafen, bevor ich nach Köln zurückfahre.»

«Und ich habe deiner Mutter versprochen, dich zeitnah zu einem Zahnarzt zu schleppen, damit dieses Drama endlich ein Ende hat. Willst du, dass ich mich an das Versprechen halte?» Siggi hob fragend eine Augenbraue.

«Schon gut, ich habe verstanden. Dann fahren wir eben zu den Bülows.»

Siggi nickte zufrieden, zog sein Handy sowie die Visitenkarte von Lovis Bülow hervor und ließ sich die Route berechnen. «Dieser Lovis hat mir die Adresse der Villa gegeben, sie ist nicht weit von hier. In nicht einmal einer halben Stunde können wir zwei dort sein.»

«Drei», verbesserte Doro und stellte klirrend ein weiteres Tablett mit Sektgläsern auf einem der Stehtische ab. «Wenn ihr beide glaubt, ihr könnt mich mit der kompletten Aufräumarbeit hängen lassen, dann seid ihr schief gewickelt. Wie sagt man so schön? Viele Hände, schnelles Ende. Wenn wir uns mächtig ins Zeug legen, sind die Überreste der Veranstaltung rasch beseitigt, und wir können gemeinsam zu den Bülows fahren.»

Siggi, der nicht wusste, was sie in der Villa erwartete, wollte ablehnen. Doch als er Doros entschlossene Miene sah, wagte er nicht, ihr zu widersprechen. Zumal Anton sich nun zu ihm herüberbeugte und flüsterte: «Nehmen wir sie lieber mit. Umso weniger Unheil kann sie unbeobachtet anrichten.» Und schon begann er, die Klappstühle zusammenzuräumen.

Also fügte Siggi sich in sein Schicksal und überlegte gleichzeitig fieberhaft, inwiefern ihn die Auktion und Rappenichs Informationen weitergebracht hatten. War er dem Mörder nähergekommen?

«Sofort anhalten», rief Doro ihnen von der Rückbank des Chryslers zu, nachdem sie den Eingang des Parks passiert hatten. Von der Villa Bülow war noch nichts zu entdecken, aber im schwindenden Licht der Abendsonne stand eine Steinfigur inmitten der verwilderten Rasenfläche am Weg.

Folgsam trat Anton auf die Bremse und lenkte den Wagen an den Rand der schmalen Straße, die sich durch Wiesen mit vereinzeltem altem Baumbestand schlängelte. Hinter ihm öffnete Doro die Tür und sprang als Erste hinaus. Anton folgte ihr, und Siggi bildete die Nachhut. Seine Schuhe knirschten auf der Straße, deren Schlaglöcher notdürftig mit Rollsplitt gefüllt worden waren.

Ohne sich auch nur einmal umzusehen, hielt Doro auf den steinernen Sockel und die darauf platzierte Skulptur zu. Letztere überragte sie um wenigstens einen Meter und musste nach Siggis Meinung einmal sehr prächtig gewesen sein. Jetzt hatten Wind und Wetter den Kopf fast bis zur Unkenntlichkeit abgeschliffen. Doch an der Stelle, wo einmal ein Schnabel gewesen sein musste, ließ sich noch deutlich ein spitz zulaufender Vorsprung erkennen.

«Das ist ein Pfau», hörte er Anton rufen, der unvermittelt schneller lief, um zu Doro aufzuschließen. Als Siggi die beiden erreichte, strich sein Freund gerade mit der Hand über den Sockel der Statue. «Er steht bestimmt schon Jahrhunderte an diesem Platz.»

«Es ist nicht irgendein Pfau, es ist unser Pfau», behauptete Doro. «Oder haltet ihr es für einen Zufall, in Sichtweite der Villa Bülow auf ein solches Tier zu treffen?»

«Ja. Es sei denn, dort drüben begegnen wir jetzt auch noch einem futternden Eichhörnchen», meinte Anton und wandte sich nach links. Auch Siggi blickte sich suchend um, doch inmitten der verwilderten Wiese fand sich keine weitere Statue.

«Möglicherweise wurde das Eichhörnchen inzwischen zerstört», überlegte Doro laut.

«Nein, es ist noch da. Nur ein wenig außer Form geraten.» Siggi grinste und deutete nach vorn. «Falls dieser Park tatsächlich mit dem Garten auf der Tapisserie übereinstimmt, dann muss das possierliche Tier ungefähr dort gesessen haben, wo jetzt dieser große Taxusbusch wächst.»

«Du meinst, er könnte einmal die Form eines Eichhörnchens gehabt haben?» Anton kniff die Augen zusammen. «Also, wenn du richtig liegst und ein begnadeter Gärtner hier einst mit seiner Heckenschere ein überdimensionales Nagetier geschaffen hat, wo ist dann der Pavillon abgeblieben? Ihr wisst schon. Der, der auf dem Bild nur halb zu sehen ist.»

Doro lief augenblicklich wieder los und drehte dabei den Kopf in alle Richtungen, um als Erste einen Blick auf den Pavillon zu erhaschen. Siggi folgte ihr in gemächlichem Tempo. Dabei kam er deutlich besser voran als Doro, die mit ihren hohen Absätzen immer wieder tief in den Boden einsank, was sie mit leisen Flüchen kommentierte. Auch Anton stapfte im hohen Gras herum und wies sie immer wieder auf die zahllosen Wildkräuter und Frühlingsblumen hin. Der einst so gepflegte Park hatte sich im Laufe der Zeit in ein Paradies für Pflanzen und Insekten aller Art verwandelt.

«Hier müsste er eigentlich sein», behauptete Doro plötzlich und drehte sich einmal um die eigene Achse. «Also, wenn man dank Steinpfau und Eichhörnchenbusch auf die Entfernung zum Pavillon schließen kann. Allerdings ist dieser Platz ziemlich ungeeignet, um überhaupt etwas zu bauen. Das Gelände fällt zur Straße hin ab. Es gäbe so viele Plätze, die besser geeignet wären.»

«Hier ist es nicht. Wir sind noch nicht weit genug gegangen. Bestimmt müssen wir noch ein ganzes Stück weiter hinten suchen», behauptete Siggi.

«Zieht ihr zwei auch nur eine Sekunde die Möglichkeit in Betracht, dass ihr euch irrt? Vielleicht ist dieses Stück Wiese eben doch nicht der Garten von der Tapisserie.» Anton schien die Suche aufgegeben zu haben und schlenderte bereits wieder in Richtung seines Wagens, als er plötzlich der Länge nach hinfiel. «Ich schätze, ich habe das Fundament soeben gefunden», hörte Siggi die Stimme seines Freundes dumpf aus dem Dickicht am Boden rufen.

Und tatsächlich war er über etwas gestolpert, das nach Siggis Meinung einmal die erste von mehreren Stufen gewesen sein konnte. Noch immer zeichnete sich dahinter eine sechseckige Grundform in dem von Kletten und Brennnesseln überwucherten Gelände ab.

«Gut, ich gebe mich geschlagen. Das hier ist wohl tatsächlich unser Garten», räumte Anton ein und rappelte sich wieder auf. «Verdammt, alles juckt!»

«Es ist einfach nicht zu fassen», schimpfte Siggi. «Ich falle Treppen runter, werde fast niedergeschlagen, und du stürzt dich kopfüber in die Brennnesseln. Schlimmer kann es ja wohl nicht mehr werden.»

«Beschrei es nicht», erwiderte Anton und meinte es ernst.

«Es muss einmal ein sehr romantischer Ort gewesen sein.» Doro, die Antons Brennnesselstiche nicht besonders beeindruckt zu haben schienen, stand plötzlich neben ihm. «Stellt euch vor, wie es hier ausgesehen hat, als der verwilderte Busch noch ein Eichhörnchen war und der Pfau mit Argusaugen über sein Reich wachte. Zu schade, dass von all der Pracht nichts mehr übrig ist.»

Siggi betrachtete Doros Profil in der Dämmerung und verspürte für einen kurzen Moment ein flaues Gefühl im Magen. Genau wie er verfügte sie über die Gabe, die Vergangenheit vor dem inneren Auge zum Leben zu erwecken. Sie war schon eine ganz außergewöhnliche Person. Leise und mit belegter Stimme sagte er: «Ohne Pfau und Eichhörnchen braucht es eben andere Augenweiden, um die Romantik wiederzuerwecken.»

Einen Moment lang sahen sie einander schweigend an.

Dann unterbrach Antons Stimme die Stille. «Da hätten wir also das Motiv, warum der junge Herr Bülow unsere Tapisserie unbedingt haben wollte. Der Mann ist keineswegs ein Mörder, sondern ein dankbarer Neffe. Bestimmt will er das Bild seinem nostalgischen Onkel zum Geschenk machen.»

«Das ist eine hübsche Theorie.» Siggi deutete in Richtung der Zufahrt, wo ihr Wagen stand. «Aber ob sie sich beweisen lässt, werden wir nur im Gespräch mit den Bülows herausfinden. Lasst uns weiterfahren.»

Zurück im Chrysler, warf Anton den Motor an und ließ den Wagen im Schritttempo die Auffahrt hinaufrollen.

Siggi lehnte sich zurück und sah zum Fenster hinaus. Jetzt, da er um die vergangene Pracht ihrer Umgebung wusste, entdeckte er immer mehr Kleinigkeiten, wie etwa eine Reihe von Buchen, die so eng nebeneinanderstanden, dass ihre Wurzeln und Äste ein unentwirrbares Flechtwerk bildeten. Es musste sich um eine ehemalige Hecke handeln, doch in den letzten hundert Jahren hatte sich niemand die Mühe gemacht, sie klein zu halten. Gleich darauf bemerkte er unter den tief hängenden Zweigen eines Baumes eine noch relativ gut erhaltene Bank. Struppige Rosenbüsche in unmittelbarer Nähe verrieten, wo einst Blumenbeete gewesen sein mussten.

«Da wären wir», sagte Anton und trat auf die Bremse. Er hielt auf einem runden Platz, in dessen Mitte ein maroder Brunnen stand, der als Sammelbecken für die Blätter des vergangenen Herbstes diente.

«Willkommen auf dem Familiensitz der Bülows», verkündete sein Freund. «Passen Sie auf, wo Sie hintreten, die Stufen der Eingangstreppe sehen baufällig aus. Und ob das Dach uns einen steinernen Gruß schickt, sobald wir es wagen anzuklopfen, ist ungewiss.»

«Hier könnte man direkt einen Dracula-Film drehen», meinte Siggi und konnte den Blick nicht von der Fassade abwenden, deren letzter Anstrich bestimmt ebenso lange zurücklag wie der letzte Rasenschnitt im Garten. Die zahlreichen Giebel hoben sich vor dem dunkler werdenden Himmel ab. Hinter keinem der hohen Fenster im Erdgeschoss brannte Licht. Auch in den oberen Etagen war alles dunkel.

«Es scheint niemand zu Hause zu sein.» Doro klang enttäuscht.

Siggi stellte sich vor die Tür, wo er zunächst den Klopfer betätigte und dann klingelte.

«Vergiss es», rief Anton ihm durch das offene Wagenfenster zu. «Wir versuchen es morgen noch mal.»

Doch so schnell gab Siggi nicht auf. Er ließ von der Tür ab und rüttelte an einem der hohen Fensterrahmen. Dieser gab so schnell nach, dass es fast zu einem weiteren Sturz gekommen wäre. Diesmal war die Reihe offensichtlich wieder an ihm.

«Du willst doch nicht etwa dort einsteigen?», rief Anton entrüstet.

Mit wenigen Schritten war Siggi wieder am Wagen und schaute zum offenen Fenster hinein. «In den vergangenen Tagen ist so oft bei mir eingebrochen worden. Ich finde, jetzt bin ich auch einmal an der Reihe, mir Zutritt zu verschaffen, wie es so schön heißt. Wartet hier auf mich, ich will euch nicht mit hineinziehen. Vielleicht pfeift ihr ein bisschen, wenn sich jemand der Villa nähert. Oder noch besser: Du haust kräftig auf die Hupe, Anton.»

Schon war er wieder weg vom Wagenfenster und wenig später durch ein anderes, wesentlich größeres, in die Villa

Bülow eingestiegen. Seine Füße hatten kaum den Fußboden berührt, als er Anton draußen sagen hörte: «Wenn meine Mutter davon erfährt, werden wir jede Menge Ärger bekommen.» Siggi achtete nicht weiter auf ihn. Lautlos schritt er über den frisch gebohnerten Marmorboden einer imposanten Eingangshalle.

12

Die Taschenlampe kam Siggi wie gerufen. Sie hing an einem Nagel an der Wand gleich neben einer Tür, hinter der eine Treppe in den Keller hinabführte.

Als er die im Lichtkegel funkelnden Anhänger des Kronleuchters über sich sah, widerstand er nur knapp der Versuchung, den erstbesten Lichtschalter zu betätigen.

«Wer so einen Kronleuchter besitzt, kann doch gar nicht völlig verarmt sein», hörte er Doro unvermittelt neben sich flüstern. Siggi zuckte erschrocken zusammen. Er hatte sie mal wieder nicht kommen hören.

Antons darauffolgender Kommentar kam für ihn weit weniger überraschend. «Du glaubst doch nicht, dass sich ein Biest dieser Größe gut verkaufen lässt. In einer modernen Wohnung mit normaler Deckenhöhe hängt das Kristall bis auf den Fußboden herunter.»

«Ich dachte, wir waren uns einig, dass ihr beide im Wagen warten würdet», zischte Siggi ihnen zu.

«*Du* warst dir einig.» Doro öffnete eine der Türen in ihrer Nähe und spähte in das dahinterliegende Zimmer. «Wir hatten gar nicht die Zeit, uns dazu zu äußern.» Sie schloss die Tür wieder, zuckte mit den Schultern und verkündete: «Nur ein Besenschrank. Kann mir jemand verraten, wonach wir eigentlich suchen?»

«Nach etwas, das Licht ins Dunkel bringen könnte, und ich spreche nicht von einem Schalter, sondern von irgendwas, das die Ereignisse in meinem Laden erhellt.» Siggi öffnete seinerseits eine Tür, trat hindurch und hatte gleich darauf das Gefühl, sich in einem Arbeitszimmer zu befinden. Ganz sicher war er sich aufgrund der kargen Ausstattung allerdings nicht.

«Es gibt hier ziemlich viel Platz», flüsterte Doro neben ihm. «Hohe Decken, große Räume, wenig Möbel.»

«Ja», stimmte Anton zu. «Das kann auf eine persönliche Vorliebe für eine eher spartanische Lebensweise hindeuten, muss es aber nicht.»

«Möglicherweise ist auch einfach nicht mehr viel von dem ursprünglichen Interieur der Villa übrig.» Siggi trat an ein Telefontischchen, auf dessen Oberfläche eine Reihe gelber Post-it-Zettel klebte. Sie alle trugen eine klare, schnörkellose Handschrift und gaben Auskunft über Belanglosigkeiten wie Arzttermine und Einkaufslisten. Gleich neben dem Telefon lag die Visitenkarte einer Autovermietung.

«Es hat den Anschein, als hätten hier bis vor Kurzem noch einige Gemälde gehangen», ließ Anton sich in diesem Moment vernehmen und wies auf die rechteckigen Flecken, welche die Tapete hinter dem Tischchen zierten. «Ob unsere Tapisserie ebenfalls ursprünglich aus dieser Villa stammt?»

«Möglich», erwiderte Siggi und prägte sich den Namen der Autovermietung ein. «Doch wenn man das Bild zuvor freiwillig zu Geld gemacht hat, gibt es keinen Grund für Lovis Bülow, es für einen horrenden Preis wieder zurückzukaufen, oder?»

«Vielleicht hat er das gute Stück einfach vermisst», schlug Doro vor und drehte beiläufig an einem Knauf, der direkt aus der Wandvertäfelung zu ragen schien. Augenblicklich öffnete sich vor ihr eine Tapetentür.

«Das ist ja noch spannender als dein Kniestock, Siggi»,

rief sie überrascht. «Ob es hier wohl ein Geheimzimmer gibt?»

Siggi, der neben sie trat und dessen Taschenlampe eine Wendeltreppe mit ausgetretenen Stufen beleuchtete, musste sie enttäuschen. «Das sieht mir eher nach einem Weg für die Dienstboten aus, die so früher ungesehen jede Etage der Villa erreichen konnten. Mal sehen, wohin die Treppe führt.»

Er ging voran und hatte schon bald das irritierende Gefühl, die Treppe würde sich endlos in die Höhe winden, ohne dass es möglich war, sie über einen weiteren Zugang wieder zu verlassen. Als er endlich vor einer Tür ankam, ließ sie sich nur schwer öffnen. Die Scharniere quietschten so laut wie der Hund, auf den Doro sich Stunden zuvor gesetzt hatte.

«Hier oben war wohl schon sehr lange niemand mehr», flüsterte Doro. «Und offensichtlich gibt es in diesen Zimmern noch weniger Möbel als im Erdgeschoss.»

«Wir befinden uns direkt unter dem Dach», stellte Siggi mit Blick auf die schrägen Wände und Fenstererker fest und blickte sich in der ansonsten leeren Kammer um. «Offensichtlich haben wir den Zugang zum ersten Stock übersehen.»

«Dann gehen wir doch einfach wieder runter», schlug Doro vor und klang, als ob sie fröre. «Ich finde es hier ein bisschen unheimlich.»

«Nicht so schnell. Auf Dachböden kann man außerordentlich spannende Entdeckungen machen», widersprach Anton. «Leuchte mal dort rüber, Siggi. Da geht es weiter.» Er deutete auf eine ungestrichene Holztür, die halb offen stand, und ging als Erster hindurch. «Oh. Das ist ja eine Überraschung.»

«Was hast du denn entdeckt?», rief Doro, deren Neugier die Oberhand gewann und die sich beeilte, Anton noch vor Siggi in den nächsten Raum zu folgen.

Einen Augenblick später entfuhr ihr ein spitzer Schrei, und sie kam zu ihm zurückgerannt. Mit weit aufgerissenen Augen warf sie sich Siggi an den Hals und verbarg ihr Gesicht an seiner Brust.

«Da drin hat sich jemand aufgehängt», flüsterte sie. «Lass uns bloß verschwinden, diese Villa ist verflucht.»

Sosehr Siggi ihre Nähe auch genoss, löste er nun doch vorsichtig ihre Arme von seinem Hals und sagte: «Das schau ich mir lieber erst mal selber an.»

Mit klopfendem Herzen betrat er das angrenzende Zimmer, wo Anton mit schief gelegtem Kopf das einzige Möbelstück im Raum betrachtete. Im Licht des aufgehenden Mondes glänzte ein metallenes Bettgestell, auf dem noch eine zerschlissene Matratze lag. Darüber war eine Art Galgen angebracht.

«In der Schlinge hat kein Kopf gesteckt», stellte Siggi nicht ohne Erleichterung fest. «Damit wurden gebrochene Beine hochgelagert.»

«Oder es war eine Aufstehhilfe.» Anton winkte Siggi, näher heranzutreten. «Wenn du dir diese Matratze in ihrem gestreiften Leinenbezug und das simple Metallbett anschaust, woran denkst du dann?»

«An dasselbe wie du», erwiderte Siggi mit einem Schulterzucken. «Vor uns steht ein Überbleibsel aus dem letzten Weltkrieg. Hier hat mal ein Soldat gelegen und für seine Genesung gebetet.»

«Es ist ein Krankenbett?» Doro steckte vorsichtig den Kopf zur Tür herein. «Na, Gott sei Dank. Ich hatte schon befürchtet, hier oben in einer Art Geisterbahn gelandet zu sein. Wieso hebt man ein so hässliches Ding auf?»

«Weil es zu gut zum Wegschmeißen ist», erwiderte Siggi. «Doch wie ist es überhaupt hergekommen, frage ich mich.»

«Das frage ich mich ebenfalls», sagte Anton. «Es dürfte hochinteressant sein, mehr über die Bülows und die Geschichte der Villa in Erfahrung zu bringen.»

Gemeinsam erkundeten sie die übrigen Räume des Dachgeschosses, doch sie waren, wie Siggi feststellte, erschreckend leer. Dachböden, das wusste er aus eigener Erfahrung, waren zumeist wahre Fundgruben. In ihnen sammelte sich der Schrott des Lebens und bildete somit eine Geburtsstätte für Sammlerstücke und Antiquitäten. Hier aber gab es in den verwaisten Kammern nur einige vereinzelte Möbelstücke, die gerade durch ihre Alleinstellung ein wenig gruselig wirkten.

So entdeckte er einen dreibeinigen Schemel, der neben den blind gewordenen Scheiben eines Dachfensters vor sich hin staubte, als ob er vergessen worden sei und noch immer auf seinen Eigentümer wartete. Im nächsten Zimmer gab es lediglich einen mottenzerfressenen Teppich und im übernächsten einen Schrank, dessen Türen nach innen gefallen waren.

«Stumme Zeugen», bemerkte Anton. «Aber was würden sie uns erzählen, wenn sie könnten?»

«Sicher eine sehr traurige Geschichte», meinte Doro. «Wollen wir nicht lieber wieder nach unten gehen? Wonach wir auch suchen, es wird nicht hier oben zu finden sein, oder?»

Siggi gab ihr recht und suchte im Gewirr der Räume den Rückweg zur Wendeltreppe, fand sie schließlich und ging auch diesmal voran. Auf dem Weg abwärts kam sie ihm viel steiler vor, und instinktiv tastete er sich Halt suchend an der Wand entlang. So entging ihm die Tür zum ersten Stock diesmal nicht.

«Mal sehen, was uns hier erwartet», murmelte er, drehte den Knauf und betrat ein Schlafzimmer, das in seiner Bescheidenheit eher einer Zelle glich. Daran grenzte ein lang gezogener Raum mit kahlen Wänden, in dem eine einzelne Kommode stand. Und an ihr lehnte ein ihm wohlbekanntes Bild in einem vergoldeten Rahmen.

«Unser Duplikat», rief Siggi aus. Das Parkett knarrte unter seinen Füßen, als er auf das Stück Wandteppich zulief. «Warum hat man es hier zurückgelassen?»

«Ich vermute, weil es einmal hierher gehört hat.» Anton war hinter ihm in der Mitte des Raumes stehen geblieben. «Erinnerst du dich, was ich dir über Tapisserien erzählt habe? Sie hingen meist in kleineren Räumen, um diesen durch ihre Motive eine Art Weite zu geben. Gerade jetzt befinden wir uns in genau so einem den Schlafräumen vorgelagerten Raum, dem sogenannten Antichambre. Und die Wand über der Kommode ist von solch einer provozierenden Leere, als wollte sie den Betrachter darauf aufmerksam machen, dass hier etwas fehlt.» Er wedelte mit der Hand in der Luft herum. «Doro, komm doch mal her und stimme mir zu, dass dies der perfekte Platz für eine farbenfrohe Tapisserie ist.»

Inzwischen war Siggis Aufmerksamkeit abgelenkt worden und richtete sich auf die antike Kommode hinter dem Duplikat. Auf ihr lag ein Stapel Fotokopien, dessen oberste ihn an einen Steckbrief aus dem Wilden Westen erinnerte. Als er den Strahl der Lampe direkt darauf richtete, erkannte er, dass jemand die Fotografie eines alten Mannes mit einer Telefonnummer versehen hatte. Im dazugehörigen Text wurde dringend um Hinweise zum Verbleib der Person gebeten.

Trotz der schlechten Qualität der Abbildung fielen Siggi die Augen in dem faltigen Gesicht auf. Sie weckten eine Erinnerung in ihm, die wenig angenehm war und mit einem erdrückenden Gefühl einherging. Wo hatte er sie schon einmal gesehen?

«Doro, nun komm schon», hörte er Anton ungeduldig flüstern. «Worauf wartest du?»

Im selben Moment stellten sich Siggis Nackenhaare auf. Jetzt wusste er, wo er dem Mann vom Fahndungsbild schon einmal begegnet war: im hintersten Zimmer seines Antiquitätenladens im ersten Stock. Und seine Augen waren die eines Toten gewesen.

Noch während Siggi wie vom Blitz getroffen dastand, veränderte sich die Atmosphäre. Es fühlte sich an, als befände sich die Bedrohung nicht vor, sondern hinter ihm.

«Was ist los?», flüsterte Anton prompt, und der nervöse Klang seiner Stimme sorgte dafür, dass Siggi sich von dem Anblick der Fotokopie losriss und herumfuhr. Überrascht stellte er fest, dass Doro wie angewurzelt auf der Schwelle des Schlafzimmers stehen geblieben war und das Antichambre aus unerklärlichen Gründen nicht betreten hatte. Ihr Blick wurde von etwas gefesselt, das sich hinter ihm und Anton befinden musste.

Als Siggi sich umdrehte, fiel ihm zunächst nur eine hohe Tür, die einen Spaltbreit offen stand, ins Auge. Doch als er genauer hinsah, bemerkte er in ebendiesem Spalt den schimmernden Lauf eines Jagdgewehrs, das auf ihn gerichtet war.

Reflexartig ließ Siggi die Taschenlampe fallen und riss beide Hände in die Höhe. «Nicht schießen! Wir sind unbewaffnet.»

Während Anton ihn noch völlig verblüfft anstarrte und gar nicht richtig mitbekam, was vor sich ging, wurde die Tür zur Gänze aufgestoßen, und der Student im blauen Pullover trat ein. Er hielt eine doppelläufige Flinte im Anschlag, mit deren Spitze er den Lichtschalter zu seiner Rechten hinunterdrückte. Mehrere Lampen flammten über ihren Köpfen auf und erhellten das eben noch dämmrige Vorzimmer.

«Verraten Sie mir, was Sie hier zu suchen haben, oder wollen wir zuerst die Polizei verständigen?», fragte er und richtete den Gewehrlauf auf Anton, der nun ebenfalls die Arme in die Höhe riss.

«Das mit der Polizei würde ich mir an Ihrer Stelle gut überlegen, Herr Bülow», antwortete Siggi. «Kommt unser Dorfsheriff zu Hilfe, ist der Schaden hinterher schnell größer als vorher. Auch wenn in dieser Villa nicht mehr viel von Wert zu Bruch gehen kann.»

«Sie kenne ich doch.» Lovis Bülow klang überrascht und schwenkte mit dem Lauf zurück zu ihm. Sein Blick flog von Anton zu Doro und schließlich wieder zurück zu Siggi. «Sie sind der Antiquitätenhändler, bei dem ich heute ein Stück des Wandteppichs erstanden habe.»

«Wie wahr, wie wahr», säuselte Anton offensichtlich beleidigt, weil er dem jungen Mann nicht im Gedächtnis geblieben war. Probehalber ließ er die Arme ein wenig sinken. «Und ich bin der Kunstexperte, der ihm dabei assistiert hat. Wenn Sie sich jetzt auch noch an unsere Freundin Doro erinnern, die Ihnen den Sekt servierte, brauchen wir einander nicht weiter vorzustellen.»

«Aber was zum Teufel treiben Sie im Haus meines Onkels?» Lovis Bülow richtete den Lauf des Gewehrs auf das Parkett zu seinen Füßen, woraufhin Siggi erleichtert aufatmete, bevor er erwiderte: «Also, das ist so: Eventuell ist uns heute mit dem Verkauf des Bildes ein Fehler unterlaufen. Ja, wir vermuten, dass es gar keine Antiquität ist.»

«Natürlich ist es eine», widersprach Lovis. «Ich habe alle Details wiedererkannt, ganz besonders den Pfau. Es ist ein Teil der Tapisserie, die den Park rund um diese Villa abbildet. Mein Onkel hat sein ganzes Leben lang nach diesem Kunstwerk gesucht. Nun ist es endlich wieder da, und prompt ist er selbst wie vom Erdboden verschluckt.» Der junge Mann fuhr sich nervös durchs Haar und ergänzte: «Ich mache mir schreckliche Sorgen, dass ihm etwas zugestoßen sein könnte.»

Siggi, der die Augen noch immer nicht von dem Gewehr in Bülows Händen ließ, streckte seine Hand nach hinten aus, ertastete den Stapel mit den Kopien und riss die oberste an sich. Rasch hob er sie in die Höhe, sodass der junge Mann sie sehen konnte. «Ist das hier Ihr Onkel?»

Jetzt verließ Doro ihren Platz, auf dem sie wie festgewachsen gestanden hatte, um ebenfalls einen Blick auf das Papier in Siggis Hand werfen zu können. Kaum war ihr das gelungen, gab sie einen erstickten Laut von sich, griff in die Manteltasche und förderte ein weiteres, stark zerknittertes Exemplar zutage.

«Das hier hing im Dorf aus», erklärte sie. «Ich habe es eingesteckt, um es dir zu zeigen. Ich dachte, es könnte sich um den Toten aus deinem Laden handeln.»

«Es *ist* der Tote aus meinem Laden», bestätigte Siggi und konnte es einfach nicht fassen. «Und warum hast du mir den Wisch nicht gleich unter die Nase gehalten? Das hätte uns einige Mühe gespart. Mit nur einem Anruf wären Lovis Bülow und ich zusammengekommen.»

«Ich hab's vergessen», quietschte Doro. «Bin ich jetzt gefeuert?»

Siggi war so wütend auf sie, dass er fast Ja gesagt hätte, doch der entsetzte Ausruf des jungen Bülow ließ ihn verstummen.

«Mein Onkel ist tot? Sind Sie sicher?»

«Ich denke, schon. Ich habe seine Leiche gesehen.» Siggi ließ die Kopie sinken und wollte dem Mann Zeit lassen, den Schock zu verdauen.

Doro allerdings schien sehr daran gelegen, die Scharte mit dem Suchplakat wieder auszuwetzen, denn sie klatschte in die Hände und rief: «Ich denke, wir könnten jetzt alle einen starken Tee gebrauchen. Wo ist denn hier die Küche?»

Siggi bemerkte das leichte Zittern von Antons Hand, als er die Teetasse von Doro entgegennahm. Auch seinem Freund war der Schreck in die Glieder gefahren, als er das Jagdgewehr im Halbdunkel entdeckt hatte.

Jetzt lehnte die schon recht betagte Flinte neben dem Telefontischchen im Büro im Erdgeschoss, und das Duplikat der Webarbeit lag mangels Alternative mitten zwischen ihnen auf dem blanken Fußboden.

Doro, die gerade in einem der von Lovis herbeigeschafften Sessel Platz nahm, wirkte noch immer völlig zerknirscht, weil sie das Foto des vermissten Onkels nicht früher an ihn weitergegeben hatte. Doch Siggi nahm ihr dieses zur Schau gestellte schlechte Gewissen nicht ab. Es war ihm unbegreiflich, wie sie die Kopie in ihrer Manteltasche hatte vergessen können, wo sich doch alles seit Tagen nur um den verschwundenen Toten drehte. Seiner Meinung nach war ihr Motiv, das Plakat von der Wand zu reißen, ein anderes gewesen. Eines, das sie ihm nicht verraten wollte. Doch warum hatte sie den Vorfall dann überhaupt erwähnt und das Papier nicht einfach im nächstbesten Papierkorb verschwinden lassen? Je mehr er über Doro nachdachte, desto stärker wurde das Gefühl, dass bei ihr einfach nichts zusammenpasste. Eine Frau in ihrem Alter konnte doch unmöglich so vergesslich und in allem, was sie tat, so sprunghaft sein.

Während er über sie nachdachte, beobachtete er, wie sie wieder einmal hastig etwas in ihr Handy tippte. Es schien fast so, als ob Doro alles, was um sie herum vor sich ging, in Worten festhielt. Aber für wen? Erhielt etwa die geheimnisvolle Isä gerade einen vollständigen Bericht über die jüngsten Ereignisse?

«Mein Onkel Baldur Bülow lebt, seit ich denken kann, allein in dieser Villa und forscht an unserer Familiengeschichte. Im Gegensatz zu meinem Vater konnte er die Vergangenheit nicht ruhen lassen», erzählte Lovis gerade und streckte seine langen Beine aus. Auch er saß in einem herbeigeschafften Sessel und trank den von Doro zubereiteten Tee. «Meine Eltern gehen normalen Berufen nach. Sie sind beide Lehrer und begegneten Onkel Baldur und seiner Verbissenheit stets mit Mitleid. Ich aber habe seine Geschichten sehr gern gehört.»

«Was denn für Geschichten?», wollte Siggi wissen.

Doch Lovis winkte ab. «Zuerst einmal möchte ich wissen, was mit meinem Onkel geschehen ist und warum Sie, Herr Malich, seine Leiche gesehen haben wollen.»

«Von wollen kann gar keine Rede sein», widersprach Siggi. «Sie hat sich mir regelrecht aufgedrängt.»

Siggi berichtete von den Ereignissen in seinem Laden, wie ihm der Gedanke zur Auktion gekommen war und was er sich davon versprochen hatte. Die Entstehungsphase des Duplikats ließ er aus. Den Umstand, dass er kein Originalstück der Tapisserie vor sich liegen hatte, konnte er Lovis Bülow auch später noch erklären.

Nach Siggis Bericht wirkte der junge Mann ziemlich niedergeschlagen. Und seine Stimme klang rau, als er sagte: «Vater hielt Onkel Baldurs Suche nach der Tapisserie für reine Spinnerei. Aber wenn dieses Stück davon am selben Ort wie seine Leiche gefunden wurde, ist er eventuell doch auf etwas gestoßen. Etwas, nach dem er all die Jahre über gesucht hat.»

«Dann ist der Wandteppich also besonders wertvoll?», fragte Doro und riss die Augen auf.

«Er war nie mehr als Mittel zum Zweck.» Lovis Bülow zog eine Grimasse. «Aber er barg ein Geheimnis, das der Familie wieder zu etwas Reichtum hätte verhelfen sollen. Da der Teppich aber weg war, sah es nach dem Krieg schlecht für uns Bülows aus. Kein Teppich, kein Silber.»

«Was denn für Silber?» Anton sah aus, als wären vor seinem geistigen Auge soeben stapelweise blinkende Barren erschienen.

«Ein komplettes Service, Tafelaufsätze, Leuchter, Becher, Besteck, alles, was Sie sich nur vorstellen können. Ein wahrer Schatz, mit dessen Verkauf es meinem Onkel gelungen wäre, dieses Haus wieder in Schuss zu bringen und zu erhalten. Und ich müsste vermutlich nicht so viel kellnern, um mein Studium zu finanzieren. Aber leider hat sich nie auch nur ein einziger Löffel wieder angefunden.»

«Und was verbindet das Familiensilber mit dem Wandteppich?», wollte Siggi wissen.

«Das hängt mit dem Lazarett zusammen.» Lovis Bülow nippte an seinem Tee. «Während der letzten Jahre des Zweiten Weltkriegs wurden hier in der Villa verletzte Soldaten versorgt und aufgepäppelt, bis man die armen Kerle wieder zurück in die Schlacht schicken konnte. Zu diesem Zeitpunkt wohnte meine Urgroßmutter allein in diesem Haus, denn ihr Mann war bereits verstorben, und ihre Söhne befanden sich an der Front. Fragen Sie mich bloß nicht, an welcher, mit solchen Dingen kannte mein Onkel sich besser aus.»

«Die alte Dame war mit der neuen Nutzung ihres Zuhauses bestimmt nicht einverstanden», mutmaßte Anton.

«Davon dürfen Sie ausgehen.» Lovis Bülow verzog das Gesicht. «Und sie hat Himmel und Hölle in Bewegung gesetzt, um das Lazarett mit allem, was dazugehörte, Patienten, Ärzte und Krankenschwestern, wieder loszuwerden. Doch als es ihr nicht gelang, begann sie, sich um ihre Besitztümer zu sorgen, denn es zeigte sich schnell, dass einige der Soldaten Mein und Dein nicht so gut auseinanderhalten konnten.»

«Es wurde gestohlen?» Doro hob die Augenbrauen.

«Alles, was nicht niet- und nagelfest war», bestätigte Lovis. «So bangte meine Urgroßmutter auch um das Silber und entschied sich, es für die Dauer der Einquartierung zu verstecken.»

Siggi schwante Böses. Es gab so viele Geschichten ostpreußischer Flüchtlingsfamilien, die im Krieg alles verloren hatten, aber vor der Flucht noch schnell den Schmuck der Mutter in einer Zigarrenkiste im Garten vergruben. Alles zu dem Zweck, auf etwas zurückgreifen zu können, wenn man erst wieder in der Heimat wäre. Doch für viele von ihnen gab es kein Zurück. Und heute standen dort vermutlich Wohnblocks auf den Schachteln voller Perlenketten und Granatspangen.

«Meine Urgroßmutter hat das Silber versteckt», bestätigte Lovis soeben Siggis Verdacht. «Und weil sie gesundheitlich angeschlagen war und fürchtete, das Kriegsende nicht mehr zu erleben, schrieb sie ihren Söhnen an die Front und ließ sie wissen, wo man den Schatz finden konnte.»

«War das nicht sehr leichtsinnig von ihr?», wollte Doro wissen.

«Natürlich beschrieb sie das Versteck nicht in allen Einzelheiten», korrigierte sich der junge Mann, «denn es ließ sich ja nicht voraussehen, wem so ein Brief in die Hände fallen konnte. So wusste die jüngere Generation nur, dass Walburga Bülow ihr Hab und Gut im Fadenkreuz von Verbrechern vermutete und deshalb alles rechtzeitig wegschaffen wollte. Der alte Wandteppich mit der Darstellung des Parks würde die entscheidenden Hinweise liefern, falls sie einander nicht mehr wiedersahen.»

«Im Fadenkreuz?», wiederholte Anton. «Was für eine ungewöhnliche Formulierung. Gerade im Zusammenhang mit einer Tapisserie als Schatzkarte.»

«Und als die Männer aus dem Krieg heimkehrten, war die arme Großmutter tatsächlich tot?» Doro blinzelte ein paar Tränen weg. Es war offensichtlich, wie sehr sie sich in die Familiengeschichte der Bülows hineingesteigert hatte. Siggi tat sie fast leid.

«Sie war schon sehr alt und starb eines natürlichen Todes», versicherte ihr Lovis rasch. «Doch zum Entsetzen der Brüder fanden sie nicht nur ihre alte Mutter nicht mehr vor. Auch die Villa war nach allen Regeln der Kunst geplündert worden. Sogar die Tapisserien hatte jemand von den Wänden geschnitten. Und damit schwand jede Chance, das Silber wiederzufinden.»

«Ich nehme an, es wurde auf gut Glück überall im Haus und im Garten gesucht?», fragte Siggi.

«Selbstverständlich.» Ein Lächeln stahl sich auf das Gesicht des Studenten. «Die Schatzjagd wurde zum Familiensport. Meine Verwandtschaft wühlte an den verrücktesten Orten nach dem Silber. Doch gefunden wurde nie etwas. Lediglich ein Kerzenleuchter hinter einem der Wandschränke stützte die Vermutung, das Silber könnte sich noch immer im Haus befinden. Als mein Vater und sein wesentlich älterer Bruder Baldur geboren wurden, übertrug sich der Eifer, mit dem ihre Elterngeneration suchte, auch auf sie. Doch mit der Zeit ließ in meinem Zweig der Familie die Begeisterung nach. Nur Onkel Baldur forschte weiter und beschloss schon recht schnell, sich dabei nicht mehr auf das Silber, sondern auf die verschwundene Tapisserie zu konzentrieren. Letzten Endes scheint er seinem Ziel sehr nahe gekommen zu sein, doch Glück oder gar Reichtum hat es ihm ganz offensichtlich nicht gebracht.»

«Ja, so sieht's zumindest aus.» Siggi überlegte. «Vermutlich hat Ihr Onkel die Webarbeit gefunden und musste sterben, weil noch jemand deren Bedeutung kannte. Aber wie kommt mein Antiquitätengeschäft dabei ins Spiel? Dort wurde das Bild mit Sicherheit nicht wiederentdeckt. Ich hatte es bis zu dem Moment, als Ihr Onkel tot im Sessel saß, noch nie gesehen.»

«Ich weiß es nicht.» Lovis beugte sich vor, um die am Boden liegende Webarbeit genauer zu betrachten. «Ich weiß nur, dass dieses Stück Stoff der Weg zum Familiensilber ist. Dummerweise ging meine Urgroßmutter davon aus, dass ihre Söhne in der Lage sein würden, das Rätsel des Teppichs zu lösen, obwohl sie ihnen nur eine kryptische Nachricht hatte zukommen lassen. Vielleicht könnten die Kriegsheimkehrer von damals tatsächlich etwas mit diesem Bild anfangen, doch die sind längst tot. Ich hingegen sehe nichts Auffälliges, keine Kreuze oder andere Markierungen, wie man es bei einer Schatzkarte erwarten würde. Steht vielleicht etwas auf der Rückseite?»

Siggi und Anton schüttelten rasch die Köpfe, in dem Wissen, dass eine genauere Untersuchung der Fälschung sinnlos wäre.

«Das hier ist ohnehin nur ein Teil des ursprünglichen Wandteppichs.» Anton deutete auf den halbierten Gartenpavillon. «Wissen Sie zufällig, wie groß er in seiner Gesamtheit einmal gewesen ist?»

«Den Erzählungen meines Onkels nach zu urteilen, war

er eher breit als hoch. Ich würde Ihnen gern ein Foto zeigen, doch die Alben meiner Urgroßmutter haben den Krieg ebenfalls nicht überlebt. Und wenn doch noch eins existieren sollte, so habe ich nie erfahren, was daraus geworden ist.» Er brach ab und starrte von einer Sekunde zur anderen nur noch mit gerunzelter Stirn vor sich hin.

Siggi beobachtete das Mienenspiel des jungen Mannes und wollte schon nachhaken, als Anton ihm zuvorkam: «Ist Ihnen etwas eingefallen?»

«Ich weiß nicht, ob es wichtig ist», gestand Lovis. «Aber als eigenartig würde ich es schon bezeichnen.» Er wies zum Schreibtisch, der sich nicht weit entfernt befand. «Als ich vor einigen Nächten hier ankam, habe ich dort die Fotografie dreier mir fremder Männer gefunden, von denen einer markiert worden war. Als ich heute mit der Tapisserie von der Auktion zurückgekehrt bin, war das Foto verschwunden. Dabei war die Haustür fest verschlossen.»

«Ihr Problem sind nicht die Türen, sondern die Fenster», erwiderte Siggi. «War es ein altes Bild?»

«Ehrlich gesagt wirkte es wie der neue Abzug eines uralten Schwarz-Weiß-Schnappschusses», erwiderte Lovis. «Und es ist mir schleierhaft, was jemand damit anfangen will. Und doch scheint es für irgendjemanden von Bedeutung zu sein.»

Siggi nickte.

«Zeigte die Tapisserie eigentlich ausschließlich den Garten?», wandte sich nun Doro an Lovis Bülow. «Dann muss das Silber doch irgendwo dort draußen sein.»

«Soviel ich weiß, zeigte sie auch noch das Haus inmitten des Parks, so wie es früher einmal ausgesehen hat», widersprach Lovis. «Das Silber könnte demnach auch im Fußboden oder in dieser Wandvertäfelung stecken.» Er deutete hinter sich. «Aber dort hat meine Familie bestimmt längst nachgesehen.» Er erhob sich und ging zum Telefontisch hinüber. «Ich denke, es ist nun doch der Zeitpunkt gekommen, um die Polizei anzurufen. Der Tod meines Onkels und alles, was Sie erlebt haben, Herr Malich, muss die Beamten doch interessieren.»

«Augenblick noch.» Siggi hob die Hand wie ein Schuljunge. «Nur mal angenommen, ich finde das Silber für Sie, Herr Bülow. Würden Sie es mir anvertrauen, um einen passenden Käufer zu finden? Gegen eine entsprechende Provision, natürlich.»

«Na sicher», flüsterte Anton und wurde für diese ironische Bemerkung, seiner Mimik nach zu urteilen, sofort wieder mit Zahnschmerzen bestraft. «Siggi, wir wissen doch gar nicht, wo wir überhaupt mit der Suche nach dem Silber anfangen sollen. Alles, was wir haben, ist der kleine Teil einer Schatzkarte, deren Botschaft wir nicht verstehen. Wir sehen das Rätsel darin nicht einmal, und Baldur Bülow wird uns dabei nicht mehr helfen können.»

«Ein Teil einer Schatzkarte ist doch zumindest ein guter Anfang», behauptete Siggi.

«Das ist gar nichts, wenn man bedenkt, dass es dem Onkel dieses jungen Mannes hier ein ganzes Leben lang nicht gelungen ist, die Teile wieder zusammenzufügen.»

«Wir können das schaffen.» Siggi blieb stur. «Und darüber hinaus finden wir auf diesem Weg auch noch Baldurs Leiche und seinen Mörder.»

«Das geht dich doch alles gar nichts mehr an», begehrte Anton auf und hielt sich den Kiefer. «Wir wissen jetzt, wer der Tote ist. Gunnar wird dir glauben müssen, und es ist sein Job, einem Mörder nachzuspüren, nicht deiner.»

Siggi verdrehte die Augen. «Gunnar wird wieder sagen: ‹Keine Leiche, keine Ermittlung.› Und meinst du wirklich, dass er sich bei der Suche nach Baldur Bülow besondere Mühe geben wird?»

Statt Anton antwortete Lovis, der noch immer neben dem Telefontisch stand und den Wortwechsel verfolgt hatte. Seine Hand lag auf dem Telefon, doch er machte keine Anstalten, es zu benutzen. «Als ich mich nach Onkel Baldurs Verschwinden an die Polizei gewandt habe, hieß es, mein Onkel sei erwachsen und könne tun und lassen, was er will.»

«Siehst du?» Siggi breitete in einer dramatischen Geste die Arme aus. «Gunnar, wie er leibt und lebt!»

Lovis Bülow nahm seine Hand vom Telefon, und sein Blick richtete sich fest auf Siggi. «Mein Onkel hatte keine Kinder. Sein Tod macht mich also zum Erben dieses eiskalten Kastens und von allem, was drumherum wuchert. Er hätte diese Chance ergriffen, und ich tue es auch. Bringen Sie mir meinen Onkel und seinen Mörder. Und wenn es Ihnen gelingt, auch das Familiensilber aufzutreiben, Herr Malich, sind wir im Geschäft.»

13

Nachdem Lovis Bülow seine Einbrecher zur Tür geleitet hatte, trug er das Bild zurück ins Ankleidezimmer und stellte es mit einem Anflug von Wehmut auf die Kommode. Von dieser Wand hatte der Pfau einmal stolz auf seine Bewunderer herabgeblickt. Dass er nun wieder hierher zurückgekehrt war, hätte seinen Onkel vor Glück zerspringen lassen. Stattdessen war er tot und seine Leiche verschwunden. Und möglicherweise war das Bild selbst sein Schicksal gewesen. Lovis betrachtete seinen Kauf, und ganz automatisch suchte er erneut nach einer Markierung, die ihm den Weg wies.

Überraschenderweise hatte Siggi Malich kein Interesse gezeigt, das Teilstück der Tapisserie wiederhaben zu wollen, behauptete gar, es sei für die Lösung des Rätsels nicht weiter wichtig. Doch da war Lovis anderer Meinung. Gerade sann er darüber nach, was die dunklen Schatten auf der Wiese wohl für eine Bedeutung haben mochten, als mit einem Mal das Licht ausfiel.

«Verdammt!» Mehrfach betätigte er den nächstbesten Schalter, doch er erreichte rein gar nichts damit.

Schließlich sah er ein, dass die Lösung für das Problem nicht in diesem Vorzimmer zu finden war. Im besten Fall war nur eine Sicherung herausgeflogen. Wesentlich schlechter lagen die Dinge, wenn Onkel Baldur seine Stromrechnung nicht bezahlt hatte. Und noch schlimmer war seine Lage, wenn sich dahinter eine Absicht verbarg.

Augenblicklich brach Lovis der Schweiß aus. Sein Onkel war tot, und der Grund dafür befand sich möglicherweise jetzt in seinem Besitz. Er sah sich um: Wo war überhaupt das alte Jagdgewehr geblieben?

Gerade wollte er es suchen gehen und das Zimmer verlassen, als er in der Dunkelheit gegen ein Hindernis prallte, das eine Sekunde zuvor ganz bestimmt noch nicht da gewesen war. Das Adrenalin schoss ihm durch den Körper, und er zuckte zusammen, als er den Atem eines anderen dicht neben seinem Ohr hörte. Er war nicht mehr allein im Raum.

«Wer ist da?», flüsterte er und wich instinktiv einen Schritt zurück.

Noch immer konnte er nicht das Geringste erkennen, draußen vor dem Mond waren dunkle Wolken aufgezogen, und seine Augen hatten sich noch nicht an die Dunkelheit gewöhnt. In seinem ganzen Leben hatte er sich noch nie so sehr nach Licht gesehnt wie jetzt, doch sogar sein Handy lag für ihn unerreichbar in Onkel Baldurs Arbeitszimmer.

«Lauf weg.»

Die Stimme war kaum mehr als ein Flüstern gewesen und versetzte Lovis in schiere Panik. Fast hätte er dem Befehl Folge geleistet, doch ein kleines bisschen Reststolz hielt ihn zurück.

«Ich gehe ganz sicher nirgendwo hin. Sie sind der Eindringling, nicht ich! Hauen Sie doch ab!»

Statt einer Antwort hörte Lovis das Parkett knarren und begriff, dass der Fremde sich bewegt haben musste. Aber wohin?

«Ich warne Sie», rief Lovis und konnte die Hysterie in seiner Stimme hören. «Kommen Sie mir ja nicht zu nahe.»

Wieder kam keine Antwort, und nur ein scharrendes Geräusch ließ ihn vermuten, dass irgendetwas vor sich ging. Lovis stand starr da und lauschte angsterfüllt. Noch immer befand er sich in unmittelbarer Nähe der Tür zum Treppenhaus. Der Fremde konnte das Vorzimmer nicht mehr unbemerkt verlassen, nicht ohne ein weiteres Mal ganz nah an ihm vorbeizugehen. Also wartete Lovis auf den richtigen Moment, um zuzuschlagen.

Zeit verstrich. Irgendwo knackte es im Gebälk.

Inzwischen konnte er die gegenüberliegenden Fenster als helle Rechtecke erkennen, doch sein Besucher war nirgendwo zu entdecken, und er hörte auch keine weiteren Geräusche mehr.

«Ich weiß, dass Sie da sind», log Lovis auf gut Glück und hoffte auf eine Reaktion. Doch diese blieb aus.

Mittlerweile befand er sich am Rande eines Nervenzusammenbruchs. Seine Hände zitterten, als ob er unter Strom stünde, und wenig hilfreiche Gedanken stiegen in ihm auf. Was, wenn die Person ein Messer oder eine Schusswaffe bei sich trug und davon Gebrauch machte?

In diesem Moment hörte Lovis draußen vor dem Haus einen Motor anspringen.

Jetzt hielt ihn nichts mehr. So schnell er konnte, rannte er die Treppen hinunter und zur Haustür. Er riss sie auf, sah aber nur noch ein paar Rücklichter in der Ferne verschwinden. Fluchend tastete er sich bis zum Sicherungskasten hinter der Kellertür vor. Hatte es hier nicht mal für Fälle wie diesen eine Taschenlampe gegeben? Doch der Haken, an dem sie hängen sollte, war leer. Es kostete ihn Minuten, die alten Keramiksicherungen wieder einzuschrauben. Als das Licht endlich wieder anging, rannte er zurück in den ersten Stock. Doch beim Betreten des Vorzimmers wurde sein Verdacht zur Gewissheit: Der Fremde hatte offensichtlich bekommen, was er wollte. Das Bild war weg.

Als Siggi heimkam, sah er als Erstes in die vorwurfsvollen Augen von Lola. Schuldbewusst senkte er den Kopf. «Ja, ich habe dich vernachlässigt. Du hattest keinen Auslauf, und es gab kein Futter. Du bist der ärmste Hund der Welt. Und was soll ich jetzt dagegen tun?»

Ihr Blick sprach Bände. Also warf Siggi seinen beiden Freunden einen entschuldigenden Blick zu und eskortierte Lola ins Freie, wobei ihm die Taschenlampe der Bülows gute Dienste leistete. Bei ihrer nächsten Begegnung würde er sie Lovis zurückgeben.

Als er in den ersten Stock zurückkehrte, hatte Doro seine Couch bereits mit Beschlag belegt, und in seinem eigenen Bett lag Anton.

«Was ist denn hier los?», fragte er und rüttelte den Freund an der Schulter.

«Mein Tagesschlaf ist ausgefallen, wie du dich vielleicht erinnerst.» Anton drehte sich von ihm weg. «Und Doro hat in der letzten Nacht nicht viel Ruhe bekommen.»

«Und was ist mit mir? Wieso verkrümelt ihr euch nicht in eure eigenen Betten? Habt ihr alle kein Zuhause?»

«Schon, aber meins ist zu weit weg.» Damit zog er die Decke an sich, auf die Lola sich soeben hatte legen wollen.

Siggi kassierte einen erneuten vorwurfsvollen Blick der Boxerdame. «Guck mich nicht so an, ich habe auch keine Decke», murrte er und rollte sich neben Anton zusammen.

Im Prinzip sprach nichts dagegen, Anton und Doro einen Schlafplatz für die Nacht zu überlassen. Nur war die Verteilung seiner Meinung nach ein wenig unglücklich. Siggis Gedanken wanderten unablässig zu der Frau auf dem Sofa.

Viel lieber hätte er sie als Anton an seiner Seite gehabt. Doch der schien mit seinem Schlafplatz ganz zufrieden zu sein, er schnarchte bereits leise vor sich hin. Gerade verspürte auch Siggi einen Anflug von Müdigkeit, da klingelte sein Handy.

Ungläubig warf er einen Blick auf die Uhr. Wer außer Anton sollte ihn mitten in der Nacht noch anrufen? Die Nummer auf dem Display war ihm fremd, und Siggi zögerte, das Gespräch anzunehmen.

Da stieß ihm Anton in die Seite und grunzte: «Geh endlich ran, dein Klingelton verursacht einem ja Albträume.»

«Dann schlaf eben woanders.» Siggi wischte über das Display. «Hallo?»

«Hier ist Lovis Bülow», hörte er eine aufgeregte Stimme rufen. «Das Bild ist weg!»

«Weg?», fragte Siggi wenig geistreich.

«Ein Fremder war hier und hat es gestohlen. Direkt vor meiner Nase.»

«Wie hat er ausgesehen?» Siggi spürte, wie die Müdigkeit von ihm abfiel.

«Keine Ahnung, der Kerl hat die Sicherung rausgedreht, das Bild an sich genommen und ist über die Hintertreppe wieder verschwunden. Er muss sich hier verdammt gut ausgekannt haben.»

Sofort dachte Siggi an Doro und wie sie mit ihm besagte Hintertreppe hinaufgegangen war. «Sind Sie davon überzeugt, dass es sich bei dem Einbrecher um einen Mann gehandelt hat?»

«Das weiß ich nicht genau, die Stimme war nur ein Flüstern. Aber ich denke schon, dass es ein Mann war. Warum fragen Sie?»

Siggi, dem einfiel, dass Doro gar keine Gelegenheit gehabt hatte, die Tapisserie aus der Villa zu stehlen, weil sie gemeinsam mit ihm und Anton im Auto gesessen hatte, erwiderte: «Es war nur so ein Gedanke. Entspannen Sie sich. Das Bild war nichts wert. Es handelte sich bloß um eine billige Kopie. Das Original ist immer noch bei mir.»

«Und dafür haben Sie mir einen Haufen Geld abgenommen? Darüber reden wir beide noch», schnaubte Bülow. Dann aber ergänzte er schnell: «Vielleicht reicht dem Einbrecher ja auch die Kopie, um das Silber zu finden. Jemandem, der sich in diesem Haus auskennt, ist vieles zuzutrauen.»

«Hm», räumte Siggi ein und erinnerte sich daran, dass Doro während der gesamten Rückfahrt eifrig Nachrichten verschickt hatte. Hatte darin zufällig auch eine Hintertreppe Erwähnung gefunden? «Hauptsache, Ihnen ist nichts geschehen.»

«Ich bin fast an einem Herzschlag gestorben, aber ansonsten noch heil. Sie müssen sehr vorsichtig sein, Herr Malich. Unsere Gegner sind auf Draht und schrecken vor nichts zurück.»

«Das ist mir bewusst», erwiderte Siggi und dachte an die Leiche von Baldur Bülow.

Als er kurz darauf auflegte, war er hellwach. Und fragte sich, ob er in dieser Nacht überhaupt Schlaf finden würde. Ganz im Gegensatz zu seinem Hund und seinem Freund. Doch kurz darauf fielen ihm vor Erschöpfung die Augen zu. Er träumte von silbernen Pfauen, Doro mit einem Jagdgewehr in der Hand und Bodo Rappenich, der ihn auslachte. Der Traum war so albern, dass er fast dankbar war, als ihn jemand unsanft aufweckte.

Siggi öffnete die Augen und erkannte Doro, die neben seinem Bett stand und an seiner Schulter rüttelte.

«Aufwachen», flüsterte sie. «Ich glaube, es sind schon wieder Einbrecher im Laden.»

Augenblicklich fuhr Siggi hoch. «Donnerknispel! Nicht schon wieder!» Erst jetzt fiel ihm Anton wieder ein, doch der schlief noch tief und fest, während vor dem Fenster bereits die blasse Aprilsonne aufging.

«Komm bitte mit. Allein traue ich mich nicht hinein.»

Siggi warf einen Blick zu Lola, die sich neben Anton auf der Decke eingerollt hatte und mit keiner Wimper zuckte. Offensichtlich war er, von Doro einmal abgesehen, auf sich allein gestellt.

Rasch erhob er sich und stolperte, noch gar nicht ganz Herr seiner Sinne, aus dem Schlafzimmer und die Treppe hinunter. Erst draußen vor der Ladentür fiel ihm auf, dass er nicht einmal Schuhe trug, von Hemd und Hose ganz zu schweigen. Doch Doro schien seine Glücks-Boxershorts mit den bunten Hufeisen gar nicht zu bemerken. Sie ging voran und bedeutete ihm, leise zu sein, als sie das Geschäft betraten.

Indessen hatte die frische Morgenluft Siggis Gehirn belebt. «Es ergibt überhaupt keinen Sinn, hier noch einmal einzubrechen. Das Bild ist doch gestern verkauft worden, und zwar vor Zeugen. Was sollte jemand noch hier wollen?»

«Das weiß ich nicht, aber du darfst ihn gerne fragen, sobald es dir gelungen ist, ihn zu überwältigen.»

Doro hielt sich dicht neben ihm, und gemeinsam gingen sie am Schreibtisch vorbei, wo Laptop und Ladenkasse brav an ihrem Platz standen. Das irritierte Siggi noch mehr. Hatten Diebe heutzutage kein Interesse mehr an Bargeld?

«Woher willst du überhaupt wissen, dass jemand hier war oder immer noch ist?», fragte er im Flüsterton.

«Weil er weg ist.» Sie sah ihn mit durchdringendem Blick an. «Es ist mir gleich aufgefallen, als ich heute Morgen ins Porzellanzimmer kam. Schließlich habe ich ihn an meinem ersten Tag hier gründlich gereinigt.»

«Wer ist weg?» Siggi folgte ihr in das angrenzende Zimmer und sah sich ratlos um. Auf ihn wirkte der vollgestellte Raum genau wie immer. Eventuell eine Spur sauberer, als er es aus der Zeit vor Doro gewohnt war.

«Der Teppich!» Doro wies auf den fleckigen Parkettboden zu ihren Füßen. «Gestern lag hier noch ein orientalischer Teppich, und jetzt ist er weg. Jemand muss ihn gestohlen haben. Vermutlich, um eine weitere Leiche darin einzuwickeln.»

Siggi musterte sie mit ausdrucksloser Miene. Dann sagte er: «Was für eine Art von Geschäft ist das hier?»

«Was soll die seltsame Frage? Es ist ein Antiquitätenladen», erwiderte Doro und sah misstrauisch zu ihm auf.

«Richtig, und deshalb werden hier gelegentlich auch mal Sachen verkauft, bevor jemand sie klauen kann. Dieser Teppich gehört dazu. Er hat gestern, im Laufe der Auktion, einen Liebhaber gefunden und spontan das Haus verlassen. Aber erst, nachdem er ordnungsgemäß bezahlt wurde.»

«Oh.» Doro blickte sich ein wenig ratlos um. «Dabei hat er den schäbigen Holzboden so vortrefflich kaschiert.»

«Mag sein, aber das ist zweitrangig.» Siggi verschränkte die Arme vor der Brust, wobei er daran erinnert wurde, dass er noch immer nur in Boxershorts vor Doro stand. «Wenn es weiter nichts zu besprechen gibt, würde ich mich gern anziehen.»

«Na klar.» Doro rang die Hände und suchte nach den richtigen Worten. «Ich werde derweil versuchen, ein geeignetes Fleckenmittel für den Boden zu finden.»

«Fantastische Idee», sagte Siggi und wandte sich von ihr ab.

Als er auf der Suche nach einer Hose in sein Schlafzimmer zurückkehrte, lugte Anton kurz unter seiner Schlafmaske hervor und stieß einen gequälten Laut aus. «Sonnenlicht. Warum um alles in der Welt kann es nicht in Strömen regnen, damit man besten Gewissens einfach liegen bleiben kann?»

«Nörgle nicht rum, sag mir lieber, wie wir die drei anderen Teile des Wandteppichs auftreiben sollen», erwiderte Siggi. «Könnte jemand, den du kennst, uns weiterhelfen?»

«Zwecklos», grunzte Anton und rückte die Maske über seinen Augen zurecht. «Schon als ich zum ersten Mal deswegen herumgefragt habe, konnte mir niemand Auskunft geben. Und das hätten sie getan, wenn jemals etwas Ähnliches auf dem Markt aufgetaucht wäre. Vermutlich existiert der Rest einfach nicht mehr.»

«Aber Fotos davon könnte es geben.» Siggi durchwühlte eine Schublade nach zwei gleichen Socken, fand nichts und improvisierte.

«Wenn Lovis Bülow behauptet, keine zu besitzen, wen willst du dann fragen? Und selbst wenn du irgendwo auf eine Fotografie der gesamten Tapisserie stoßen solltest, ist es fraglich, ob wir darauf den Hinweis der verstorbenen Ahnin entschlüsseln können. Insofern er zum Zeitpunkt der Aufnahme überhaupt schon vorhanden war.»

«Kann es sein, dass du gerade ein bisschen pessimistisch bist?», fragte Siggi. «Hast du wieder Zahnschmerzen?»

«Erinnere mich bloß nicht daran.» Anton drehte sich demonstrativ von ihm weg. «Ich will noch mindestens fünf Stunden in Ruhe gelassen werden. Dann denke ich darüber nach, mich eventuell heute noch zu bewegen.»

«Wie du willst.»

Leise zog Siggi die Schlafzimmertür hinter sich zu und eilte in sein Geschäft. In fünf Stunden konnte er bereits einen großen Schritt weiter sein. Alles, was er dafür tun musste, war, einen Blick in sein Adressbuch zu werfen, denn er hatte den von Lovis Bülow erwähnten neuen Abzug einer alten Fotografie nicht vergessen.

Doch als er den Antiquitätenladen betrat, saß Doro auf seinem Platz, hatte den Laptop geöffnet und war sehr vertieft in das, was sie dort las. Da er nicht so schön pfeifen konnte wie sie, räusperte er sich vernehmlich. Augenblicklich zuckte sie zusammen, als hätte er eine Peitsche knallen lassen.

«Darf ich erfahren, was dich so fesselt?», fragte er und trat hinter sie. Auf dem Bildschirm war eine Seite für Haushaltstipps aufgerufen worden, in der gerade offensichtlich heiß unter einem Chatbeitrag diskutiert wurde.

«Wischundweg?» Siggi runzelte die Stirn. «Was für ein origineller Gruppenname. Genügen dir Staubsauger, Wedel und Glasreiniger nicht mehr?»

Doro schüttelte den Kopf. «Damit ist den Flecken im Porzellanzimmer nicht beizukommen. Parkett ist eine knifflige Sache. Das Beste wäre meiner Meinung nach, so schnell wie möglich den Mantel des Schweigens in Form eines anderen Teppichs über diese Tragödie zu breiten. Haben wir aber nicht. Nicht in der passenden Größe. Es sei denn, du hast noch irgendwo einen in den Untiefen deines Lagers versteckt.»

«Schon möglich», sagte Siggi. «Doch darum kann ich mich jetzt nicht kümmern. Ich brauche einen Namen, und der steht da drin.» Er wies auf den Bildschirm. «Kannst du deine Suche nach dem richtigen Wundermittel kurz unterbrechen, damit ich an *meinem* Computer *meiner* Arbeit nachgehen kann?»

Doro nickte, hackte aber unbeirrt weiter auf der Tastatur herum. Eine Weile wartete Siggi ab, dann räusperte er sich vernehmlich, woraufhin sie mit missmutiger Miene das Feld räumte.

«Was ist denn aus dem wunderbaren Handy, deinem ‹Leben›, wie du es nennst, geworden?», fragte er, während er sich setzte. «Du hast es doch nicht schon wieder verlegt, oder?»

«Nein, aber der Akku ist leer», fauchte Doro. «Immerhin bin ich seit Donnerstag ohne Unterbrechung bei der Arbeit, und inzwischen haben wir bereits Samstagmorgen!»

Siggi hielt inne. Erst jetzt bemerkte er, dass sie das Kleid vom Vortag trug und intensiv nach seinem eigenen Duschgel roch. Doro war seit Tagen nicht mehr zu Hause gewesen, wo sie offensichtlich niemand vermisst hatte. Ein Gedanke, der ihn überraschend fröhlich stimmte.

«Das ist wahr.» Er räusperte sich erneut. «Ohne deine Hilfe hätten wir das alles niemals gestemmt, ich bin dir sehr dankbar. Aber jeder Mensch hat auch ein Recht auf Freizeit.» Er sah zu ihr auf und verkündete: «Du hast jetzt Feierabend. Fahr heim und genieß das Wochenende.»

«So war das nicht gemeint.» Entsetzen zeichnete sich auf ihrem Gesicht ab. «Es hat mir Spaß gemacht, Teil des Abenteuers zu sein. Nichts liegt mir ferner, als mich jetzt auf die Couch zu legen und einen Serienmarathon zu starten, während du mit Anton auf Schatzsuche gehst.»

Siggi unterdrückte ein Seufzen. Es war nicht immer leicht, das Richtige zu tun oder zu sagen, geschweige denn, seine Mitmenschen zufriedenzustellen. In diesem Fall aber war er davon überzeugt, ein Machtwort sprechen zu müssen. «Keine Widerrede. Ruh dich aus, damit du am Montagmorgen mit der Arbeit am Parkett beginnen kannst. Und was die Schatzsuche angeht, ist es mehr als unwahrscheinlich, dass du irgendetwas verpasst. Anton wird, wie ich ihn kenne, nicht vor Sonnenuntergang aufstehen, und ich muss ein paar langweilige Hintergrundrecherchen anstellen. Du siehst also: Es ist die perfekte Gelegenheit für dein Privatleben.»

Er hatte sein freundlichstes Lächeln aufgesetzt, um ihr

keinesfalls das Gefühl zu geben, sie würde ihn im Stich lassen. Und trotzdem konnte er ihr ansehen, wie verzweifelt sie nach Argumenten suchte, um ihren Arbeitsplatz nicht verlassen zu müssen. Nachdem sie mehrfach den Mund geöffnet und wieder geschlossen hatte, schob sie die Unterlippe vor, raffte ihr Hab und Gut zusammen und murmelte einen Abschiedsgruß, bevor sie aus der Tür schlüpfte.

Siggi saß da und blickte ihr nach. Er spürte fast körperlich, wie sich die Stille über seinen Laden senkte, der erst in einigen Stunden öffnen würde. Es war die Stille der Einsamkeit, die ihm eigentlich nie etwas ausgemacht hatte. Doch nach dem Trubel der letzten Tage kam es ihm vor, als wäre er von einer Sekunde zur anderen taub geworden. Gleichzeitig schien seine Umgebung mit Doros Weggang an Farbe verloren zu haben. Sein Laden erschien ihm grauer und dunkler als in den Tagen zuvor. Ihm fehlten ihr Lachen, ihr Pfeifen, ja sogar das Jaulen des Staubsaugers und das leise Fauchen der Sprühflasche, wenn sie ihren Glasreiniger großzügig im Raum verteilte.

Eher halbherzig begann er, in seinem Adressbuch nach dem Mann zu suchen, von dem er glaubte, Hilfe erwarten zu können. Mathias Wunder, angeblich noch immer wohnhaft in Monschau, wenn er seinen Aufzeichnungen trauen durfte, war einer seiner ältesten Kunden, und zwar im wahrsten Sinne des Wortes. Wenn der altersschwache Opel des Mannes im Schritttempo auf den Hof geschlichen kam, wusste Siggi, dass Wunder für Stunden wie ein Geist durch die Räume wandern würde, immer auf der Suche nach einem neuen Stück für seine ganz besondere Sammlung.

Sofort wählte Siggi Wunders Nummer und ließ es sehr lange klingeln. Schließlich wurde abgehoben, und die Stimme des Alten keuchte in den Hörer.

«Wer stört zu dieser frühen Stunde?»

«Hier ist Siggi Malich von ‹Kunst & Kurioses›. Sie wissen, wer ich bin?»

«Selbstverständlich», rief der Mann und wiederholte das Wort dreimal mit verschiedenen Betonungen, bevor er fragte: «Was kann ich für Sie tun?»

«Möglicherweise können Sie mir dabei helfen, ein Rätsel zu lösen. Darf ich mir einmal Ihre umfangreiche Sammlung anschauen? Passt es Ihnen heute?»

«Na, dann kommen Sie mal schnell her, bevor ich tot umfalle», tönte es aus dem Telefon. «In meinem Alter weiß man schließlich nie.»

Siggi unterdrückte ein Lachen und versprach, augenblicklich loszufahren. Als er auflegte, warf er einen Blick auf die Uhr. Es war unwahrscheinlich, pünktlich zu Geschäftsbeginn wieder zurück zu sein. Doch wie viel Sinn hatte es, ein «Geschlossen»-Schild an eine Tür zu hängen, die aufsprang, wenn man sie nur scharf anschaute? Und auf die Unterstützung von Anton konnte er aktuell nicht zählen.

Mit gemischten Gefühlen trat er ins Freie und entdeckte zu seiner Überraschung Doro, die auf der gegenüberliegenden Straßenseite stand und den Daumen in die Luft reckte, als sich ihr gerade ein Lastwagen näherte.

Siggi lief los, erreichte Doro, bevor der laut hupende Lkw ihn erfassen konnte, und packte sie bei den schmalen Schultern. Die großen Räder donnerten an ihnen vorbei und wirbelten ihm Staub ins Gesicht.

«Was zum Teufel machst du denn da?»

«Ich? Nach Hause fahren», erwiderte sie und sah ihn konsterniert an. «Ist irgendetwas nicht in Ordnung?»

«Nicht in Ordnung?» Siggi konnte es nicht fassen. «Kein Mensch fährt heutzutage noch per Anhalter, und das aus gutem Grund. Hast du in deiner Jugend denn niemals ‹Aktenzeichen XY ungelöst› gesehen?»

Doro verdrehte die Augen und erwiderte: «Also, rein statistisch gesehen ...»

Er ließ sie nicht ausreden. «Rein statistisch gesehen, ist es erheblich sicherer, nicht per Anhalter zu fahren, als den Daumen rauszuhalten, darin sind wir uns doch wohl einig.»

Um einer weiteren Diskussion vorzubeugen, zog er sie zurück über die Straße und bis vor die Ladentür. «Ich schlage vor, du gehst jetzt da hinein und findest heraus, wie man die Flecken aus dem Parkett bekommt. Das machst du genau so lange, bis ich wiederkomme und dir ein Taxi rufe, das dich dann abliefert, wo immer du hinwillst.»

«Du sorgst dich um mich?» Ein spitzbübischer Ausdruck trat in ihr Gesicht. «Du willst mich beschützen, Siggi Malich.»

«Bilde dir nur nicht zu viel darauf ein», brummte er und verschränkte die Arme vor der Brust. «Vor dem Tod der Anhalterin würde ich jede Frau bewahren wollen.»

«Ich mach das schon seit Jahren, und noch nie ...»

«Du machst es nie wieder», rief er. «Nicht, solange ich für dich verantwortlich bin. Und das bin ich, verdammt noch mal!»

Der Kuss traf ihn so unvorbereitet, dass er das Herumbrüllen für einen Moment vergaß und ein wenig ratlos auf seiner eigenen Fußmatte herumstand, während Lola, die ihren Platz neben der Gartenbank bezogen hatte, den Kopf von den Pfoten hob und ein warnendes Grollen von sich gab. Ob der Hundedame der Streit oder der Kuss missfallen hatte, war nicht so ohne Weiteres festzustellen.

«Das war ein Dankeschön.» Sie klimperte mit den Wimpern. «Weil du so nett zu mir bist.»

«Ich bin nicht nett, sondern vernünftig», widersprach er und strich sich mit der Fingerkuppe über die Lippen. Er konnte sich nicht erinnern, wann er zum letzten Mal geküsst worden war.

«Als ich Bodo Rappenich hinter dem zweiten Interessenten hergeschickt habe, wollte ich eigentlich mit ihm fahren.» Sie legte den Kopf schief und sah zu ihm auf. «Aber er wollte mich auf gar keinen Fall in seinem Auto haben, weil er meinte, dann würde ihm jemand die Rippen brechen. Damit warst du gemeint, oder nicht?»

Siggi griff nach dem erstbesten Strohhalm, um das Thema zu wechseln. «Was für Informationen hast du Rappenich für den Gefallen versprochen?»

Doro runzelte die Stirn. «Dieselben, die du ihm gegeben hast. Er wollte wissen, was es mit dem Bild auf sich hatte. Was denn sonst?»

«Nichts, gar nichts.» Rasch brachte er ein paar Meter Abstand zwischen sich und Doro und schalt sich einen Narren. Sie war die Letzte, gegenüber der er schwach werden durfte. Denn noch immer konnte er ihr nicht trauen.

«In der Schublade unter der Ladenkasse liegen ein paar alte Ladekabel», brabbelte er zusammenhanglos. «Dort wirst du bestimmt ein passendes für dein Handy finden.»

«Ja.» Ihre Stimme war noch immer so weich wie seine Knie. «Das denke ich auch.»

14

Wenig später riss Anton die Augen auf, ohne zu wissen, wie lange er überhaupt geschlafen hatte. In seinem Kiefer pochte es, als ob jemand herauswollte und sich langsam einen Weg durch den Knochen meißelte. Ohne richtig bei Sinnen zu sein, stolperte er vom Schlaf- ins Badezimmer und riss die Türen von Siggis Spiegelschrank auf. Ein paar Medikamentenpackungen aus dem letzten Jahrzehnt fielen ins Waschbecken. Hektisch entzifferte er die Aufschriften und musste einsehen, dass nichts darunter war, was ihm jetzt weiterhalf.

«Siggi?» Keine Antwort. «Doro, Lola, irgendjemand?» Als es weiterhin still blieb, füllte er einen Zahnputzbecher mit Wasser und rannte fluchend zurück ins Schlafzimmer, wo er in seine Hosen stieg. Gleich darauf eilte er, so schnell er konnte, mit dem Becher in der Hand in den Antiquitätenladen, wo sich ihm ein eigenartiges Bild bot. Statt Siggi saß Doro an dessen Laptop, die Hand in der offenen Registrierkasse. Bei seinem Anblick hielt sie überrascht inne. «Tut dein Zahn weh, oder warum umklammerst du deinen Kiefer, als ob er abfallen könnte?»

«Ein Schmerzmittel», stieß er hervor. «Ich brauche irgendetwas, das mich schlafen lässt, und in Siggis Hausapotheke finden sich nur Smarties und ein Holzhammer.»

«Da ist dir das eine Medikament zu schwach und das andere zu stark», schlussfolgerte Doro mitfühlend, sah sich

suchend um und wies auf ihre Handtasche am Garderobenständer. «Im vordersten Fach müssten noch ein paar Tabletten sein, falls sie noch nicht zu Staub zerfallen sind.»

Anton riss die Handtasche an sich und schüttete deren
Inhalt kurzerhand vor Doros Augen auf den Tisch. Zwischen
Lippenstiften und Tampons entdeckten sie gleichzeitig einen
Blister mit Tabletten, den er augenblicklich an sich nahm.

«Was ist so schwer daran, zum Zahnarzt zu gehen?», wollte Doro von ihm wissen und sah zu, wie er sich das Schmerzmittel großzügig bemessen einwarf und mit dem Wasser hi-
nunterspülte.

Noch im Schlucken schaffte Anton es, ihr einen ungläubi-
gen Blick zuzuwerfen. «Was es so schwer macht, zum Zahnarzt zu gehen? Du bist wohl noch nie da gewesen. Sonst würden dir haufenweise Gründe einfallen, warum ich so lange
wie irgend möglich einen Bogen um diese Begegnung schlage. Aber ich habe eine passende Gegenfrage: Wie schwierig
ist es eigentlich, die Finger vom Eigentum anderer zu lassen?» Er deutete auf die offene Schublade der Kasse und
den Laptop, der mit einem leisen «Ping» den Eingang einer
Nachricht meldete.

Verdutzt versuchte Doro zu erkennen, was seine Bemerkung zu bedeuten hatte, und als es ihr dämmerte, erwiderte
sie lahm: «Ich bin doch die Reinigungskraft.»

«Und in dieser Funktion waschen und bügeln wir die Ein-
nahmen und polieren das Internet?», wollte Anton wissen,
dessen Schmerzen bereits auf ein erträgliches Niveau herab-
zusinken begannen. «Wo steckt Siggi überhaupt? Ist er mit
dem, was du da treibst, einverstanden?»

«Das ist er allerdings.» Doro verschränkte die Arme vor
der Brust. «Er ist weggefahren und hat mir die Verantwor-
tung überlassen. Siggi vertraut mir.»

«Genau das tut er nicht», sagte Anton und kam zu ihr auf die andere Seite des Tisches, wo er sich zum Bildschirm des Laptops hinunterbeugte, seine Brille höher auf die Nase schob und zu lesen begann.

«Ich hab lediglich an der Kasse herumgespielt», rechtfertigte sie sich. «Da ist sie aufgesprungen, und ich habe gesehen, dass alle Scheine durcheinanderliegen. Ich wollte sie nur sortieren.»

«Sortieren? Ja, klar. Und das hier?» Er deutete auf das geöffnete Chatfenster.

«Das sind nur Haushaltstipps.» Doros Empörung wuchs weiter. «Ich suche nach einem Fleckenmittel für Holzfußböden.»

«Und die persönliche Nachricht, in der eine gewisse Ottilie von einem Wandteppich im Haus ihrer überkandidelten Kundin berichtet? Er soll deinem angeblich sehr ähnlich sehen», fasste Anton die persönliche Nachricht zusammen, die soeben am Rand des Bildschirms erschienen war. «Du hast also einen Wandteppich, aha!»

«Es hat wirklich jemand eine ernst gemeinte Antwort geschickt?» Doro zog ihm die Brille von der Nase, setzte sie sich selbst auf und las die Worte, welche Antons Zusammenfassung bestätigten. Dann erklärte sie: «In diesem Forum sind haufenweise Reinigungskräfte aktiv, und ich dachte, es könnte nicht schaden, einmal das Foto von der Tapisserie dort hochzuladen und ein bisschen herumzufragen, ob jemand so etwas kennt. Leider war das Ergebnis bisher lediglich ein Shitstorm, weil meine Frage mit Putzen so gar nichts zu tun hatte.»

«Aber die gute Ottilie macht dir keinen Vorwurf», stellte Anton fest und spürte, wie der letzte Rest Schmerz in seinem Kiefer abebbte, was ihn ein klein wenig sanfter stimmte.

Trotzdem fiel es ihm nach wie vor schwer, Doro ihre Argumente abzukaufen.

«Ich habe eine Spur gefunden, die uns zu einem weiteren Stück Wandteppich führt», rief diese gerade begeistert aus und gab ihm seine Brille zurück. «Nicht der Herr Experte und auch nicht der Antiquitätenhändler, sondern ich. Und zwar in einem Forum für Reinigungskräfte!»

«Herzlichen Glückwunsch», sagte Anton säuerlich und schob die Lade der Registrierkasse zu. «Manchmal ist der einfache Weg eben der beste. Hoffentlich irrt sich diese Ottilie auch nicht.»

«Ich werde sie um die Adresse bitten.» Doro begann eifrig zu tippen. «Dann können wir beide der Besitzerin einen Besuch abstatten und uns vergewissern, ob ihres zu unserem Stück passt. Vielleicht lässt sie es sich sogar abkaufen. Siggi wird Augen machen, wenn er zurückkommt.»

«Das wird er sicherlich.» Anton sehnte sich bereits wieder nach Siggis komfortablem Bett. Sollte Doro ruhig in die Kasse greifen und mit fremden Leuten über Tapisserien schwatzen. Er war noch nicht ausgeschlafen und wollte sich keinesfalls von ihr vereinnahmen lassen. «Warum sollte ich mitkommen? Es reicht doch völlig, wenn du eine erste Besichtigung vornimmst.»

«Du bist der Experte und darüber hinaus der Besitzer eines eigenen Autos. Du fährst. Dann will ich großzügig vergessen, was du mir bezüglich der Tageseinnahmen unterstellt hast.» Sie sah ihn vorwurfsvoll an.

«Ich habe lediglich …» Er brach ab und sah sie provozierend mit den langen Wimpern klimpern. Sie war wirklich ausgesprochen attraktiv, und ihre Spontaneität hatte etwas durchaus Erfrischendes, das seine Müdigkeit vertrieb. Und gab es nicht gute Gründe, sie im Auge zu behalten?

Er stieß einen Seufzer aus. «Ach, was soll's? Was kann es schon Schöneres geben als eine morgendliche Spazierfahrt durch die Eifel? Lass dir die Adresse geben.»

Doro stieß einen Jubelschrei aus, setzte sich an die Tastatur und formulierte augenblicklich eine Nachricht an Ottilie.

Das Haus von Mathias Wunder stach durch erste Anzeichen von Verwahrlosung aus einer Reihe gleicher Bauten heraus, was vermuten ließ, dass der alte Herr nicht mehr in der Lage war, sich um alle anfallenden Arbeiten zu kümmern.

Eine andere Theorie, die Siggi wahrscheinlicher erschien, war, dass die Pflege seines Vorgartens Mathias Wunder weit weniger am Herzen lag als seine Sammlung.

Mit einem leisen Seufzer erstarb der Motor des Transporters. Siggi sprang vom Fahrersitz, schlug die Tür zu und brachte den Weg im Laufschritt hinter sich. Der alte Mann erwartete ihn schon in der Haustür.

«Wie nett, dass Sie mich auch einmal besuchen kommen. Ich bin schon recht gespannt.»

Der alte Herr ging voran und führte Siggi durch eine Diele bis in ein geräumiges Wohnzimmer, dessen Wände über und über mit Fotografien bedeckt waren. Die Bilder hingen neben- und untereinander und kreuz und quer, was die geblümte Tapete im Hintergrund fast zur Gänze vor den Augen des Betrachters verbarg. Auf den Fensterbänken des lang gezogenen Raumes standen uralte Kameramodelle zwischen blühenden Orchideen, und auf dem Kaminsims funkelte eine Reihe protziger Pokale.

«Sie haben viele Preise mit Ihren Fotos gewonnen.» Siggi

trat näher, um sie zu betrachten. «Sicher ist es Ihnen nicht leichtgefallen, in den Ruhestand zu wechseln.»

«Nur weil ich keine Porträtbilder mehr schieße und nicht mehr auf allen Hochzeiten tanze, bin ich noch lange nicht im Ruhestand», widersprach Wunder. «Das Auge des Fotografen ruht nicht, bis es ihm zum letzten Mal zufällt, merken Sie sich das. Die Welt um uns herum ist voller Motive, die es verdienen, festgehalten zu werden.»

Sie nahmen einander gegenüber in großen Ohrensesseln Platz. Siggi bemerkte, wie schmal der Fotograf seit ihrer letzten Begegnung geworden war. Das klapperdürre Männlein mit dem vom Alter gebeugten Rücken glich in seinem Äußeren immer mehr dem Bild eines zerstreuten Professors. Doch das Gesicht voller Falten und Runzeln drückte große Zufriedenheit aus.

«Wollen wir uns mit Tee oder Kaffee aufhalten oder gleich zur Sache kommen?», fragte Wunder. «Es geht Ihnen um eine Fotografie, nicht wahr? Eine alte Aufnahme?»

«Mindestens achtzig Jahre», bestätigte Siggi. «Wonach ich suche, könnte auf einem Foto zu sehen sein, das vor Kriegsende aufgenommen wurde.»

«Ah, dann müssen wir hinunter in den Keller.» Mathias Wunder erhob sich langsam. «Und auf dem Weg dorthin erzählen Sie mir mehr über das, was Sie zu finden hoffen.»

Siggi widerstand dem Drang, dem Alten einen stützenden Arm anzubieten, als dieser vor ihm her in seinen Filzpantoffeln die steilen Treppenstufen hinuntertappte. Mathias Wunder wirkte auf ihn wie ein Mann, der allein zurechtkommen wollte und stolz darauf war, keine Hilfe nötig zu haben.

In dem Moment, da sie das gewaltige Archiv mit seinen unzähligen Karteikästen im Untergeschoss erreichten, wirkte der ehemalige Berufsfotograf wie ein Fisch, der zurück ins

Wasser sprang. Vergnügt über Fotografien plaudernd, führte er Siggi zu einer langen Regalreihe, in der mehrere große Kisten lagerten.

«Suchen wir eher regional, oder interessiert Sie Bildmaterial aus der ganzen Welt?»

«Wir bleiben in der Eifel», sagte Siggi. «Genau genommen geht es mir um Aufnahmen, die in und um die Villa Bülow herum entstanden sind. Ein hübsches Bauwerk inmitten einer alten Parkanlage. Kennen Sie es?»

Mathias Wunder kicherte. «Ob ich die Villa Bülow kenne? Sie sind ein Witzbold, Herr Malich. Selbstverständlich besitze ich Fotos von diesem Haus. Doch wenn Sie auf den Spuren von Baldur Bülow wandeln, muss ich Sie enttäuschen. Der Gobelin, oder was auch immer es ist, dem er da nachspürt, ist auf keinem meiner Bilder zu sehen.»

«Oh.» Siggis Schultern sackten nach unten. «Sehr schade. Demnach hatten Sie schon Besuch von Baldur Bülow?»

Der Alte gab ein gackerndes Lachen von sich. «Ich besitze die größte Sammlung von Fotografien aus dieser Gegend seit Erfindung der ersten Kamera. Natürlich hat seine Suche ihn bis zu mir geführt. Doch konnte ich Baldur, was den Wandschmuck aus seinem Haus betraf, nicht weiterhelfen. Trotzdem hat er Abzüge von allem mitgenommen, was ihm irgendwie von Nutzen zu sein schien. Die Originale verblieben bei mir. Möchten Sie die Mappe über das Bülow-Anwesen sehen, die ich für ihn angelegt habe?»

Ohne eine Antwort abzuwarten, zog der Fotograf eine blassblaue Kunstmappe, die flach auf einem der Kartons gelegen hatte, herunter und legte sie auf einen Tisch in der Mitte des Kellers. Mit geübten Bewegungen entnahm er ihren Inhalt und breitete eine Reihe von vergilbten Schwarz-Weiß-Fotografien vor Siggi aus.

«Wie Sie erkennen können, befinden sich nur wenige Innenaufnahmen darunter.» Wunders Worte klangen fast wie eine Entschuldigung. «Und keine einzige zeigt die oberen Räume des Hauses, wo der Teppich gehangen haben soll. Die Fotos wurden zumeist auf Feierlichkeiten geknipst und stammen aus dem Nachlass eines Mannes, der mit den Bülows befreundet war. Mit seiner Kamera gelang es ihm, einige durchaus reizvolle Momente festzuhalten. Dies hier scheint ein Gartenfest zu zeigen. In der noch jungen Kastanie neben dem Haus hängen Lampions, und die Menschen halten Gläser in den Händen.»

«Sehr stimmungsvoll», murmelte Siggi und griff bereits nach einer ganz anderen Aufnahme. Auf dieser war eine Gruppe von Männern in Uniform zu sehen, die neben den Eingangsstufen standen. Im Hintergrund konnte man mehrere Personen in weißen Kitteln und Schwesterntrachten erkennen, während eine alte Dame in schwarzer Trauerkleidung auf einen Stock gestützt unter dem Türsturz stand und griesgrämig dreinblickte.

«Eines der letzten Bilder von Walburga Bülow, bevor sie in ihr Grab sank», erklärte Mathias Wunder, der Siggis Interesse an dem Bild bemerkt hatte. «Man kann ihr vom Gesicht ablesen, was sie von den Einquartierungen in ihrer Villa hielt. Das Haus wurde aufgrund seiner Größe vorübergehend als Lazarett genutzt.»

«Ja, das ist mir bekannt.» Siggi studierte die Gesichter der Soldaten und fragte sich, ob der Dieb der Tapisserie sich irgendwo unter ihnen befand. Doch eine Antwort darauf konnte ihm vermutlich niemand mehr geben. Die hier abgelichteten Personen waren aller Wahrscheinlichkeit nach schon längst verstorben. «Ist es Ihnen recht, wenn ich mit meinem Handy einige der Aufnahmen abfotografiere?»

«Handyfotos!» Pure Verachtung lag in Wunders Stimme und spiegelte sich auch auf seinem faltigen Gesicht wider. «Wenn Ihnen das genügt, lassen Sie sich nicht abhalten. Obwohl ich Ihnen natürlich Besseres bieten könnte, wenn sie nur mehr Zeit investieren wollten. Für Baldur Bülow habe ich ein paar fantastische Abzüge erstellt.»

Siggi, der bereits eine Aufnahme der noch völlig intakten Pfauenskulptur im Garten ablichtete, hielt plötzlich inne. Vor der Statue saßen drei Männer im Gras und sahen zu ihm auf, als wollten sie auf gar keinen Fall fotografiert werden. «Haben Sie für Herrn Bülow auch einen Abzug von diesem Bild gemacht?», fragte er Mathias Wunder.

«Selbstverständlich. Der Pfau war einmal eine echte Schönheit. Heute gleicht sein Kopf einem Besenstiel.»

Siggi fielen die Worte von Lovis Bülow ein, der von einem Foto gesprochen hatte, das am Tag der Auktion aus der Villa gestohlen worden war. «Drei Männer, von denen einer markiert worden ist», flüsterte er leise und ließ das Handy sinken.

«Wie meinen Sie? Sprechen Sie lauter, meine Ohren sind zusammen über hundertfünfzig Jahre alt.»

«Ist nicht so wichtig», rief Siggi. «Hat Baldur Bülow sich für dieses Foto mit den drei Männern vielleicht ganz besonders interessiert?»

«Nein.» Der Fotograf runzelte die Stirn. «Nein, das würde ich nicht sagen. Er war einfach nur maßlos enttäuscht darüber, keine Aufnahme vom Wandteppich vorgefunden zu haben.»

Siggi bedankte sich und schoss trotzdem ein weiteres Bild von der Fotografie. «Und Sie sind davon überzeugt, nicht noch mehr Fotos von der Villa zu besitzen? Dies ist ein großes Archiv. Vielleicht haben Sie ja vergessen, was sich noch in einer dieser Kisten verbirgt.»

«Vergessen?» Der Tonfall verriet, dass Wunder nun persönlich beleidigt war. «Ich vergesse nichts. Dies ist alles, was ich an Bildmaterial von den Bülows und ihrem Besitz habe. Zumindest, was den von Ihnen genannten Zeitraum betrifft.»

«Demnach gäbe es jüngere Bilder vom Anwesen?», fragte Siggi.

«Selbstverständlich. Was meinen Sie, was die Leute früher geknipst haben, als die ersten Pocketkameras aufkamen. Ich besitze ganze Berge grünstichiger Fuji-Fotos, auch von der Villa Bülow.»

«Hat Baldur Bülow die ebenfalls sehen wollen?»

«Nein.» Mathias Wunder schüttelte den Kopf. «Dafür hat er sich nicht interessiert. Aus der Zeit besitzt er wohl auch selbst genug Aufnahmen. Ihm ging es nur um diesen Wandteppich, und damit konnte ich nicht dienen.»

Siggi steckte sein Handy ein und ließ sich von Mathias Wunder zurück zur Haustür begleiten, wobei dieser sich unaufhörlich über die miserable Qualität von Handyfotos ausließ. Auf der Schwelle reichte er Siggi die Hand. «Grüßen Sie Baldur, den alten Haudegen, von mir. Wenn mir je eine Aufnahme, wie er sie sucht, in die Hände fallen sollte, werde ich mich bei ihm melden.»

Siggi war für einen Moment lang versucht, Mathias Wunder von dem auf mysteriöse Weise aus seinem Laden verschwundenen Toten zu erzählen. Doch dann entschied er sich dagegen, nickte nur und ging zurück zu seinem Wagen. Ob der Besuch in Wunders Archiv wirklich ein Fehlschlag gewesen war, musste sich noch zeigen, auch wenn alle Anzeichen dafür sprachen.

Noch einmal nahm er das Handy zur Hand und rief Lovis Bülow zurück, der den Schrecken der letzten Nacht hoffentlich gut überstanden hatte.

«Bülow?»

«Malich hier. Geht es Ihnen gut?»

«Ich bringe Riegel an allen Fenstern an und habe mich über Alarmanlagen schlau gemacht. Also ja, es geht mir gut. Gibt es etwas Neues?»

«Nur eine Frage zu dem Foto, das Ihnen gestohlen wurde. Sie sagten, es zeigte drei Männer. Saßen diese rein zufällig vor der Pfauenstatue im Park?»

«Ganz genau. Woher wissen Sie das?»

«Weil ich das Foto gefunden habe», sagte Siggi. «Wissen Sie noch, welcher der drei Männer darauf markiert worden war?»

«Der Mann in der Mitte», lautete die Antwort. «Hilft uns das weiter?»

Das hätte Siggi auch gerne gewusst.

15

Nach einer Irrfahrt durch die Straßen von Düren gelangten Anton und Doro endlich an ihr Ziel. Die von der Reinigungskraft Ottilie übermittelte Adresse hatte sie zu einem schneeweißen Bungalow geführt, der sich nicht so recht in den Baustil der Nachbarhäuser einfügen wollte. Hier wohnte angeblich eine ältere Dame namens Evelyn Karst, die im Besitz einer Webarbeit war, wie sie derzeit in Siggis Safe lag.

Anton hielt an und sah zu dem Gebäude hinüber, das verlassen und abweisend auf ihn wirkte. «Hat diese Ottilie uns bei ihrer Arbeitgeberin angemeldet?», fragte er und deutete auf die leere Garage, deren Tor zu schließen sich niemand die Mühe gemacht hatte.

«Natürlich nicht», rief Doro und sah ihn erstaunt an. «Was hätte sie denn sagen sollen? Dass sie einer völlig Fremden in einer Internetgruppe den Namen und die Adresse ihrer Brötchengeberin überlassen hat, weil Interesse an einem Kunstwerk besteht? Da kann sie sich auch gleich selbst vor die Tür setzen.»

Anton gab ihr insgeheim recht, doch nun standen sie seiner Meinung nach vor einem anderen Problem. «Und welche Geschichte wollen wir dieser Frau Karst erzählen? Falls du einen Einbruch à la Siggi planst, so muss ich dir mitteilen, dass die Fenster des Bungalows im Vergleich zu denen der Villa Bülow verschlossen und stabil aussehen. Ich könnte mir an einem Ort wie diesem sogar eine Alarmanlage vorstellen.»

«Nein, wir gehen subtiler vor.» Doro richtete ihre Frisur, in die sie ein Tuch mit Leopardenmuster gebunden hatte. «Überlass das Reden am besten mir, ich habe mir alles ganz genau überlegt.»

Anton beobachtete beunruhigt, wie Doro einen Blick auf ihren Unterarm warf, auf dem mit Kugelschreiber einige Wörter notiert worden waren. Offensichtlich hatte Doro einen Spickzettel bei sich, um nicht aus der Rolle zu fallen.

«Gibst du mir wenigstens eine kleine Regieanweisung vorweg?», bat er. «Nur damit ich mich auf das Gespräch einstellen kann.»

«Du bist mein Ehemann», erklärte sie. «Du bist selbstbewusst und erfolgreich. Und du hast keine Zahnschmerzen.»

«Wie subtil. Das kann ich mir merken. Ist dein Auftritt komplizierter?» Anton deutete auf die Worte oberhalb ihres Handgelenks.

Doro sah verlegen zur Seite und blieb ihm die Antwort schuldig. Stattdessen öffnete sie die Wagentür. Anton tat es ihr gleich, und einen Augenblick später standen sie vor einem verschlossenen Gartentor, an dessen steinerner Einfassung sich ein Klingelknopf samt Messingschild befand.

«Karst», las Anton vor und schellte. «Dann wollen wir mal sehen, ob jemand zu Hause ist.»

Eine Weile rührte sich nichts, und Anton war schon drauf und dran, das Unternehmen als gescheitert anzusehen, als es in der Gegensprechanlage knackte.

«Jaha?», flötete eine laute Stimme.

«Frau Karst?», rief Doro und schielte schon wieder auf ihren Spickzettel. «Wir sind Ihre neuen Nachbarn aus Nummer 12 und haben uns ausgesperrt. Dürften wir wohl einmal Ihr Telefon benutzen?»

«Die Fiebigs sind ausgezogen?», kreischte es aus dem

Lautsprecher. «Das ist ja sensationell. Ich komme sofort zu Ihnen. Bleiben Sie, wo Sie sind!»

«Was zum Teufel ...», entfuhr es Anton, nachdem es ein weiteres Mal vernehmlich geknackt hatte.

«Neugier ist nicht nur der Tod der Katze, sie öffnet auch viele Türen.» Doro stand grinsend neben ihm, las noch einmal schnell etwas von ihrem Unterarm ab und verbarg ihn hinter dem Rücken, als die Haustür aufgerissen wurde und ihnen eine grell geschminkte Rothaarige entgegeneilte.

Evelyn Karst gab sich alle Mühe, den Eindruck einer Frau von Welt zu vermitteln. Ihre seidene Bluse war an Manschetten und Knopfleiste dezent gerüscht, an ihren Fingern blitzten Goldringe, und den Gürtel ihres Rocks zierten die Initialen eines Designers. Anton erkannte mit einem Blick die Perlen an ihrem Hals als billige Imitation und hörte die Plastikabsätze ihrer Schuhe auf dem Gartenweg klappern.

Doro aber blickte der Frau strahlend entgegen und rief übertrieben laut: «Es ist ja so reizend von Ihnen, uns auszuhelfen. Ich bin manchmal so ein Schussel. Da ziehe ich doch die Tür ins Schloss, und schon stehen mein Mann und ich draußen, ohne einen Schlüssel eingesteckt zu haben.»

Anton schwieg und nickte nur hoheitsvoll. Da bemerkte er, wie Evelyn Karst mit der einen Hand das Tor öffnete und mit der anderen ein Handy aus der Tasche zog. Offensichtlich hatte sie zwar vor, ihren neuen Nachbarn mit einem Telefon auszuhelfen, doch dies bedeutete nicht zwangsläufig, dass sie auch bereit war, die Fremden in ihr Haus zu lassen. Gespannt sah er Doro an, deren Plan vermutlich gerade zu scheitern drohte. Doch Doro war die Ruhe selbst. Sie streckte die Hand nach dem Handy aus, aber Evelyn Karst hielt es außer Reichweite und schien noch nicht bereit, es herauszugeben. Warum, wurde Anton kurz darauf klar.

«Und die Fiebigs haben einfach so ihr Haus verkauft? Ich ahnte ja schon, dass diese Ehe keinen Bestand haben würde. Wieder ein Fall für die Statistik.» Sie seufzte übertrieben. «Hatte er ein Verhältnis oder sie?»

Doro räusperte sich und strich sich geziert über das Haar. «Das ist nichts, was man am Gartenzaun besprechen sollte. Viel zu delikat, wenn Sie mich fragen. Ich muss zugeben, ein Haus von solchen Leuten zu übernehmen, hat mich schon Überwindung gekostet. Nach allem, was passiert ist, bleibt den Fiebigs wohl nichts anderes übrig, als nach Südamerika auszuwandern. Hier können sie sich nicht mehr blicken lassen, wenn das alles erst einmal die Runde gemacht hat.»

Sie hatte ihren Köder kaum ausgeworfen, als Evelyn Karst diesen auch schon geschluckt hatte und alle Vorsicht fallen ließ. «Wollen Sie nicht bei einer gemütlichen Tasse Tee auf den Schlüsseldienst warten?»

«Nur zu gern!», rief Doro, ergriff Antons Hand und zerrte ihn durch das Gartentor.

Gegen seinen Willen war Anton von ihrer Raffinesse beeindruckt. Willig ließ er sich mitschleifen und erwartete gespannt, die Geschichte der unseligen Fiebigs zu hören, die völlig unschuldig im Haus mit der Nummer 12 saßen und nicht ahnten, welche Gerüchte über sie in Kürze die gesamte Nachbarschaft beschäftigen würden.

Indessen waren er und Doro in eine Sitzgarnitur verfrachtet worden, die zwar bestimmt der neuesten Mode entsprach, aber an Geschmacklosigkeit kaum zu überbieten war. Auch der Tee, der ihm sogleich serviert wurde, war unglaublich fad. So war er fast dankbar, als Doro ihm das Handy von Frau Karst reichte und rief: «Hier, mein Schatz. Sprich du doch mit dem Schlüsseldienst und erkläre ihnen unser Dilemma, während ich Frau Karst von den Fiesigs berichte.»

«Fiebigs», verbesserte ihre Gastgeberin, was Doro kurz aus dem Konzept brachte und sie auf ihren Unterarm schielen ließ.

Dann aber schien sie ihr Stichwort wiedergefunden zu haben und begann, eine haarsträubende Geschichte über das Gaunerpärchen aus Nummer 12 zum Besten zu geben, die unzählige ahnungslose Rentner um ihre Ersparnisse gebracht hatten, um ihr zügelloses Leben zwischen Swingerclubs und Luxushotels führen zu können.

Evelyn Karst hing an ihren Lippen und schien über alle Maßen entzückt zu sein, während Anton vorgab, ein Telefonat zu führen, stattdessen aber seiner eigenen Mailbox ein Problem schilderte, das er gar nicht hatte.

Schließlich versiegte Doros Erzählfluss, und sie begann, sich mit gespieltem Interesse umzusehen. «Ach, das ist ja wirklich ganz zauberhaft, wie Sie hier leben.» Sie klimperte schon wieder mit den Augendeckeln. «So modern und praktisch. Ich selbst bin ja ein Opfer meines Mannes und seiner Schwäche für Antiquitäten. Da habe ich wenig Mitspracherecht, wenn es um unsere Einrichtung geht. Mein Mann ist übrigens Restaurator. Sollte Ihnen einmal ein altes Schätzchen unter den Händen zerkrümeln, wenden Sie sich nur vertrauensvoll an ihn. Er kann selbst die Staubschicht auf einer Kostbarkeit wieder herstellen. Ganz besonders gut ist er im Auffrischen von Bildern und Stoffen. Aber etwas Derartiges besitzen Sie wohl nicht, oder?»

Sie gab ein lächerliches Fiepen von sich, das wohl amüsiert hatte klingen sollen und genau den beabsichtigten Effekt hatte. Evelyn Karst kroch eine fleckige Röte aus dem Blusenkragen und verriet ihren Ärger.

«Aber selbstverständlich besitze ich Kunstwerke alter Meister. Nur passen diese nicht so recht ins moderne Ambiente, wie Ihnen ja bereits selbst aufgefallen sein dürfte. Mein Vater beispielsweise vererbte mir einen wundervollen Wandteppich von nahezu unschätzbarem Wert.» Es gelang ihr, bei diesen Worten irgendwie auf die größere Doro herabzusehen, die sogleich sehr interessiert tat.

«Ein Wandteppich? Ach, wie aufregend! Ob ich ihn wohl einmal sehen dürfte?»

«Nun ...» Evelyn Karst zögerte sichtlich.

«Es wäre mir eine Ehre, Ihr Erbstück betrachten zu dürfen», meldete sich nun Anton zu Wort. «Meine Frau und ich hatten schon Sorge, in eine Nachbarschaft ohne jegliche Klasse geraten zu sein. Mit einem hübschen Kunstwerk erfreuen Sie mein Herz.»

«Wenn Sie meinen.» Evelyn Karst wirkte wenig begeistert und hatte ganz zu Recht vermutlich gerade das Gefühl, in eine Falle getappt zu sein.

Ein wenig umständlich erhob sie sich aus ihrem Sessel und bat ihre Gäste, ihr zu folgen.

Der Raum, in den sie als Nächstes geführt wurden, war mit offensichtlich schon vor Jahren ausrangierten Möbeln bestückt und stellte wohl so etwas wie ein Arbeitszimmer dar. Antons Blick wanderte über die Bücher in den Regalreihen und kam zu dem Schluss, dass Herr Karst sich für Modellbau und die Malediven interessierte. Welcher Arbeit der Mann nachging, erschloss sich ihm nicht.

«Dort hängt es.» Der Mund von Evelyn Karst war schmal geworden. «Nicht ganz unser Stil und durch die zahlreichen Beschädigungen auch nicht wirklich vorzeigbar. Aber eventuell lässt sich noch etwas daraus machen.»

«Oh, es ist wundervoll», kreischte Doro wieder, und Anton fürchtete schon, sie könnte übertrieben haben. Aber die Besitzerin eines weiteren Teilstücks der Tapisserie aus der

Bülow-Villa schien hocherfreut, und der leicht griesgrämige Ausdruck verschwand aus ihrem Gesicht.

Anton wiederum konnte seinen Blick nicht von der Webarbeit lösen. Es handelte sich ohne jeden Zweifel um ein Teil des gesuchten Kunstwerks, denn in seiner rechten unteren Ecke befand sich ein halber Gartenpavillon, der zusammen mit Siggis Ausschnitt ein komplettes Bauwerk ergeben würde. Die Mitte der Webarbeit war dieses Mal keineswegs die Skulptur eines Tieres, sondern vielmehr ein Ententeich, auf dem die putzigen Wasservögel schwammen. Nur eines der Tierchen gründelte mittig im Gewässer und präsentierte dem Betrachter seinen Bürzel. Als Anton näher herantrat, bemerkte er ein Brandloch zwischen dieser Ente und den anderen. Bei genauerer Betrachtung wies auch dieser Teil der Tapisserie mehrere durch Feuer verursachte Schäden auf.

Anton fragte sich, auf welche Weise sie zustande gekommen waren, wurde aber von Doro abgelenkt, die gerade zu Frau Karst sagte: «Solch kleine Macken repariert mein Schatz Ihnen im Handumdrehen und quasi für ein Butterbrot. Schließlich sind wir ja nun Nachbarn.»

«Selbstverständlich», stimmte er sofort zu. «Schon in wenigen Tagen erstrahlt diese wertvolle Arbeit in alter Pracht. Insofern Sie bereit sind, sie mir anzuvertrauen. Sie sagen, Sie haben das Stück von Ihrem Vater geerbt?»

«Allerdings.» Frau Karst nickte und deutete auf eine vergilbte Fotografie, die in einem kleinen Rahmen gleich neben dem Bild hing und einen Mann mit eng stehenden Augen und schmalen Lippen zeigte. «Es war so ziemlich das einzig Brauchbare, was er mir hinterlassen hat. Mein Vater lebte sehr bescheiden. Aber er behauptete, dieses Bild sei wertvoller, als man es ihm auf den ersten Blick ansähe, und darum habe ich es nach seinem Tod behalten.»

«Eine weise Entscheidung», sagte Anton, dem schlagartig klar wurde, dass die Worte des Verstorbenen einem Geständnis gleichkamen. Der Vater von Evelyn Karst hatte um die Bedeutung der Webarbeit gewusst. War er auch ihr Dieb gewesen?

Er warf Doro einen Blick zu, die ähnliche Gedanken hegen musste, denn auch sie war in die Betrachtung der Fotografie versunken.

«Wollen Sie es gleich mitnehmen?», fragte Evelyn Karst unvermittelt. «Oder haben Sie zu viel mit Ihrem Einzug zu tun?»

«Welchem Einzug?», fragte Doro erstaunt, bevor sie sich ihrer Rolle erinnerte und rief: «Ach, der Einzug! Nein, das erledigen wir mit links. Nicht wahr, mein Schatz?»

Anton nickte schnell und nahm hastig das Bild von seinem Platz an der Wand. «In ein paar Tagen haben Sie es zurück. Dann wird es aussehen wie neu.»

Und während die Hausherrin sich überschwänglich bedankte und ihm mit dem schweren Holzrahmen zur Hand ging, sah Anton, wie Doro ihr Handy zückte und einen Schnappschuss von dem Herrn mit den eng stehenden Augen machte. Diese raffinierte Person dachte wirklich an alles. Aber leider immer nur für wenige Minuten, denn bei ihrer Verabschiedung versprach sie Evelyn Karst, diese über das Schicksal der Findigs auf dem Laufenden zu halten.

«Fiebig», korrigierte ihre Gastgeberin erneut, was Doro leicht nervös werden ließ. Aber es gelang ihr, den Besuch ohne einen weiteren Patzer über die Bühne zu bringen.

Unendlich erleichtert sah Anton Evelyn Karst hinter ihrer sich schließenden Haustür verschwinden und hechtete zu seinem Chrysler, wo er das Bild auf die Rückbank schob und hinter das Steuer rutschte. Dank Doro hatte er sich zum ersten Mal in seinem Leben als Trickbetrüger betätigt. Und es hatte ihm so verboten viel Spaß gemacht, dass er seinen wieder rumorenden Weisheitszahn zwischenzeitlich völlig vergessen hatte.

«Wir haben den zweiten Teil», jubelte Doro und warf die Arme in die Luft. «Siggi wird vielleicht Augen machen, wenn er zurückkommt.»

Siggi fuhr auf den Hof seines Antiquitätenladens und kämpfte gleichzeitig mit dem Gefühl der Niedergeschlagenheit. Was brachte ihm schon das Bild dreier fremder Männer? Die Tapisserie war es, die er finden musste, oder wenigstens ein detailgetreues Abbild. Hatte er Lovis Bülow gegenüber den Mund zu voll genommen, als er ihm anbot, den Familienschatz zu finden?

Schwerfällig und in Gedanken bei dem versteckten Silber, trottete Siggi auf die Ladentür zu. Ein frischer Wind wehte und trieb einen unangenehmen Geruch zu ihm herüber. Irgendwo hatte ein Bauer die Gülle ausgebracht, und Siggi rechnete damit, den penetranten Geruch in den nächsten Tagen nicht mehr aus der Nase zu bekommen. Auch nicht gerade ein Grund zur Freude.

Als er die ramponierte Tür aufstoßen wollte, bemerkte er einen Zettel an der Tür, der eventuelle Besucher darauf hinwies, dass «Kunst & Kurioses» vorübergehend geschlossen war. Also hatte Doro es vorgezogen, seine Rückkehr nicht abzuwarten, und war doch nach Hause getrampt, um sich auszuruhen.

Siggis Laune erlitt einen weiteren Dämpfer. Der Gedanke, die energiegeladene Frau dabei anzutreffen, wie sie mit ihrem Glasreiniger durch die Räume zischte, hatte ihn gefreut. Jetzt blieben ihm nur eine triefäugige Boxerdame und ein von Zahnschmerzen geplagter Kunstexperte als Gesellschaft. Sehr langsam lenkte er seine Schritte zum Nebeneingang, stieg die Treppe zu seiner Wohnung empor und hielt einen kurzen Moment lang überrascht inne, als er Gelächter vernahm. Glockenhell und eine Spur zu albern. Sein Herz tat einen kleinen Hüpfer. Doro war nicht heimwärts getrampt. Sie vertrieb sich ihre Zeit mit Anton. Und offensichtlich amüsierten sich beide weit mehr, als er es gerade tat.

Er ließ sich selbst ein und wurde von der hechelnden Lola begrüßt. Nur einen Augenblick später erschien Anton in der Küchentür. In den Händen zwei Gläser Rotwein, von denen er eines an Siggi weitergab.

«Alkohol am Nachmittag?» Er sah Anton irritiert an. «Und wieso bist du überhaupt wach? Ist dir klar, wie seltsam dieses Verhalten für dich ist?»

«Ich habe den Abend vorverlegt», verkündete Anton, lächelte selig und schlug ihm auf die Schulter. «Der Grund ist, dass ich es auf keinen Fall verpassen wollte, dein Gesicht zu sehen, wenn du die Überraschung entdeckst.»

«Eine Überraschung?» Siggi hob die Brauen. «Hat etwa jemand für mich gekocht? Ich sterbe vor Hunger.»

«Das gibt sich gleich», behauptete Anton und gab den Weg in die Küche frei. Dort saß Doro am Küchentisch und strahlte genauso zufrieden wie der Kunstexperte. Vor ihr lag ausgebreitet die Tapisserie der Bülows.

Gerade wollte Siggi fragen, wem von den beiden es gelungen war, seinen Safe zu knacken, als ihm der Ententeich in der Bildmitte auffiel. Mit angehaltenem Atem trat er näher.

«Ja, du siehst richtig», gluckste Anton und nahm einen

großen Schluck Wein. «Dies ist Teil zwei, der sich nahtlos an deinen Bildausschnitt anfügen lässt. Schau mal, wie prächtig der Pavillon in seiner Gesamtheit einmal gewesen sein muss.»

«Und wieder steckt die Arbeit voller kleiner Details», rief Doro und deutete auf einen Fisch, der den Kopf aus dem Teichwasser streckte.

Siggi konnte es nicht fassen. Er strich über die dunkelgrünen Baumkronen, aus denen sich ein Schwarm Vögel erhob, bewunderte das Farbenspiel des Erpels, der den Betrachter direkt anzuschauen schien, und fand erst wieder in die Gegenwart zurück, als sein Blick an dem hässlichen Brandloch mitten im Teich hängen blieb.

«Woher habt ihr den denn?»

«Das Internet hat uns geholfen.» Strahlend wies Anton mit dem Weinglas in Doros Richtung. «Wenn man es richtig zu benutzen weiß, führt es einen überallhin. Zum Beispiel in eine Gruppe für Haushaltstipps, wo aufmerksame Damen von Kunstwerken zu berichten wissen, die in fremden Häusern hängen. Die Zugehfrau einer gewissen Evelyn Karst hat uns auf die richtige Spur gebracht. Und dank Doro ist es uns gelungen, die Tapisserie gewissermaßen zu entführen. Wobei ich fest entschlossen bin, sie der Besitzerin zurückzuschicken, sobald wir dem Bild sein Geheimnis entrissen haben.»

Einen kurzen Moment lang drängte sich Siggi die Frage auf, ob dies überhaupt möglich war, denn seiner Meinung nach fehlte mindestens noch ein weiteres Stück, das rechts von seinem angelegt werden musste. Doch seine Freude über den unerwarteten Fund überwog, und er zog sich einen Stuhl heran, um das Bild genauer zu betrachten.

Doro und Anton gesellten sich zu ihm, und zu dritt saßen sie um den Tisch herum und grübelten vor sich hin. Nach einer Weile holte Siggi die andere Webarbeit aus dem Safe, zog den Küchentisch auf die volle Länge aus und legte beide Teile nebeneinander. Es war ein befriedigender Anblick, sie wieder vereint zu sehen, doch Antworten lieferten sie den Betrachtern nicht.

«Es muss etwas mit den Tieren auf sich haben, meint ihr nicht?», hörte er Doro sagen. «Dieser Garten wimmelt nahezu von Bewohnern aller Arten.»

«Ja, aber als wir uns vor Ort befanden, war der Pfau aus Stein und das Eichhörnchen ein Busch», gab Anton zu bedenken. «Sind die Enten also diesmal echte Enten? Und inwiefern ist das relevant?»

Alle drei versanken in dumpfes Schweigen. Dann kam Siggi eine Idee. «Es ist nicht das Motiv selbst, denn der Teppich ist schon viel älter als die Botschaft von Walburga Bülow. Gut möglich, dass sie sich von der Darstellung leiten ließ, als sie das Silber versteckte. Vielleicht hat sie aber auch etwas hinzugefügt.»

«Eine hervorragende Idee.» Anton stellte sein Weinglas beiseite und beugte sich weit über die Webarbeit, um einen besseren Blick auf sie zu haben. Danach ging er in die Hocke und linste über sie hinweg. Schließlich strich er mit der Handfläche über den Stoff. «Ich kann nichts Bemerkenswertes entdecken. Fällt euch etwas auf?»

«Ich fürchte fast, ohne den dritten Teil kommen wir nicht weiter.» Doro seufzte.

«Warum denkst du, uns fehlt nur noch ein Stück?», fragte Siggi. «Warum nicht zwei, drei oder vier weitere?»

«Weil der Teppich damit in etwa der Länge der kahlen Wand im Antichambre entsprechen würde. Klingt das nicht logisch?»

Anton zuckte mit den Schultern. «Schon, aber warum hat

man ihn überhaupt zerschnitten? Offensichtlich diente es nicht dazu, einen noch brauchbaren Teil aus dem Rest herauszulösen, wie ich anfangs dachte. Beide Stücke sind gleichermaßen schäbig, wenn man sie auf den Brandschaden reduziert und ihre Farbenpracht außen vor lässt.»

«Diese Frage könnte uns bestimmt der Vater von Evelyn Karst beantworten», meinte Doro. «Nur ist der leider tot.»

Siggi runzelte die Stirn. «Was hat der denn mit den Bülows zu schaffen?»

«Der hat ihr das Bild vererbt, und so hat er übrigens ausgesehen.» Doro zückte ihr Handy und platzierte es nach kurzem Tippen auf das Display mitten auf die Tapisserie. «Nicht gerade ein sympathisches Lächeln, oder was meinst du? Als ob er Zahnschmerzen hätte.»

«Sehr witzig», ließ sich Anton vernehmen und schenkte sich Wein nach.

Siggi achtete nicht auf ihre Worte. Er sah in zwei Augen, die dunkel wie Rosinen in dem Gesicht eines wachsbleichen Mannes saßen, dessen Haare in einer für die Vierzigerjahre typischen Frisur gescheitelt waren.

«Das ist der Mann, der den zweiten Teil des Wandteppichs zumindest für eine Weile besessen und dann weitervererbt hat», erklärte Anton unnötigerweise. «Doro war so umsichtig, in einem unbemerkten Moment das Porträt abzufotografieren. Noch weiß ich nicht, wie es uns bei der Lösung des Rätsels helfen kann, aber es ist eine Spur.»

«Ich war heute übrigens auch nicht faul.» Siggi zückte sein Telefon und legte es neben das von Doro. Jetzt war der Moment gekommen, zu erzählen, was er erfahren hatte. Ausführlich schilderte er seinen Besuch im Archiv von Mathias Wunder und seine magere Beute, die aus einer Reihe abfotografierter Schwarz-Weiß-Aufnahmen bestand. Dabei strich er über das Display und rief ein Foto nach dem anderen auf. Als er zu dem kam, das Walburga Bülow zeigte, wie sie auf den Stufen ihres Hauses stand und angesichts der Ärzte, Pfleger und Patienten auf ihrem Grund und Boden finster dreinblickte, schnappte Doro nach Luft.

«Kannst du das bitte mal vergrößern?»

Er tat ihr den Gefallen.

«Das könnte er doch sein, oder?» Sie deutete auf einen eher kleinen Mann ganz links im Bild, der die Hände in den Taschen vergraben hatte. «Er kann zumindest genauso unangenehm gucken wie der Vater von Evelyn Karst.»

Anton trat neben Siggi, um einen besseren Blick zu haben. Gemeinsam legten sie den Kopf schief und versuchten, weitere Übereinstimmungen zu entdecken. Als keiner etwas sagte, wischte Siggi zum nächsten Bild weiter. Es zeigte die drei Männer auf dem von der Sonne verbrannten Rasen. Im Hintergrund erhob sich der steinerne Sockel der Pfauenfigur.

«Natürlich ist er das!», rief Doro und vergrößerte nun selbst mit einer geübten Bewegung den Bildausschnitt. Jetzt gab es tatsächlich keinen Zweifel mehr. Der Vater von Evelyn Karst war einmal Patient in der Villa Bülow gewesen.

«Ob es ein Zufall ist, dass die Fotografie ihn mit zwei weiteren Männern zeigt und der Teppich vermutlich in drei Teile geteilt wurde?», ließ sich Anton vernehmen.

«Du meinst, dieses Bild zeigt die Diebe von damals?» Doro klang aufgeregt. «Ob sie wussten, was sie taten, und ihren Anteil der Beute deshalb über die Jahrzehnte hinweg verwahrt haben?»

«Ich denke, schon», stimmte Siggi zu. «Baldur Bülow besaß ebenfalls einen Abzug dieses Bildes. Es war das, was aus seinem Büro gestohlen wurde. Den Mann in der Mitte hatte er zuvor markiert. Also nicht den Vater von Frau Karst, der sitzt ja außen.»

«Sie haben auf irgendeine Weise erfahren, dass die Tapisserie eine Schatzkarte ist», sagte Anton. «Entschlüsseln konnten sie sie nicht, aber sie behielten jeder einen Teil für sich und damit die Option offen, eines Tages reich zu werden. Also könnte die Frage, wer die anderen beiden Männer neben ihm waren, von entscheidender Bedeutung sein.» Er gähnte und sah in sein fast leeres Glas. «Ob die Schmerztabletten sich mit Alkohol vertragen?»

Siggi ging nicht auf seine Bemerkung ein. Einer der drei Männer auf dem Foto war nun kein Fremder mehr. Doch wer waren die beiden anderen, und warum war der Mann in der Mitte von besonderem Interesse gewesen?

16

st dir aufgefallen, wie präsent die Zahl Drei seit Kurzem bei der ganzen Sache ist?», flüsterte Doro und breitete eine Decke über den schlafenden Anton aus, dem nach seinem Cocktail aus Schmerzmitteln und Rotwein ziemlich plötzlich die Augen zugefallen waren und der es gerade noch bis zum Sofa geschafft hatte. «Ein Foto von drei Männern, die wie Verschwörer vor der Pfauenstatue sitzen, drei Teile eines Wandteppichs und drei Interessenten auf unserer Auktion. Das muss doch etwas zu bedeuten haben.»

Siggi nickte. Auch ihm war der dritte Bieter wieder eingefallen. Sah man von Kurt als Strohmann ab und strich im selben Atemzug Lovis Bülow von der Liste der Verdächtigen, so gab es da immer noch den kleinen Mann, dessen Spur der Zuhälter Bodo Rappenich verloren hatte.

«Wenn ich nur wüsste, wie ich den doppelten Gunnar dazu bringen könnte, das Autokennzeichen zu überprüfen und uns den Namen des Halters zu nennen.» Siggi seufzte. «Ich müsste ihm schon etwas wirklich Gutes anbieten, damit er für mich auch nur einen Finger krumm macht. Doch was sollte das sein?»

«Wie wäre es mit einer neuen Brille?», schlug Doro vor. Und als in diesem Moment Siggis Magen hörbar knurrte, ergänzte sie: «Oder mit einem Abendessen?»

Ein Blick auf seine Armbanduhr bestätigte Siggi, dass es keinen Sinn mehr hatte, den Laden noch einmal zu öffnen.

Der Nachmittag neigte sich dem Ende zu, und sie alle waren von den Ereignissen der vergangenen Tage und Nächte erschöpft. Mit einem letzten Blick auf den schlafenden Anton verließen sie das Wohnzimmer, schlossen leise die Tür und schlichen zurück in die Küche.

«Wir könnten uns eine Pizza kommen lassen.» Doro rollte die beiden Teppichteile zusammen und legte sie zu dem leeren Rahmen neben dem Herd.

«Das könnten wir», sagte Siggi. «Wenn ich nicht versprochen hätte, dir ein Taxi zu rufen, damit du mal wieder ein paar Stunden zu Hause verbringen kannst. Morgen ist ohnehin Sonntag. Du hättest also durchaus die Möglichkeit, deine Pizza in deinen eigenen vier Wänden zu genießen.»

«Ist das ein Rauswurf?» Sie schaute ihn fragend an.

«Nein, eher eine Befürchtung», gestand er.

«Ich verspüre keine Sehnsucht nach meiner öden Kellerwohnung. Die ist wohl kaum ein Grund für mich, unsere Schatzjagd zu unterbrechen», erwiderte Doro. «Eine Reisezahnbürste und ein Shirt für die Nacht habe ich außerdem schon gestern Abend von Anton bekommen. Ich halte es also problemlos noch ein paar Stunden hier aus. Jetzt, wo ich dank dir auch ein Ladegerät für mein Handy habe.» Sie lächelte ihm zu und wedelte dabei mit ihrem stets präsenten Mobiltelefon in der Luft herum. «Ich esse meine Pizza übrigens am liebsten mit Salami.»

«Ich auch.» Siggi wusste nicht, warum ihm plötzlich die Knie weich wurden. Aber es musste wohl etwas mit der Aussicht auf ein ungestörtes Abendessen mit Doro zu tun haben. Mit Anton war jedenfalls nicht mehr zu rechnen. Und er betete, für den restlichen Abend von unliebsamen Überraschungen verschont zu bleiben.

Zwei Stunden später saßen sie, die Überreste einer Familienpizza zwischen sich, einander satt gegenüber und erörterten noch immer vorwiegend alberne Methoden, um den doppelten Gunnar zur Zusammenarbeit zu bewegen. Die Flasche Wein war leer geworden, die Sonne versank vor dem Küchenfenster, und Siggi erinnerte sich nicht, wann er sich das letzte Mal so wohl gefühlt hatte.

Da trat plötzlich ein erschrockener Ausdruck auf Doros Gesicht. «Herrje! Wo soll ich denn heute Nacht schlafen? Da liegt jetzt ja Anton auf meinem Sofaplatz, und ich glaube nicht, dass wir ihn noch dazu bewegen können, in dein Bett überzuwechseln.»

«Was bedeutet, der Platz an meiner Seite ist heute Nacht frei.» Siggi schluckte trocken. «Natürlich kann ich dir noch immer ein Taxi rufen, aber wenn es dich nicht stört, könnten wir uns genauso gut mein Bett teilen.»

«Schnarchst du?», fragte Doro. Und als er die Antwort schuldig blieb, ergänzte sie: «Ich schon.»

«Das ist mir egal.» In diesem Moment erkannte er seine eigene Stimme nicht mehr.

Bald darauf fand er sich mit Doro in seinem Schlafzimmer wieder. Er hatte seine Shorts für diese Nacht gegen seinen einzigen vorzeigbaren Schlafanzug eingetauscht, sie trug ein weites T-Shirt, auf dem die verwaschene Werbung einer Hautcreme prangte. Gleichzeitig schlüpften sie von beiden Seiten unter die Decken, und das Erste, was er von ihr zu spüren bekam, waren ihre eiskalten Füße, die sich auf seine Seite der Matratze mogelten. Doch er ertrug es tapfer, nicht zuletzt, weil ihm ohnehin bereits heiß genug war. Eine Erinnerung an alte James-Bond-Filme, in denen der Held immer wieder gefährliche Frauen eroberte, kam ihm in den Sinn. Von kalten Füßen war darin nie die Rede gewesen.

«Es waren unglaublich anstrengende Tage, nicht wahr?»

Doro zog sich die Decke bis ans Kinn und schloss demonstrativ die Augen. «Wir wollen versuchen, ein wenig zu schlafen.»

Es war nicht so, dass er nicht dasselbe gewollt hätte, nur konnte er es nicht. Eine ganze Weile sah er sie im Schein der Nachttischlampe einfach nur an, verfolgte jede zarte Linie an ihrem Hals und in ihrem Gesicht und fragte sich, warum sie so unvermutet in sein Leben getreten war und sich dort so hartnäckig ausbreitete, als wäre sie Unkraut. Schönes, blühendes Unkraut, das zum Ausreißen einfach zu hübsch war.

Dumpf drängten sich die Gedanken an all ihre Missgeschicke und die häufigen Handynotizen in sein Bewusstsein. Aber es gelang ihm, diese ganz weit wegzuschieben und sich nur auf ihre Lippen zu konzentrieren, die sogar im Schlaf zu lächeln schienen.

«Du starrst mich an.»

Siggi stockte der Atem. Offensichtlich schlief sie noch gar nicht. Verlegen löschte er das Licht und fuhr ein wenig unauffälliger damit fort, sie zu betrachten. Bis auch ihm schließlich die Augen zufielen und er sachte in den dringend benötigten Schlaf hinüberglitt.

Später in der Nacht, der Mond erhellte mittlerweile weite Teile seines Bettes, spürte er plötzlich ihren nackten Arm, der sich um seinen Brustkorb schlang. Verschwunden war auf geheimnisvolle Weise das T-Shirt mit dem albernen Werbeaufdruck. Sekunden später rutschte ein Haufen Stoff, der Siggis bester Schlafanzug war, über die Bettkante und fiel zu Boden.

«Mein Vater kam als Tourist nach Deutschland, verliebte sich in meine Mutter und blieb für immer», erzählte Doro gerade.

Sie lag in Siggis Armen und zupfte spielerisch an seinem Brusthaar. Noch immer schien der Mond zu ihnen herein und tauchte die Szenerie in ein unwirkliches Licht. Siggi lächelte nur einfältig vor sich hin, was Doro dazu veranlasste, weiter von sich zu erzählen.

«Aber meine Mutter starb früh, und mein Vater, der mich nicht aus dem gewohnten Umfeld reißen wollte, blieb im Lande und verliebte sich nie wieder. All die Jahre waren wir ein gutes Team. Doch vor einigen Wochen ist er freiwillig in ein Altenheim gezogen. Er meint, ich würde mit ihm an meiner Seite nur meine Zeit verschwenden und müsste dringend ein eigenes Leben führen. Und das probiere ich jetzt eben. Es ist ungewohnt, allein in der Welt zu stehen. Mit Einsamkeit komme ich nicht so gut zurecht.»

«Das tut wohl niemand. Zumindest nicht, wenn es sich ändern lässt.» Siggi hatte seine Sprache wiedergefunden, blickte aber noch immer verträumt vor sich hin.

«Vor allem muss ich nun auch allein für meinen Unterhalt aufkommen, was gar nicht so einfach ist. Da muss ich so einige Einschränkungen hinnehmen.» Sie seufzte und bemerkte, wie Siggis Miene sich verfinsterte.

«Trampen ist trotzdem keine Alternative zu einem Auto», stellte er fest. «Ich will nicht, dass du noch einmal zu einem Fremden in den Wagen steigst. Versprich es mir.»

«Du bist gut.» Doro lachte auf. «Ist dir eigentlich klar, wie unglaublich schlecht der öffentliche Nahverkehr in dieser Gegend funktioniert? Ich meine, wenn wenigstens auf die wenigen Busse Verlass wäre, die kommen sollten, würde das einen gewaltigen Fortschritt darstellen. Und Radwege werden ja auch eher für die Touristen gebaut und nicht dort, wo sie wirklich benötigt werden. Dein Antiquitätenladen liegt ohnehin zu weit abseits der Ortschaften, da bleibt mir gar keine andere Wahl, als mich von einer freundlichen Seele mitnehmen zu lassen.»

«Ich werde für dich einen Dienstwagen besorgen», verkündete Siggi. «Dann kannst du kommen und gehen, wie du willst, ohne dass ich mir Sorgen machen muss. Ich weiß sehr wohl, dass es ohne einen Wagen schwierig ist, bis zu meiner Haustür zu kommen, aber ...» Er brach ab und setzte sich abrupt auf.

«Hey, die Decke gehört nicht dir allein, jedenfalls nicht heute Nacht», hörte er Doro protestieren, dann aber fragte sie: «Ist dir etwas Wichtiges eingefallen?»

«Wo ist das Auto?» Er wandte sich ihr zu und schaute sie fragend an.

«Welches Auto denn?»

«Das, mit dem Baldur Bülow hergekommen ist», rief Siggi aus und sprang aus dem Bett, um vor selbigem auf und ab zu gehen. «Niemand, der hierherkommt, tut dies zu Fuß. Manche nutzen ein Fahrrad, aber die meisten kommen mit dem Auto und stellen es auf dem Parkplatz neben dem Haus ab. Doch als ich am Dienstagmorgen heimkam, stand hier kein Wagen. Trotzdem ist der Tote sowohl angekommen als auch von hier verschwunden. Wie, wenn kein Transportmittel im Spiel war?»

Doro zuckte ratlos mit den Schultern. Sie beobachtete offensichtlich lieber einen nackten Siggi bei seinen Überlegungen, anstatt selbst ihren Kopf anzustrengen.

«Und müssten es nicht eigentlich zwei Autos gewesen sein? Eines für den Mörder und eines für das Opfer? Oder sind sie zusammen hergekommen? Das sind doch hochinteressante Fragen, findest du nicht?»

«Doch, doch», erwiderte Doro und grinste.

«Ich muss sofort mit Lovis Bülow sprechen», rief Siggi

und begann, den Kleiderstapel neben dem Bett nach seinem Telefon zu durchsuchen.

«Jetzt gleich?», erwiderte Doro erstaunt.

Siggi warf einen Blick auf den Wecker neben der Nachttischlampe und stellte fest, dass es noch gar nicht so spät war, wie er befürchtet hatte. Es bestand durchaus die Möglichkeit, dass Lovis Bülow noch an den Apparat ging.

Nach wenigen Sekunden wurde das Gespräch tatsächlich entgegengenommen.

«Guten Abend, hier spricht Siggi Malich. Ich hoffe, ich störe nicht?»

Er setzte sich auf die Bettkante, und Doro schmiegte sich an ihn. Ganz offensichtlich in der Absicht, dem Telefonat besser folgen zu können.

«Nein, ich habe noch gar nicht geschlafen», klang es aus dem Handy an sein Ohr. «Ich habe viel zu viel Schiss, wenn Sie verstehen, was ich meine.»

«Wunderbar! Können Sie mir sagen, was für einen Wagen Ihr Herr Onkel fuhr?»

«Einen hässlichen alten Opel, aber der steht noch in der Garage.»

«In der Garage?», wiederholte Siggi enttäuscht. Demnach waren Täter und Opfer doch im gleichen Auto zum Laden gekommen und auf diesem Weg auch irgendwie wieder verschwunden. Der Hauch einer Spur, der sich vor ihm aufgetan hatte, verflüchtigte sich bereits wieder. Da durchfuhr ihn ein plötzlicher Geistesblitz.

«Herr Bülow, wo sind Sie gerade?»

«In der Küche. Wieso?»

«Gehen Sie bitte mal ins Arbeitszimmer Ihres Onkels. Sehen Sie die Visitenkarte der Mietwagenfirma neben dem Telefon?»

«Schon. Aber was soll ich damit?»

«Wenn Sie morgen dort anrufen, wird man Ihnen vermutlich mitteilen, dass Ihr Onkel ein Auto gemietet hat. Falls es zurückgebracht wurde, lassen Sie sich sagen, von wem. Vielen Dank und gute Nacht.»

Siggi ließ das Telefon sinken und strahlte übers ganze Gesicht. «Es ist ein Mietwagen, und falls er nicht zurückgegeben wurde, kann er nicht weit sein. Am besten fangen wir gleich an, danach zu suchen.»

«Jetzt noch?», rief Doro entsetzt. «Draußen ist es dunkel! Kein Mensch startet nachts eine Suchaktion irgendwo in der Pampa.»

«Das ist ja unser Vorteil», rief Siggi. «Jetzt gibt es kaum noch Spaziergänger, und ein einsames, am Straßenrand abgestelltes Auto wird uns sofort auffallen. Wir müssen die Ersten sein, die es finden.»

«Ich verstehe kein Wort», gestand Doro. «Und wieso glaubst du, dass der Mietwagen irgendwo herumsteht? Der Mörder könnte ihn doch genauso gut mitgenommen haben.»

Siggi, der damit begonnen hatte, sich anzuziehen, hielt in der Bewegung inne, runzelte kurz die Stirn und dachte nach. «Und hat sein eigenes Auto als Visitenkarte dagelassen? Klingt nicht sehr wahrscheinlich.»

«Er hat es später geholt, oder sie sind doch gemeinsam mit dem Mietwagen hergekommen», fuhr Doro fort und kroch tiefer unter die Decke.

«Wenn du lieber hierbleiben möchtest ...»

«Auf gar keinen Fall.» Sie schwang spontan die Beine über die Bettkante und sah sich ebenfalls nach ihrer Kleidung um. «Aber was bedeutet es schon, wenn wir das Auto tatsächlich finden sollten?»

«Dann haben wir einen Trumpf in der Hand!», rief Siggi

aus. «Einen, den wir gegen den doppelten Gunnar ausspielen können.»

Nur Minuten später saß Siggi in seinem Transporter. Neben ihm Doro, die sich mit den Fingern das kurze Haar zurechtzupfte und dazu seinen Rückspiegel zweckentfremdete. Sie schien von der nächtlichen Suchaktion noch immer nicht begeistert, war aber fest entschlossen, ihn zu begleiten.

Siggi startete den Motor und verließ sich, was die Fahrtrichtung anging, auf sein Bauchgefühl. Während er nach rechts abbog, schusterte er die neuen Informationen, so gut es ging, zusammen: Baldur Bülow hatte seinen eigenen Opel zu Hause zurückgelassen und war auf ein fremdes Fahrzeug umgesattelt. Seine Motivation war unklar, doch Siggi vermutete, dass der alte Herr versucht hatte, unbemerkt zu bleiben. War er sich also einer tödlichen Gefahr bewusst gewesen? Hatte er versucht, seinen Mörder zu täuschen? Falls diese Theorie stimmte, hatten beide in verschiedenen Wagen gesessen, als einer von ihnen beschloss, den Antiquitätenladen aufzusuchen.

Siggi bog in den nächstbesten Feldweg ein, kaum dass der Transporter den Parkplatz verlassen hatte. In der ländlichen Umgebung rund um seinen Laden gab es zwar einige Möglichkeiten, ein Auto unbemerkt abzustellen, aber gewiss nicht zahllose.

«Ich verstehe immer noch nicht so ganz, warum das Auto für uns von Bedeutung sein sollte», ließ sich Doro neben ihm vernehmen. Sie hielt sich mit der rechten Hand am Griff über der Tür fest, während der Transporter durch die

Schlaglöcher schaukelte. «Ich meine, was kann uns so ein Auto schon verraten? Glaubst du, der tote Bülow liegt im Kofferraum?»

Auf einen derart unappetitlichen Gedanken war Siggi noch gar nicht gekommen. Gerade versuchte er, sein Kopfkino zu stoppen, da bemerkte er einen hellgrünen Peugeot, der so dicht an den Holunderbüschen am Wegrand geparkt war, dass diese ihn fast verbargen. Augenblicklich trat er auf die Bremse, und Doro flog gegen das Armaturenbrett.

«Hey! Während meiner ganzen Tramperkarriere bin ich noch nie so unsanft zum Stehen gekommen.»

«Dein Glück», rief Siggi und deutete auf den Peugeot, dessen Rücklichter das Scheinwerferlicht des Transporters reflektierten. «Lass uns aussteigen, vielleicht sind wir schon am Ziel. Nimm die Taschenlampe aus dem Handschuhfach.»

«Wow, du hast eine Taschenlampe griffbereit», murmelte sie anerkennend und holte sie hervor.

«Die ist nur geliehen.»

«Keine fünfhundert Meter vom Laden entfernt.» Doro deutete auf den Peugeot. «Da hätten wir ja auch gleich laufen können. Wenn einem nicht einmal die Zeit zum Anschnallen bleibt.»

Gleich darauf standen sie nebeneinander auf dem Feldweg, und Siggi trat nahe genug an die Fahrerseite heran, um einen Blick ins Innere zu werfen. Doro hielt ihm die Lampe.

«Ich kann einen Aufkleber der Mietwagenfirma gleich neben dem Radio sehen», rief Siggi begeistert aus.

«Ich sehe etwas noch viel Besseres», sagte Doro. «Der Schlüssel steckt noch im Zündschloss. Da muss es jemand sehr eilig gehabt haben. Oder was meinst du?»

Siggi antwortete nicht. Er versuchte, die Fahrertür zu öffnen, die bereitwillig aufsprang. Aus dem Peugeot strömte ihm ein Duft entgegen, der in ihm eine spontane Erinnerung wachrief.

«Erfrischungstücher», stellte er fest und steckte den Kopf hinein. Er war fest entschlossen, nichts anzufassen, sich aber auch keinen brauchbaren Hinweis entgehen zu lassen. «Leere Brötchentüten auf der Rückbank, Pappbecher und Wasserflaschen im Fußraum.» Es sah alles danach aus, als ob Baldur Bülow eine längere Zeit in diesem Auto zugebracht hatte. «Auf dem Beifahrersitz liegen eine Tageszeitung und ein Akkurasierer. Ob er seinen Mörder über einen längeren Zeitraum vom Auto aus beobachtet hat? Aber warum?»

«Keine Ahnung», antwortete Doro. «Doch wenn Bülow quasi in diesem Auto gewohnt hat und der Verfolger seines eigenen Mörders war, dann hat der Mörder entschieden, zu deinem Laden zu fahren, richtig?»

Siggi hielt inne und dachte über ihre Worte nach. Ergab das irgendeinen Sinn?

Ein Geräusch ließ ihn zusammenfahren, doch es war nur Doro, die den Kofferraum geöffnet hatte und jetzt von dort aus den Lichtkegel der Lampe auf ihn richtete. «Und nun das Allerwichtigste: Es befindet sich keine Leiche an Bord.» Sie schloss die Heckklappe mit einem Knall.

Auch Siggi zog den Kopf zurück und schloss die Fahrertür. Es war kaum anzunehmen, dass der Wagen ihm noch mehr über die Ereignisse des letzten Dienstags verraten konnte.

Doro drückte inzwischen die Zweige des Holunderbusches auseinander, hinter dem sich eine Kuhwiese bis hin zur Rückseite des Antiquitätenladens erstreckte. «Bülow hat sich von hinten an dein Haus herangeschlichen. Vermutlich wollte er nicht gesehen werden. Von wem? Von dir oder seinem Mörder?»

«Von Letzterem natürlich», behauptete Siggi. «Und der

war ebenfalls klug genug, um nicht direkt beim Haus zu parken, denn sonst hätte ich ihn bei meiner Rückkehr vom Angelausflug gesehen. Wahrscheinlich stand der Wagen des Mörders gar nicht weit von hier entfernt.»

«Ich möchte wissen, warum jemand seinem eigenen Mörder hinterherrennt.» Doro griff sich an die Stirn. «Hätte Bülow nicht lieber so weit wie möglich wegrennen sollen?»

«Ich denke, er rechnete nicht damit, ermordet zu werden. Er ist dem Mann nicht gefolgt, weil er lebensmüde war. Nein, es ging ihm wohl eher um das, was ihn seit Jahren so brennend interessierte: um die Tapisserie. Und die hatte demnach zur Tatzeit der Mörder.»

Doro öffnete den Mund, um etwas zu erwidern, schloss ihn aber wieder und zückte stattdessen ihr Handy. Hell leuchtete das Display auf, als sie zu tippen begann.

«Wem schreibst du denn jetzt?», wollte Siggi wissen, und sofort durchfuhr ihn erneut das schon vertraute Misstrauen.

«Niemandem», sagte Doro. «Ich notiere mir lediglich Kennzeichen und Wagenmodell, damit wir es mit den Informationen abgleichen können, die Lovis Bülow zweifellos morgen früh von der Mietwagenfirma erhält.»

Siggi glaubte ihr nicht so recht, denn eine solche Notiz hätte nur weniger Zeichen bedurft, doch Doro hörte gar nicht mehr auf zu tippen. Als sie endlich das glitzernde Etui zuklappte, wirkte sie sehr zufrieden.

«Ist es nicht erstaunlich, wie wenig man über eine Person wissen kann, mit der man gerade noch ein Bett geteilt hat?», murmelte er leise.

«Was hast du gesagt?»

«Gar nichts.» Er schüttelte den Kopf und sah auf seine Armbanduhr. «Ich frage mich nur, wann genau der richtige Zeitpunkt ist, um Gunnar aus dem Tiefschlaf zu reißen.»

17

I ch bin enttäuscht!», rief Anton ihnen von der Wohnzimmertür aus entgegen, an der sie sich gerade hatten vorbeischleichen wollen. Nach seinem komatösen Zustand wirkten seine Frisur und seine Kleidung reichlich derangiert. «Ihr habt ohne mich weiter Detektiv gespielt, das ist unfair.»

Siggi war drauf und dran, seinem Freund zu verraten, dass Doro und er in den vergangenen Stunden noch viel mehr ohne ihn angestellt hatten, behielt diese Information aber für sich.

Stattdessen sagte er: «Wir brauchten eine Währung, in der wir mit dem doppelten Gunnar handeln können, und ich habe sie uns besorgt. Auto gegen Auto, Information gegen Information.»

«Ich verstehe nur Bahnhof», nörgelte Anton und hielt sich die wohl noch immer schmerzende Wange.

«Nein, mit Zügen hat es nichts zu tun.» Siggi vergewisserte sich noch einmal, dass es mittlerweile mitten in der Nacht war, nahm sein Handy und wählte die Nummer des nächsten Polizeireviers in der Hoffnung, man würde ihm Gunnars Privatnummer ohne große Schwierigkeiten überlassen. Doch zu seinem Erstaunen und auch seiner Enttäuschung schien Gunnar Bartels ebenfalls ein Nachtmensch zu sein, denn er wurde ohne viel Aufhebens mit seinem ehemaligen Schulkameraden verbunden.

«Was willst du, Malich?», dröhnte dessen Stimme aus dem

Telefon und machte das Einschalten der Lautsprecherfunktion überflüssig.

«Eine Information über den Halter eines Nissan Micra», sagte Siggi freiheraus. «Ich nenne dir das Kennzeichen, und du gibst mir den dazugehörigen Namen.»

Das nun folgende Lachen war noch lauter als die barsche Frage zuvor. «Hast du getrunken? Dies hier ist die Polizei und nicht die Auskunft, die dir bei einem solchen Anliegen allerdings auch nicht weiterhilft. Vergiss es einfach.»

«Ich komme nicht mit leeren Händen. Im Gegenzug habe ich eine Information anzubieten, die dich interessieren dürfte.» Siggi setzte eine künstliche Pause. Dann spielte er seine Karte aus. «Von Lovis Bülow, dem Mann, der seinen Onkel sucht, wirst du ja inzwischen gehört haben.»

«Hör mal, Siggi. Nur weil du dem Jungen den Floh ins Ohr gesetzt hast, sein Onkel hätte tot in deinem Laden gesessen, heißt es nicht, dass ich diesen Schwachsinn ebenfalls glaube!»

«Ich weiß, wo der Mietwagen von Baldur Bülow steht, mit dem er zuletzt gefahren ist. Wenn dich der Fall des alten Mannes allerdings nicht interessiert, ist unser Gespräch hier zu Ende. Oder willst du vielleicht doch mehr darüber wissen?»

Jetzt war es Gunnar, der eine Pause einlegte, bevor er ein wenig leiser als zuvor sagte: «Heraus damit. Vergiss nicht, du darfst der Polizei keine Informationen vorenthalten.»

«Der Polizei enthalte ich gar nichts vor, sondern nur dir. Ich bin Geschäftsmann, Gunnar, bei mir wäscht eine Hand die andere. Wenn deine aber leer sein sollte, wende ich mich lieber an einen deiner Kollegen. Der zeigt sich dann hoffentlich dankbarer. Wo stehst du denn gerade so auf der Karriereleiter? Die kann ja ziemlich wacklig sein, habe ich gehört. Brauchst du vielleicht einen schnellen Ermittlungserfolg?»

Es dauerte noch fast zehn Sekunden, und Siggi konnte Gunnars Zähneknirschen deutlich durch das Telefon hören, bevor dieser erwiderte: «Okay. Wie lautet das Kennzeichen, zu dem du einen Namen brauchst?»

Noch während Siggis Hand in die Tasche fuhr, um den Zettel von Bodo Rappenich hervorzuholen, spürte er, wie sich eine große Zufriedenheit in ihm breitmachte. Diese Pokerrunde ging an ihn. Rasch gab er Gunnar das Kennzeichen durch, woraufhin der versprach, sich so bald wie möglich zurückzumelden.

«Hast du gerade den Dorfsheriff erpresst?» Anton schien seine Zahnschmerzen für einen Moment vergessen zu haben. «Wenn ja, will ich damit nichts zu tun haben, sonst stellt der seine nächste Radarfalle nur mir zuliebe auf.»

«Ich habe nur ein Geschäft mit Gunnar abgeschlossen.» Siggi marschierte in Richtung Schlafzimmer. «Und bevor du mir jetzt eine Standpauke hältst, werde ich mich lieber aufs Ohr hauen. Und zwar bis Gunnar uns den Namen des letzten Bieters mit dem Schnauzbart liefert.»

«Ich komme mit dir», rief Doro und ergriff seine Hand, woraufhin Siggi Anton einen raschen Blick zuwarf, dem, ganz wie erwartet, die Kinnlade herunterfiel.

Als Doro kurz darauf in seinen Armen lag und sich schon halb im Schlaf an ihn schmiegte, lag Siggi mit offenen Augen auf dem Rücken und horchte auf das Klingeln seines Handys, das Gunnars Rückruf ankündigte. Der kam schneller als erwartet.

Doro zuckte beim Klingeln kurz zusammen, öffnete aber nicht einmal mehr die Augen. Die Erschöpfung hatte endgültig über ihre Neugier gesiegt. Rasch nahm Siggi das Gespräch an.

«Horst Laumerich. Wohnhaft in Simmerath.» Gunnar

rotzte ihm die Information nahezu vor die Füße. «Wo steht der Mietwagen?»

Siggi gab dem Polizisten eine kurze Beschreibung und wies auch darauf hin, dass der Wagen offen war und er selbst einen Blick hineingeworfen hatte. «Falls ihr also nach Fingerabdrücken sucht, findet ihr meine am Türgriff und die von Doro am Kofferraum.»

«Doro? Ist das deine neue Putze?»

«Das nennt sich Reinigungskraft», fauchte Siggi. «Und außerdem ist sie viel mehr als das.»

Mit diesen Worten legte er auf, schob das Handy auf den Nachttisch und löschte das Licht. Neben sich konnte er Doro leise atmen hören. Er selbst starrte an die Decke und fand nicht in den Schlaf. Hatte er sich soeben auf eine Affäre mit einer sehr dubiosen Frau eingelassen, die ihrem Handy mehr vertraute als ihm? Waren ihm seine gescheiterten Ehen keine Lehre gewesen? Freunde und Fische lagen ihm mehr als Frauen, wie also war er in diese Situation geraten? Es mussten diese verdammten Hormone gewesen sein, die das Leben immer wieder verkomplizierten.

«Einmal ist keinmal und hat gar nichts zu bedeuten», flüsterte er in die Dunkelheit, woraufhin Doro einen leisen Schnarcher von sich gab und ein Bein auf ihm ablegte, als ob sie von ihm Besitz ergreifen wollte. In einer solchen Lage fiel es ihm schwer, den eigenen Worten Glauben zu schenken, und er beschloss, sich auf etwas anderes zu konzentrieren. «Horst Laumerich, Simmerath», flüsterte er leise und wiederholte es immer wieder, bis auch ihm die Augen zufielen.

«Horst Laumerich, Simmerath», rief Siggi laut, als Anton sich ganz gegen seine Gewohnheit in aller Frühe in die Küche schleppte, wo ihn der Duft von frischem Kaffee empfing. «Laumerich ist unser Mann!»

«Toll. Gibt es hier noch irgendwo eine Schmerztablette?»

«Du solltest dringend mit deinem Kieferchirurgen sprechen», sagte Siggi mitfühlend.

«Ich habe ihm gerade eine Mail geschickt, in der ich ihn um einen neuen Termin anbettle, zufrieden?» Anton nahm erneut das Glas mit den Nelken aus dem Gewürzregal und steckte sich eine in den Mund. «Laumerich ist also der Mörder, ja? Und was macht dich da so sicher?»

«Weil alle anderen es nicht waren.» Siggi zuckte mit den Schultern. «Kurt hat bei der Auktion nur mitgespielt, weil ich ihn darum gebeten habe. Und Lovis wandelte auf den Spuren seines Onkels und wollte die Tapisserie für ihn zurückhaben. Also ist der letzte Bieter logischerweise unser Hauptverdächtiger: Horst Laumerich aus Simmerath.»

«Wenn du dir so sicher bist, warum hast du dann nicht gleich Gunnar losgeschickt, damit er den Mann verhaftet?», wollte Anton wissen und streichelte Lola über den Kopf, die gerade hereingetappt kam und traurig an ihrem leeren Napf schnüffelte.

«Bin ich verrückt? Gunnar glaubt mir kein Wort und verscheucht den Mann vermutlich. Nein, wenn wir den Kerl überführen wollen, müssen wir irgendwie subtiler vorgehen.»

«Subtiler?» Anton hob eine Braue. «So subtil, wie du gestern Doro gegenüber gewesen bist? Versuch gar nicht, mir eine Ausrede aufzutischen. Sie hat dich rumgekriegt. Die Frau, von der wir nicht mehr wissen, als dass sie aus heiterem Himmel hier erschienen ist, auf Schritt und Tritt Chaos anrichtet und ständig Botschaften verschickt. Hat es dir Spaß gemacht, mit dem Feuer zu spielen?»

Siggi presste die Lippen aufeinander und schwieg. Er war seit dem Aufwachen mit den Ereignissen der letzten Nacht selbst nicht mehr so zufrieden wie noch Stunden zuvor und haderte mit sich. Anton hatte jedes Recht, ihm Vorhaltungen zu machen. Allerdings schien es ihm fast so, als wäre sein Freund eher eifersüchtig als vorwurfsvoll.

Anton musste seine Gedanken erraten haben, denn er sagte prompt: «Nein, ich bin nicht neidisch auf dein amouröses Abenteuer. Oder vielleicht doch ein ganz klein wenig. Denn abgesehen von all den Geheimnissen, die Doro umgeben, ist sie zweifellos eine sehr attraktive Frau. Und es ist ja nicht so, als würde man so jemanden an jeder Ecke finden. Es war mir ein Vergnügen, mit ihr zusammen dieser Evelyn Karst einen Teil der Tapisserie abzuschwatzen. Trotzdem bin ich nicht so leichtsinnig, mein Herz an jemanden zu verschenken, der ganz offensichtlich Geheimnisse vor mir hat.»

«Ich habe nicht ...», begehrte Siggi auf.

«Nein, es war natürlich nur Sex.» Anton verdrehte die Augen. «Siggi, ich kenne dich, glaube ich, besser als du dich selbst. Bei dir ist es nie nur Sex, nur ein Geschäft, nur ein Fisch am Haken. Du bist einfach zu leidenschaftlich, mein Lieber. Und zu leichtsinnig.»

«Guten Morgen!» Doro, noch immer nur das Shirt mit der Werbung für Hautcreme am Körper, betrat die Küche. «Was werden wir heute tun? Der Laden bleibt am Sonntag ja wohl geschlossen.»

«Horst Laumerich. Simmerath», wiederholte Siggi erneut sein Mantra. «Wir fahren hin und finden heraus, was er mit der Tapisserie zu tun hat.»

«Dann stellen wir fest, dass er der Mörder von Baldur Bülow ist, den er vielleicht sogar noch immer im Kofferraum seines Nissans spazieren fährt, rufen den doppelten Gunnar zu Hilfe, und zack ist die Sache erledigt», ergänzte Anton in spöttischem Tonfall.

«Klingt ein wenig naiv», erwiderte Doro und versorgte Lola mit Hundekeksen, bevor sie Siggi einen Kuss gab. Dann schob sie sich an Anton vorbei, um zur Kaffeemaschine zu gelangen.

«Hast du das gehört, Siggi?» Anton tat erstaunt. «Sie findet meine Bemerkung naiv. Was meinst du dazu?»

Siggi tat einen tiefen Zug aus seiner Kaffeetasse und sagte wohlweislich überhaupt nichts mehr.

«Mit dem Auto brauchen wir etwa eine Stunde bis Simmerath.» Doro wechselte geschickt das Thema. «Haben wir die genaue Adresse des Mannes? Und ist es wirklich klug, wenn wir zu dritt bei ihm einfallen?»

«Wenn er der Mörder ist, dann schon. Drei gegen einen mag feige sein, fühlt sich aber gut an, wenn man zu den dreien gehört. Oder sind wir zwei plus eins gegen einen? Klingt mehr nach einer Matheaufgabe als nach einem schlagkräftigen Team.» Anton verschränkte die Arme vor der Brust. Siggi konnte ihm die verletzte Eitelkeit jetzt deutlich anmerken, auch wenn sein Freund sie tapfer zu leugnen versuchte. Anton wäre in der vergangenen Nacht nur zu gern an seiner Stelle gewesen.

Und ein wenig fragte Siggi sich schon, warum Doro sich für ihn anstatt für Anton entschieden hatte. Der Kunstexperte war schlanker, gebildeter und bestimmt auch attraktiver als ein fischverrückter Antiquitätenhändler mit drei Ex-Frauen. Und wenn Anton ihm gegenüber jetzt so tat, als ob er zu klug wäre, um sich näher mit einer schwer einzuschätzenden Person wie Doro einzulassen, so war doch genau das Gegenteil der Fall. Auch er hätte ihren Reizen nicht widerstanden, wäre die Wahl auf ihn gefallen. Davon war Siggi überzeugt.

«Horst Laumerich, Simmerath», wiederholte Anton nun ebenfalls, als ob er die Gedanken von allen auf das Wesentliche lenken wollte. Er stieß sich von der Küchenarbeitsplatte ab, an der er gelehnt hatte. «Worauf warten wir noch?»

Am Steuer des Chryslers und unter Einfluss von Schmerzmitteln hob sich Antons Laune rasant, was seiner Fahrweise anzumerken war.

Siggi saß neben ihm und versuchte, dem Internet so viel wie möglich über ihren neuen Hauptverdächtigen zu entlocken. Doro auf der Rückbank gab vor, genau das Gleiche zu tun. Mit gesenktem Kopf saß sie über ihr Handy gebeugt da und bekam nichts von dem mit, was um sie herum vorging. An diesem Tag trug sie ein apfelgrünes Kostüm aus Siggis Kleiderfundus und sah aus wie ein Mannequin aus den späten Sechzigern. Sogar Jackie Kennedy wäre bei ihrem Anblick vor Neid erblasst. Und ausgerechnet diese Frau sollte sich in ihn verguckt haben? Siggi versuchte, den Verdacht von sich zu schieben, dass er in der letzten Nacht in eine ausgeklügelte Falle gelaufen war.

«Laumerich war früher einmal Lehrer.» Siggi scrollte noch immer durch das Internet. «Seit dem letzten Herbst ist er Pensionär und engagiert sich für streunende Katzen.»

«Wie süß», murmelte Doro, ohne aufzublicken.

«Er ist Vorsitzender in einem Verein für Katzenhilfe», ergänzte Siggi. «Wir müssen also damit rechnen, dass dieser Teil unserer Nachforschungen ein wenig haarig wird. Irgendjemand allergisch gegen Stubentiger?»

«Die Katzen sind mir egal, solange sie ihre Krallen nicht an meinem Hosenbein wetzen», stellte Anton klar. «Hast du inzwischen irgendwo seine genaue Adresse herausbekommen? Simmerath ist zwar kleiner als Köln, aber zu groß, um von Haus zu Haus zu gehen.»

«Die steht im Impressum der Homepage vom Katzenverein», sagte Siggi. «Kannst du nicht etwas langsamer fahren? Das hier ist ein Auto und nicht die Concorde.»

«Ich teste nur aus, ob man Zahnschmerzen mit Überschallgeschwindigkeit davonfliegen kann. Und wo ist nun unser Landeplatz?»

«Den gebe ich lieber selbst in dein Navi ein. Ich will nicht erleben, wie du jetzt eine Hand vom Steuer nimmst», meinte Siggi.

Bald darauf rollte der Chrysler die Zufahrt zu einem Appartementblock hinauf, der am Ende einer Sackgasse stand. Gemeinsam stiegen sie aus und schlugen gleichzeitig die Autotüren zu. Siggi fand ihren Auftritt nahezu filmreif, nicht zuletzt, weil Anton und er dunkle Sonnenbrillen trugen. Er bedauerte, dass sie kein Publikum hatten, denn trotz wunderbarem Sonntagswetter hielt sich niemand im Freien auf. Keine Kinder bevölkerten den nahen Spielplatz, und niemand warf einen Blick über seine Balkonbrüstung.

«Ziemlich ruhige Gegend.» Anton drückte den Klingelknopf neben dem Schild Laumerich. «Sind wir hier in so einer Art Rentnerparadies gelandet?»

Ein Türsummer erklang, und das Schloss sprang auf. Die erste Hürde auf ihrem Weg war genommen. In einer Wohnungstür im Erdgeschoss stand Horst Laumerich in karierten Pantoffeln, eine Zeitung in den Händen. Siggi erkannte den kleinen Mann mit dem üppigen Schnauzbart sofort wieder. Hinter den backsteindicken Brillengläsern funkelten wachsame Augen.

«Ja? Was gibt es?» Der pensionierte Lehrer musterte sie

nacheinander, zeigte aber zunächst kein Anzeichen des Erkennens. Das änderte sich jedoch schlagartig, als Siggi seine Sonnenbrille abnahm. «Moment mal, ich kenne Sie doch. Sie sind der Kerl von dem Trödelladen.»

«Antiquitätengeschäft», korrigierte Siggi. «Und da Sie beim Bieten einen äußerst guten Geschmack bewiesen haben, würde ich mich gern einmal mit Ihnen unterhalten.»

Laumerich runzelte die Stirn und blickte zu Anton und dann weiter zu Doro, die noch immer ihr Handy im Anschlag hatte. «Und für eine gewöhnliche Unterhaltung brauchen Sie so viel Unterstützung?»

In diesem Moment wurde Siggi bewusst, dass sie sich im Vorfeld nicht abgesprochen hatten. Wollten sie es vermeiden, mit der Tür ins Haus zu fallen und den pensionierten Lehrer einfach zu fragen, ob er auf das Silber der Bülows aus war und dafür über Leichen ging, brauchten sie jetzt dringend eine glaubhafte Geschichte.

Schon konnte er das Misstrauen in Laumerichs Gesichtszügen aufkeimen sehen. Doch Siggis Kopf war mit einem Mal wie leer gefegt, und er wartete darauf, dass Anton das Wort ergriff. Als dies nicht geschah und die Gesprächspause peinliche Ausmaße annahm, fiel sein Blick auf die Zeitung, die der ehemalige Lehrer bei sich trug. Der Name des Käseblattes prangte gut sichtbar auf der ersten Seite.

«Wir sind im Auftrag des Eifelkuriers hier», stieß er hervor. «Das Magazin bringt einen Artikel über Kunstsammler in der Region und hat uns gebeten, eine Umfrage unter unseren Kunden zu starten. Ihr Interesse und guter Geschmack, Herr Laumerich, sind uns im Gedächtnis geblieben. Ich stelle Ihnen rasch ein paar Fragen, und mit Ihrer Erlaubnis schießt mein Freund hier einige Fotos.»

Es war nicht zu erkennen, ob sein Gegenüber diese Geschichte geschluckt hatte. Doch immerhin wandte er sich nun an Doro und fragte: «Und was führt Sie hierher?»

«Ich bin nur die Praktikantin und trage den Kugelschreiber», erwiderte sie geistesgegenwärtig und schob ihr Handy in die Rocktasche.

Laumerich schien überlegen zu müssen. Doch sein Fazit fiel wohl positiv aus, denn er winkte sie herein und sagte: «Nun gut, ich werde Ihnen einen winzigen Teil meiner wertvollen Zeit zur Verfügung stellen. Aber bitte fassen Sie sich kurz.»

«Gewiss», versicherte Siggi und trat eilig über die Schwelle.

Er fand es fast ein wenig gruselig, mit was für einem simplen Trick sie sich zu dritt Zutritt zur Wohnung des Pensionärs verschafft hatten. Horst Laumerich war entweder zu gutgläubig, oder er führte selbst etwas im Schilde. Er beschloss, auf der Hut zu sein. Doch was sollte ein offensichtlich allein lebender älterer Mann ihnen schon entgegenzusetzen haben?

Sah man einmal von den zwei Katzen ab, die lautlos herbeischlichen, als er den Flur betrat, gab es bei Laumerich keinen Hinweis auf weitere Gesellschaft. An der Garderobe hing eine einzelne Lederjacke, flankiert von zwei völlig identisch aussehenden Schirmmützen.

«Kommen Sie hier entlang.» Er führte sie an einigen geschlossenen Türen vorbei in ein Wohnzimmer und bot ihnen an, Platz zu nehmen.

«Eigentlich bin ich kein Kunstsammler, das könnte ich mir von meiner Pension auch gar nicht leisten.» Laumerich schleppte ungefragt eine Flasche Wasser und Gläser für alle Anwesenden heran. «Nur gerade dieses eine Bild hätte ich wirklich gern gehabt. Sehr ärgerlich, dass dieser braun gebrannte Playboy mich überboten hat.»

Siggi sah sich um und stellte fest, dass der ehemalige Lehrer die Wahrheit sagte. Er war ganz offensichtlich kein Kunstsammler, denn an seinen Wänden hingen keine Bilder, und nirgendwo standen Keramiken oder Antiquitäten herum. Die gesamte Einrichtung war eher zweckmäßig als hübsch. Das Wasserglas auf dem Tisch vor Anton war dem Design nach in einem Möbelhaus gekauft worden. Die Möbel hingegen stammten eher aus Haushaltsauflösungen oder vom Flohmarkt, und nichts zeugte von gutem Geschmack oder besaß irgendeinen Wert. Dieser Ort kam der Hölle eines Kunstliebhabers sehr nahe, denn er hatte seinem Betrachter absolut nichts zu bieten.

«Gab es für Ihr Interesse an dem Bild einen besonderen Grund?», fragte Anton und lenkte Siggis Aufmerksamkeit zurück auf das Gespräch.

«Aber ja.» Der Pensionär nahm ebenfalls Platz und begann, seine Brille zu putzen. Siggi hätte gern gewusst, ob das leichte Zittern seiner Hände wohl eine Alterserscheinung war oder ob er einen anderen Grund hatte, nervös zu sein.

«Ich kenne den Park auf dem Bild schon mein ganzes Leben lang. Damals, in den guten alten Tagen, war mein Vater einige Jahre als Gärtner bei den Bülows angestellt. Mich nahm er oft mit. Zum Laubharken und für andere kleinere Aufgaben.» Laumerichs Blick glitt träumerisch über die kahlen Zimmerwände. «Es wäre schön gewesen, meinen eigenen Blick auf den Park zu haben. Aber es hat nicht sollen sein.»

Siggi spürte, wie ihn eine Welle der Enttäuschung überrollte. Sosehr ihn der Gedanke, einem skrupellosen Verbrecher einen Besuch abzustatten, abgeschreckt hatte, so wenig spektakulär fand er die durchaus plausibel klingende Erklärung des alten Mannes. Der Park der Villa stellte eine Kindheitserinnerung für Laumerich dar, die er bewahren wollte.

Das war der ganze profane Grund, warum er auf die Webarbeit geboten hatte. Ganz offensichtlich waren sie diesmal auf der falschen Fährte.

Anton dachte allem Anschein nach ähnlich. Pro forma stellten sie dem Mann noch ein paar belanglose Fragen über den Park und Landschaftsbilder im Allgemeinen, dann trank sein Freund das Wasserglas in einem Zug leer und erhob sich. Offensichtlich wollte er sich von dem ehemaligen Lehrer bereits wieder verabschieden. Siggi tat es ihm gleich, doch da fiel sein Blick auf Doro, die sich so ganz anders verhielt, als er es von ihr gewohnt war. Sie war stumm wie ein Fisch und starrte unablässig auf Laumerichs zuckende Hände. Nur widerwillig erhob sie sich ebenfalls, und als der Pensionär sie alle drei wieder hinausbegleitete, bückte sie sich und nestelte an ihrer Schuhschnalle herum, der absolut nichts zu fehlen schien.

Anton und er standen schon fast im Hausflur, als Doro sich ruckartig aufrichtete und die Tür zu einem der angrenzenden Räume aufriss.

«Was machen Sie denn da?» Laumerichs eben noch freundliche, beinahe sanfte Stimme klang mit einem Mal aggressiv, und er sprang auf Doro zu, um sie zurückzuhalten. «Weg da, aber sofort!»

«Ein wunderschönes Modell», rief Doro, schlug die Hände des alten Mannes fort und entschwand aus Siggis Sichtfeld. Sie spazierte dreist in den angrenzenden Raum hinein und rief: «Ist das Ihr Spielzimmer, Herr Laumerich? Fehlt es Ihnen auch nicht an Puppen?»

Noch bevor Siggi reagieren konnte, hatte sich Anton an ihm vorbeigedrängt und stieß den Pensionär beiseite, der auch ihn am Betreten des Nebenzimmers hatte hindern wollen.

«Hausfriedensbruch! Überfall! Verlassen Sie sofort meine Wohnung», keifte der Alte und büßte nun auch noch das letzte bisschen Charme ein.

«Siggi, ruf die Polizei!», kommandierte Anton. Sein Gesicht war knallrot geworden. «Wir haben einen Einbrecher geschnappt und die Diebesbeute sichergestellt.»

Mit einem Mal setzte sich ihr Gastgeber in Bewegung. Er boxte Siggi in den Bauch und versuchte, aus seiner eigenen Wohnung zu türmen. Doch der Schlag hatte nicht ausgereicht, um Siggi in die Knie zu zwingen, und Laumerichs kurze Beine brachten den Pensionär nicht schnell genug aus dem Radius, den Siggi mit seinen Armen kontrollieren konnte.

Er packte den Mann am Kragen, widerstand der Versuchung, den zappelnden Kerl an dessen eigener Garderobe aufzuhängen, und übergab ihn Anton. Anschließend nutzte er die Gelegenheit, um selbst einen Blick in das Nebenzimmer zu werfen. Siggi traute seinen Augen nicht.

Auf einem Tisch hinten im Raum stand ein Modell. Es war eine Art Puppenhaus, das eine geradezu frappierende Ähnlichkeit mit der Villa Bülow aufwies und, wie das Original, von einem Garten umgeben war, den jemand aus Moosgummi erschaffen hatte. An der dahinterliegenden Wand hing der dritte, ihnen bis jetzt noch unbekannte Teil der Tapisserie. Er zeigte die Villa, wie sie mit hell erleuchteten Fenstern auf einem Fleckchen Rasen stand. Rauch kräuselte sich aus dem Schornstein, und im Brunnen vor dem Eingang schimmerte silbriges Wasser. Hier und dort verschandelten einzelne Brandlöcher das Kunstwerk. Doch am meisten schockierte ihn das zweite gerahmte Bild, das an einem der Tischbeine lehnte. Er kannte es genau, denn er hatte es selbst verunstaltet. Es war die Kopie, die Lovis Bülow gestohlen worden war.

18

W as wollen Sie von mir?» Laumerich, der von Anton in einen abgewetzten Sessel gedrückt worden war, musterte alle Anwesenden mit wütendem Blick.

«Fangen wir ganz vorne an.» Siggi blieb vor ihm stehen. Der ehemalige Lehrer hatte die Maske des netten alten Herrn fallen lassen und zeigte sein wahres Gesicht, in dem hasserfüllte Augen funkelten. Siggi fragte sich, wie viele ehemalige Schüler sich heute mit Schaudern an diesen Mann zurückerinnerten.

«Wie sind Sie an das Teilstück der Tapisserie gekommen, das die Villa zeigt?»

«Ich habe es geerbt!» Laumerich sah aus, als wollte er Siggi am liebsten ins Gesicht springen. «Es stammt aus dem Nachlass meines Vaters. Den alten Mistkerl hatte ich schon vor Jahrzehnten aus den Augen verloren. Als Gärtner und Ehemann taugte er nicht viel, und daher hat meine Mutter ihn eines Tages einfach verlassen. Er verbrachte ohnehin mehr Zeit seines Lebens in Gefängnissen als bei uns. Also zog sie mich allein groß.»

«Wenn auch nicht allzu groß», bemerkte Doro spitz. «Zum Weglaufen haben die kurzen Beine heute zumindest nicht gereicht. Oder kommt das vom Lügen?»

Laumerichs Augen wurden schmal. Es sah aus, als wollte er sie mit Blicken erdolchen, doch Siggi forderte ihn mit einer Geste auf fortzufahren, was er auch tat.

«Nachdem der alte Gauner sich also totgesoffen hatte, ist eine Verwandte zu mir gekommen. Sie hat mich gefragt, ob ich irgendetwas aus dem Besitz meines Vaters für mich behalten will, und ich habe Nein gesagt. Der Mann interessiert mich nicht, was sollte ich also mit seinem Plunder anfangen? Dann aber bin ich doch zu dem Loch gefahren, in dem er zuletzt gehaust hat, und habe dort den Wandteppich gefunden. Der Anblick hat Erinnerungen geweckt, die ich längst verdrängt hatte.»

«An die Zeit, als Ihr Vater Sie mit in den Park der Bülows genommen hat», mutmaßte Siggi.

«Genau», stimmte Laumerich zu. «Und mit einem Mal ist mir wieder eingefallen, wie viele scheinbar sinnlose Löcher mein Vater dort während seiner Arbeitszeit gegraben hat. Er hat nichts eingepflanzt, er hat einfach gebuddelt und dann alles wieder zugeschüttet. Dabei zog er jedes Mal ein Gesicht, als wenn Weihnachten abgesagt worden wäre.» Laumerich stieß ein hässliches Lachen aus. Doch als niemand einstimmte, sprach er weiter: «Wann immer ich mehr darüber wissen wollte, antwortete er mir, er sei auf der Suche nach einem alten Indianerschatz. Das war natürlich Blödsinn. Aber als ich in seinem Zuhause das Bild von der Wand genommen habe und es umdrehte, klebte auf der Rückseite eine Zeichnung vom Park, auf der alle Plätze markiert waren, an denen mein Vater bereits gebuddelt hatte. Weitere Punkte zeigen vermutlich Stellen, an denen er noch graben wollte. Da habe ich begriffen, dass an der Geschichte vom Schatz etwas dran sein muss. Nicht an den Indianern, aber am Schatz.»

Anton runzelte die Stirn. «Und was brachte Sie darauf, der Tapisserie eine Bedeutung beizumessen?»

Laumerich zuckte mit den Schultern. «Nachdem ich der alten Tante erklärt hatte, dass ich dieses Bild gern mitnehmen würde, sagte sie mir, dass sie froh sei, es loszuwerden, denn es habe meinem alten Vater in seinen letzten Tagen den Verstand geraubt. Er soll immer wieder von einem Geheimnis gesprochen haben, zu dessen Lösung er nur ein Drittel besitzt. Auch ich hielt dieses Gerede für Blödsinn, bis ich im Internet auf die Werbung für Ihre Auktion gestoßen bin und auf dem Bild ein Stück des Bülow-Anwesens erkannte.»

«Und weil Sie Angst davor hatten, den Preis nicht zahlen zu können, haben Sie versucht, mir das Bild abzupressen», sagte Siggi. «Der geheimnisvolle Anrufer, der mir vor der Auktion gedroht hat, das waren doch Sie?»

«Es war einen Versuch wert.» Laumerich sah drein, als könne er kein Wässerchen trüben.

«Es gab Drohungen?» Anton zog die Brauen hoch. «Wann? Und wieso weiß ich nichts davon?»

«Ich wollte dich nicht beunruhigen.» Schnell wandte Siggi sich wieder an Laumerich. «Und die dreisten Einbrüche bei Lovis Bülow, das waren also ebenfalls Sie.»

«Ein Einbruch», korrigierte der alte Lehrer. «Ich bin nur einmal dort gewesen, um mir das Bild zu holen. Da Sie sich ja nicht erpressen ließen und der Preis des Bildes tatsächlich zu hoch ging, hatte ich ja gar keine andere Wahl!»

«Nein, das ist nachvollziehbar», spottete Anton. «Was Sie sich nicht leisten können, klauen Sie einfach. Da ist wohl das Gauner-Gen Ihres Vaters mit Ihnen durchgegangen, was?»

Der alte Lehrer schwieg, und Siggi wandte sich von Laumerich ab, um das Modell genauer zu betrachten. Es zeigte die Villa, wie sie heute aussah, und nicht die Darstellung auf dem alten Wandteppich, auf der das Gebäude eindeutig barocke Formen aufwies, die im Laufe der Jahrhunderte durch Modernisierungen immer mehr verloren gegangen waren. Sogleich bemerkte er die Scharniere an den Seiten und klappte die Front auf. Die detailgetreue Darstellung der Wohnräume ließ keinen Zweifel daran, wie viel Zeit der kleine Horst Laumerich auf dem Bülow-Anwesen zugebracht hatte und an was er sich noch alles erinnern konnte.

«Sie haben als kleiner Junge nicht nur im Park gespielt», stellte Siggi fest.

«Natürlich nicht. Damals hatte die Familie Bülow noch eine Köchin, und die mochte Kinder. Ich bekam von ihr Essen und durfte mich an kalten Tagen in der Küche aufhalten. Oft schlich ich mich bei diesen Gelegenheiten davon und erkundete das ganze Haus.» Er seufzte. «Ich dachte, das Modell würde mir bei der Suche nach dem Schatz helfen, aber das tat es nicht.»

«Und warum musste Baldur Bülow sterben?», fragte Siggi. «Ich meine, wenn Sie das Bild zum ersten Mal auf der Einladung im Internet gesehen haben wollen, dann passt das doch gar nicht zusammen.»

«Weil er uns in dem Punkt belogen hat», behauptete Doro. «Natürlich ist er auch der Mörder.»

«Nein, das ist er gewiss nicht», sagte Anton, was Siggi ein wenig überraschte.

«Gewiss nicht!», rief auch Laumerich mit einem Anflug von Panik in der Stimme. «Ich habe niemanden umgebracht, und ich weiß nichts von einem Mord. Das lasse ich mir nicht anhängen!»

Siggi wollte ihm gerade widersprechen, als Anton ihn beiseitezog und in sein Ohr flüsterte: «Laumerich ist unschuldig. Er ist zu klein, um die Mordwaffe von dem Regal geholt zu haben. Er konnte sie unmöglich erreichen.»

Siggi dachte an die Zander-Vase und ihren Platz auf dem Regal, an dem sie ursprünglich gestanden hatte. Verärgert sah er auf den schmächtigen Pensionär herab. Anton hatte recht.

«Was ist mit dem Foto, das Sie bei Ihrem ersten Einbruch in der Villa mitgenommen haben?», wollte er wissen.

«Was denn für ein Foto?» Die Überraschung in der Stimme des alten Lehrers schien echt zu sein, woraufhin Siggi sein Handy zückte.

«Würden Sie Ihren Vater auf einem Foto wiedererkennen?»

«Keine Ahnung.» Laumerich atmete schon wieder etwas ruhiger, als ihm klar wurde, dass der Vorwurf des Mordes gewissermaßen vom Tisch rutschte. «Meine Mutter besaß zwar einige vergilbte Aufnahmen aus der ersten Zeit ihrer Verliebtheit, aber Menschen verändern sich schließlich.»

«Das Bild, das ich Ihnen zeigen möchte, ist ebenfalls sehr alt», beteuerte Siggi. «Es ist ein Foto aus dem Garten der Villa Bülow. Es wurde in den Vierzigerjahren aufgenommen.»

Siggi wischte durch seine Aufnahmen, bis er auf die mit den drei Soldaten stieß, die nahe der Pfauenskulptur im Gras saßen. Er reichte Laumerich sein Handy.

«Oh ja, der kleine Kerl rechts außen mit der verwegenen Frisur, sehen Sie? Kein Wunder, dass ich mein Wachstum mit elf Jahren eingestellt habe, mein Erzeuger war auch nicht gerade ein Riese.» Er deutete auf einen Mann, der tatsächlich eine gewisse Ähnlichkeit mit ihm aufwies und breit in die Kamera grinste. «Das ist Gero Laumerich, der alte Schlawiner. Eingefahren ist er immer wieder wegen Diebstahls. Er konnte einfach nicht die Finger vom Eigentum anderer lassen.»

Siggi betrachtete ebenfalls das Bild der drei Soldaten. Zwei der Identitäten waren nun geklärt. Blieb noch der Mann in der Mitte. Der Mann, der auf dem Abzug, den Baldur Bülow besessen hatte, markiert worden war. Siggi kniff die Augen zusammen, und für einen Moment kam ihm etwas in dem runden Gesicht vage bekannt vor. Doch er konnte nicht sagen, an wen ihn der Fremde erinnerte.

«Wir haben sie», jubelte Doro immer wieder. «Alle drei Teile, nach denen Baldur Bülow ein Leben lang vergeblich gesucht hat, sind uns binnen einer Woche quasi einfach in den Schoß gefallen.»

So hätte Siggi es nicht formuliert, denn Laumerich hatte einen gewaltigen Aufstand gemacht, als sie die beiden Teile der Tapisserie, Original und Fälschung, wieder an sich genommen hatten. Doch nachdem sie ihm in Aussicht gestellt hatten, im Gegenzug auf eine Anzeige zu verzichten, hatte der kleine Mann eingelenkt.

«Ja, das ist schon seltsam.» Siggi beobachtete, wie Anton Doro über den Rückspiegel einen skeptischen Blick zuwarf. «Und was für ein Glück für uns, dass der Mörder sich noch nicht wieder bei Siggi hat blicken lassen. Er wird doch seine Suche nach dem Silber nicht plötzlich aufgegeben haben.»

«Das glaube ich auch nicht», rief Doro. «Der lauert bestimmt irgendwo und lässt uns die Drecksarbeit erledigen. Wir müssen von jetzt an sehr vorsichtig sein.»

«Das werden wir.» Antons Worte klangen wie ein Knurren. «Wie bist du überhaupt auf die Idee gekommen, in das Zimmer mit dem Modell zu gehen?»

«Weil ich mir sicher war, dass Laumerich etwas zu verbergen hat», erwiderte Doro triumphierend. «Habt ihr nicht gesehen, wie sehr seine Hände gezittert haben?»

«Schon, aber das kommt bei älteren Herren gelegentlich vor», sagte Anton. «Kein Grund, ihre Wohnungen zu durchsuchen.»

«Aber als er uns geöffnet hat, hielt er eine Zeitung in den Händen, und die hat kein bisschen gebebt. Das kam erst später, nachdem er Siggi erkannt hatte», entgegnete Doro. «Und dass ich gleich hinter der erstbesten Tür einen Volltreffer lande, war eben Glück. Obwohl es ja auch nicht viel Auswahl an Räumen gab, und an der Badezimmertür klebte so ein blödes Schild mit einem pinkelnden Hund.»

Anton sagte nichts mehr, und auch Siggi gab sich geschlagen. Doro hatte in kürzester Zeit viel mehr wahrgenommen als sie beide.

«Ob es doch Lovis Bülow ist?», überlegte diese gerade laut. «Aber der hätte das Silber ja ohnehin geerbt und müsste seinem Erbe nicht heimlich nachspüren.»

«Allerdings könnte er auf diese Weise alles für sich allein behalten, ohne mit Baldur und anderen Verwandten teilen zu müssen. Vielleicht hat er ja einen anderen Verwendungszweck im Auge als sein toter Onkel», gab Siggi zu bedenken. «Und was ist mit Evelyn Karst? Haltet ihr es für denkbar, dass sie euch die Ahnungslose nur vorgespielt hat?»

«Nein, die Dame hat uns alles gesagt, was sie über ihren Vater und ihren Teil der Tapisserie wusste», behauptete Anton und lenkte den Chrysler auf den Parkplatz.

Da entdeckte Siggi Kurt, der in seiner Anglerkluft auf der Bank zwischen den Gartenzwergen saß und ihnen erwartungsvoll entgegensah. «Mist, es ist Sonntag, und ich habe vergessen, unseren Ausflug für heute abzusagen.»

«Ihr geht wirklich auch noch am Sonntag angeln?» Anton klang ungläubig. «Was für eine Verschwendung von Lebenszeit.»

«Das kann nur jemand sagen, der es noch nie probiert hat», entgegnete Siggi und sprang aus dem Wagen. Gerade wollte er sich wortreich bei Kurt entschuldigen, doch der winkte ab.

«Bei allem, was du in den letzten Tagen so um die Ohren hattest, sei dir verziehen, Kumpel. Warst du wenigstens erfolgreich?»

«Wir haben alle Teile von dem alten Teppich gefunden», verkündete Siggi stolz und deutete auf Anton, der gerade das Teilstück von Horst Laumerich aus dem Kofferraum hob.

«Es gibt mehrere von den Dingern?» Kurt hob die Brauen. «Ist das ein verdammtes Puzzle? Ich dachte, du suchst nach der Leiche, die dir abhandengekommen ist.»

«Das auch, aber wir haben rausbekommen, dass Bilder und Leiche irgendwie zusammenhängen. Jetzt geht es nur noch darum, die Botschaft zu entschlüsseln, die der Wandteppich in sich trägt.»

«Ich liebe Rätsel. Darf ich mitraten?» Kurt ließ seine Angelutensilien neben der Bank zurück und schloss sich, ohne eine Antwort abzuwarten, der kleinen Gruppe an, die nun den Antiquitätenladen betrat.

Binnen kurzer Zeit hatten sie im Eingangsbereich des Ladens Platz geschaffen und alle drei Teile nebeneinander auf dem Boden ausgebreitet. Vom Ententeich bis hin zur Villa konnte man nun das gesamte Anwesen der Bülows bewundern. Das Erste, was Siggi dabei auffiel, war der Farbverlauf des Himmels, der im Osten noch hellblau war und in Richtung Westen über dem Gebäude dämmrig wirkte. Erste Sterne waren seitlich des rauchenden Schornsteins bereits zu sehen.

«Wieder vereint nach einer so langen Zeit.» Doro klang ehrfürchtig. «Und jetzt ist mir auch klar, was eure Kopie vom

Original unterschieden hat.» Sie deutete auf die dunklen Flecken, die wirkten, als hätte jemand großzügig eine Handvoll Rosinen über Park und Garten verstreut. «Die Brandlöcher sind in der Fälschung nur als dunkle Schatten zu erkennen, während sie in den Originalen wesentlich auffälliger sind.»

«Das dürfte wohl keine Rolle gespielt haben. Die Kopie hat schließlich ihren Zweck erfüllt», meinte Anton und hielt sich die Wange. «Verdammt, Doros Schmerzmittel wirken nicht mehr. Los, lasst uns das Rätsel lösen, und dann betäube ich mich mit Rum. Am besten halten wir nach einem Kreuz Ausschau. Kreuze markieren seit jeher die Stelle, an der ein Schatz vergraben wurde.»

Tatsächlich beugten sich alle tief über die Tapisserie und begannen mit der Suche. Doro ging sogar auf die Knie, um ja keinen Hinweis zu übersehen.

«Da ist kein Kreuz», stellte Kurt fest. «Darf es auch etwas anderes sein? Herz, Karo oder Pik vielleicht?»

«Ich wette, es hat etwas mit den Tieren zu tun», behauptete Doro. «Dank des letzten Bildausschnitts haben Pfau, Eichhörnchen, Ente, Vögel und Fisch nun weitere Gesellschaft bekommen. Vor der Eingangstür pennt ein Hofhund, und über dem Dach kreisen Fledermäuse.»

Siggi hörte ihnen nur mit halbem Ohr zu. Zwar galt auch seine Aufmerksamkeit dem vor ihnen ausgebreiteten Wandteppich, für den gemordet worden war. Doch lag er inzwischen genau wie Doro auf den Knien und tastete die Tapisserie nach Knötchen oder anderen Erhebungen ab, die den Ort anzeigen konnten, wo das Silber noch immer auf einen Finder wartete. Als er sicher war, dass etwas Derartiges nicht existierte, erhob er sich schwerfällig und ließ das Bild in seiner Gesamtheit auf sich wirken. Das Motiv war auf seine naive Art recht charmant, aber eine Botschaft konnte er darauf nicht erkennen. Auch Anton und Doro sowie Kurt, der gerade mit seiner Schwäche für Rätsel geprahlt hatte, wirkten komplett ratlos.

«Du bist sicher, dass auf dem Bild etwas versteckt ist?» Kurt legte den Kopf schief und begann, die Tapisserie zu umkreisen. «Wie soll es aussehen? Ich kann weder Buchstaben noch Zahlen erkennen. Schon gar kein X und auch kein Y oder Z.»

«Es muss eine Art Bilderrätsel sein», sagte Doro. «Vielleicht sollten die Erben Unterschiede zwischen der Realität und dieser Abbildung entdecken.»

«Wenn du mit der Vermutung richtig liegst, sind wir verloren», erwiderte Anton. Inzwischen hechelte er wie die neben ihm sitzende Lola, um seinen schmerzenden Zahn mit Luft zu kühlen, und Siggi spürte, wie er die Geduld mit seinem Freund verlor. Wenn dieser den Zahnarzt so sehr fürchtete, konnte ihm auch durchaus mit einer Rohrzange geholfen werden.

Anton fuhr indes fort: «Das Haus selbst hat sich stark verändert, und diese Unterschiede wären auch nachvollziehbar. Aber woher sollen wir wissen, wie die alte Frau Bülow den Garten hinterlassen hat, als sie abtrat? Aktuell gleicht er in weiten Teilen einer Wildnis, was er zu ihren Lebzeiten gewiss nicht war.»

Siggi schlug sich vor die Stirn. «Stimmt ja! Die Lösung kann gar nicht im Motiv stecken, Freunde. Der Teppich selbst ist viel zu alt. Er stammt aus dem Spätbarock, wurde aber erst im zwanzigsten Jahrhundert zum Geheimnisträger. Walburga Bülow muss zwangsläufig irgendetwas hinzugefügt haben. Auf jeden Fall ist das Rätsel jünger als der Rest.» Erneut sank er auf die Knie und strich mit den Handflächen über den Stoff.

«Aber was sollte das sein?», fragte Doro und tat es ihm gleich. «Ich finde keinerlei Nachbesserungen.»

«Außerdem kann die alte Dame sehr wohl etwas aufgegriffen haben, das schon da war», gab Anton zu bedenken.

Mit einem Mal hielten Doros tastende Finger mitten in der Bewegung inne. Siggi erkannte, dass ihr der gleiche Gedanke gekommen sein musste wie ihm, dessen Daumen gerade über eine spröde Verhärtung glitt.

«Es sind die Brandlöcher», flüsterte sie andächtig. «Sie sind in jedem Teil des Teppichs vertreten. Es sind Markierungen. Und ich habe mich schon gefragt, wann das Bild wohl einem solchen Funkenflug ausgesetzt gewesen sein sollte. Die Villa ist ja im Krieg nicht beschädigt worden.» Sie blickte vorwurfsvoll zu Anton auf. «Und du hast ausgerechnet die Brandlöcher für unwichtig gehalten. So schlecht, wie sie auf der Kopie zu sehen waren, ist diese für den Schatzsucher quasi wertlos.»

«Ich höre immerzu nur ‹Schatz›.» Kurt hob die Brauen. «Von welchem Schatz ist hier eigentlich die Rede?»

«Vom Familiensilber der Bülows, das vor über achtzig Jahren versteckt worden ist. Vermutlich hat Walburga Bülow nicht alles an einer Stelle vergraben, sondern die Gegenstände portionsweise über das Grundstück verteilt. Das erklärt die vielen Beschädigungen, die sie vermutlich vorsätzlich verursacht hat.»

«Ach ja?» Anton wimmerte leise, bevor er weitersprach. «Und wer hat einen Teil des Silbers auf Beteigeuze vergraben?»

«Wovon sprichst du?», wollte Doro wissen.

«Dort über der Villa wurde das Sternbild des Orion in den Himmel gewebt. Und eines der Brandlöcher hat Beteigeuze vernichtet, einen der Sterne im Orion. Wenn diese Flecken wirklich die gesuchten Markierungen sind, wer hat dann das Silber ins All geschossen?» Er gab ein unterdrücktes Stöhnen von sich, woraufhin Siggi endgültig der Kragen platzte und er sein Handy zückte.

«Dr. Eberhardt Schramm», verkündete er mit ernster Miene.

«Mach dich nicht lächerlich», sagte Anton. «Wer hätte je von einem Astronauten namens Schramm gehört?»

«Der Mann ist kein Astronaut, sondern mein Zahnarzt, und er hat heute Notdienst. Wir setzen deinem Leid jetzt ein Ende, mein Lieber. Ein Ende mit Schrecken, aber ein Ende.»

«Auf gar keinen Fall», protestierte Anton. «Der Schmerz hat soeben schlagartig nachgelassen. Und außerdem würde dieser Doktor Schramm an einem Sonntagnachmittag ohnehin nur zu Schmerzmitteln raten. Für die Entfernung meines Weisheitszahns braucht es einen erfahrenen Kieferchirurgen.»

«Schramm ist auch Kieferchirurg», sagte Siggi. «Und ich rufe ihn jetzt an. Der Mann sammelt alte ‹Playboy›-Ausgaben aus den Siebzigerjahren. Wenn du mit einem entsprechenden Geschenk zu ihm kommst, wird er den Zahn im Handumdrehen gezogen haben. Und ich habe just einen Stapel alter Magazine aufgekauft.»

«Es tut wirklich gar nicht mehr weh.» In Antons Stimme schwang leichte Panik mit.

Doch Siggi ließ sich nicht beirren. Schon vernahm er ein Tuten in der Leitung, und wenige Augenblicke später war Dr. Eberhardt Schramm selbst am Telefon. In knappen Worten schilderte Siggi ihm die Situation und ließ auch seinen neuen Vorrat an alten «Playboy»-Heften nicht unerwähnt. Im Anschluss sagte er dem Zahnarzt auf Wiedersehen und bedankte sich überschwänglich dabei.

«Du sollst gleich jetzt zu ihm kommen», verkündete er Anton. «Und so aschfahl, wie du gerade geworden bist, ist es wohl besser, ich fahre dich hin.»

«Ich werde deinen Freund Anton bei Dr. Schramm abliefern», schlug Kurt vor. «Da wir heute ohnehin nicht mehr zum Angeln kommen, nutze ich die Zeit lieber anderweitig. Ich habe da einen tollen Tipp bekommen. Und bald öffnet die Börse in Peking wieder, bis dahin muss ich mich noch genauer informiert haben.»

«Schon wieder Reis?» Siggi verzog das Gesicht.

«Viel besser», behauptete Kurt. «Pelzmäntel, mein Lieber. Pelzmäntel sind die Zukunft. Dagegen sind die paar silbernen Löffel, nach denen ihr hier sucht, nur für den hohlen Zahn.»

«Der ist nicht hohl, der drückt nur ein bisschen, und gerade jetzt merke ich ihn so gut wie gar nicht mehr», beteuerte Anton, während Siggi bereits seinen Schreibtisch durchsuchte, fündig wurde und ihm die betagten «Playboy»-Magazine vor die Brust klatschte.

«Sei ein Mann.» Doro schenkte ihm einen mitleidigen Blick. «Oder versuch es zumindest. Während du dich von deinem Zahn trennst, werden Siggi und ich das Rätsel lösen.»

Anton gab ein Schnauben von sich, holte sein Handy hervor und knipste ein Foto der Tapisserie. «Wir werden ja sehen, wer die Fäden zuerst entwirrt hat. Damit kann ich mich vielleicht ein bisschen von der Behandlung ablenken.»

«Gute Idee», rief nun auch Kurt, zückte ebenfalls sein Telefon und ließ sein Blitzlicht aufleuchten. «Falls mir zu eurem Bilderrätsel noch etwas einfällt, lasse ich es euch wissen.»

Er hakte Anton unter, dem plötzlich die Knie zu versagen drohten, und führte ihn in Richtung Ausgang.

«Viel Glück!», rief Doro ihnen nach. «Wird schon nicht so schlimm werden.»

«Was genau meinst du?», wollte Siggi wissen. «Antons kleine Operation oder Kurts neuesten Versuch, sein Geld an der Börse zu verlieren?»

«Beides», sagte Doro und widmete sich bereits wieder dem Teppich. «Inklusive unserer Bemühungen, den Ort zu finden, an dem das Silber versteckt ist. Und ich bin nach wie vor davon überzeugt, dass die Brandlöcher uns den Weg weisen werden.»

In diesem Punkt stimmte Siggi ihr zu. Auch wenn das Fehlen von Beteigeuze am Sternenhimmel viele Fragen aufwarf, so war auch er der Meinung, dass Walburga Bülow der Tapisserie mit einer Kerze zugesetzt hatte. Doch markierte wirklich jede einzelne Beschädigung ein Versteck?

«Wie wär's eigentlich, wenn wir mal alle Punkte miteinander verbinden?», schlug Doro in diesem Moment vor. «Ob das vielleicht eine Form ergibt, die uns weiterhilft?»

Bevor Siggi über diese Idee auch nur nachdenken konnte, hatte Doro bereits eine Rolle Tesafilm hervorgekramt und begann damit, Streifen abzureißen, um diese auf den Stoff zu kleben. Doch das Gebilde, dessen Umriss sie auf diese Weise kreierte, ähnelte nichts, was Siggi jemals untergekommen wäre.

Fast eine Stunde lang variierte Doro die Verknüpfung der Brandlöcher, bis sie etwas erhielt, mit dem sie zufrieden war. Siggi aber blieb skeptisch.

«Dies hier könnte eine Vase sein», überlegte Doro laut. «Oder eine Kaffeekanne. Ich hab's! Es ist der Pfau!»

«Ganz sicher nicht», sagte Siggi, der Mühe hatte, sich das Lachen zu verbeißen.

«Dann ist es bestimmt ein Sternbild», rief Doro aus. «Womit wir es schon mit zweien zu tun hätten. Das muss doch etwas zu bedeuten haben.»

«Mir gefällt die erste Idee noch immer am besten», meinte Siggi. «Jedes Loch im Teppich steht symbolisch für ein anderes, das Walburga Bülow gegraben hat. Was es mit dem Orion auf sich hat, finden wir bestimmt vor Ort heraus. Wir sollten Lovis Bülow anrufen und ihm von unseren Fortschritten berichten. Vielleicht kann er uns das Fehlen von Beteigeuze erklären.»

Doro nickte und sah zu, wie er sein Handy hervorholte und darauf herumdrückte.

«Sie haben es wirklich geschafft, alle Teile aufzutreiben? Wenn das mein Onkel noch erlebt hätte!», schallte es kurz darauf aus dem Telefon. «Am besten kommen Sie gleich her und bringen den Teppich mit.»

Siggi wollte die Einladung gerade annehmen, da beobachtete er, wie Doro einen Schritt zurücktrat und genau wie Anton und Kurt zuvor ein Foto von der Tapisserie schoss. Gleich darauf begann sie mit dem Tippen einer Nachricht.

«Hallo? Sind Sie noch dran, Herr Malich?»

«Nein. Ich meine: ja. Entschuldigung, ich war nur kurz abgelenkt. Ich warte noch auf einen Freund, der gerade ...»

In diesem Moment poppte eine kurze Nachricht auf seinem Handy auf. Anton bat darum, abgeholt zu werden.

«Hat sich erledigt. Wir sind schon auf dem Weg zu Ihnen.» Siggi legte auf und steckte sein Handy weg. Auch Doro schob gerade ihr Handy in die Tasche, weswegen er sie fragte: «Wem hast du denn geschrieben?»

«Eifersüchtig?» Sie lachte gekünstelt und blieb ihm die Antwort schuldig.

19

Es dämmerte bereits, als Siggi mit Doro auf der Rückbank den Chrysler vor die Praxis von Dr. Eberhardt Schramm lenkte. Auf dem Bürgersteig erwartete sie ein verkniffen dreinblickender Anton, der sich wortlos auf den Beifahrersitz fallen ließ.

«Das ging ja flott. Wie ist es gelaufen?», fragte Doro und beugte sich nach vorn, um Anton genauer betrachten zu können.

Siggi hatte die gleiche Frage auf der Zunge gelegen, allerdings war ihm rechtzeitig aufgegangen, dass er von Anton vorerst keine Antwort darauf erwarten konnte. Schon jetzt zeichneten sich erste Spuren eines Blutergusses auf dessen Hals und Wange ab. Spätestens morgen früh würde Anton einen ausgesprochen farbenfrohen Anblick bieten.

«Hast du noch Schmerzen?», versuchte es Doro erneut.

Anton schüttelte den Kopf.

«Das hätte mich auch gewundert. Die Betäubung wirkt bestimmt noch eine Weile», meinte Siggi und setzte den Blinker.

Antons Reaktion beschränkte sich auf ein Nicken.

«Es ist dir doch recht, wenn ich dein Auto fahre, solange du noch nicht auf der Höhe bist?», wollte Siggi wissen.

Sein Freund vollführte eine vage Geste, aus der Siggi schloss, dass es ihm zum jetzigen Zeitpunkt scheißegal war, was um ihn herum geschah.

«Wir sind übrigens unterwegs zur Villa. Da wir mit keinen neuen Erkenntnissen aufwarten können, hat Lovis Bülow vorgeschlagen, das Rätsel der Tapisserie vor Ort zu lösen», rief Doro und ließ sich zurück in die Polster sinken.

«Traust du dir überhaupt zu, uns dorthin zu begleiten?» Verunsichert warf Siggi dem Kunstexperten einen Blick zu, der durch die Windschutzscheibe starrte und weiterhin eisern schwieg.

Jetzt hob dieser als Zeichen der Zustimmung den Daumen.

«Kannst du nicht sprechen?», fragte Doro irritiert.

Anton streckte zwei Daumen in die Höhe, damit auch Doro sie sehen konnte. Dabei machte er ein finsteres Gesicht. Als Siggi ihm mitfühlend auf die Schulter klopfte, ließ sein Freund sich doch zu etwas herab, das er für eine Antwort zu halten schien. Sie bestand vorwiegend aus Vokalen und stellte ein größeres Rätsel dar als der geheimnisvolle Wandteppich.

«Tut mir leid, aber was willst du uns mitteilen?», fragte Siggi.

Die Wiederholung der unartikulierten Laute brachte ihn auch diesmal nicht weiter, aber Doro hatte offensichtlich genug heraushören können, um den Sinn der Worte zu erfassen.

«Er soll noch eine Weile die Zähne zusammenbeißen und die Klappe halten, glaube ich.»

Anton reckte wieder die Daumen in die Luft und spuckte anschließend etwas Blut in ein hastig hervorgezogenes Taschentuch.

«Ich bin beeindruckt von deinen Fähigkeiten, sein rudimentäres Gestammel in Sprache zu übersetzen», rief Siggi und warf einen Blick in den Rückspiegel, wo er Doros Blick begegnete, die sehr zufrieden mit sich wirkte.

Anton gab derweil erneut bizarre Laute von sich, die dieses Mal nicht von ihr übersetzt wurden. Doch der verärgerte Klang seiner Stimme verriet sehr wohl, was er Siggi gern zum Thema «rudimentäres Gestammel» gesagt hätte.

Von nun an verlief die Fahrt zum größten Teil schweigend, bis Siggi neben dem ausgetrockneten Springbrunnen nahe der Haustür der Bülows hielt.

Sofort erschien der Erbe mit finsterer Miene auf der Türschwelle. «Ich habe noch einmal versucht, die Polizei ins Boot zu holen, stoße dort aber weiterhin auf taube Ohren», rief er ihnen statt einer Begrüßung zu.

«An einem Sonntag?» Siggi gab ein abfälliges Schnauben von sich. «Warum bin ich nicht überrascht?»

«Dieser Gunnar Bartels ist zwar bereit, Onkel Baldur als vermisst in seinen Akten zu führen, doch an einen Mord will er nicht glauben», fuhr Lovis Bülow fort. «Wie es scheint, haben Sie bei den Gesetzeshütern nicht den besten Ruf, Herr Malich.»

«Das beruht auf Gegenseitigkeit», sagte Siggi und öffnete den Kofferraum. Voller Stolz präsentierte er seine Mitbringsel dem herbeieilenden jungen Mann, der an seine Seite trat.

«Das ist sie also. Die Tapisserie, der meine Urgroßmutter ein Geheimnis anvertraut hat. Ich gebe zu, ich kann es kaum erwarten, ihr Geheimnis zu entschlüsseln und das Silber zu bergen. Wenn ich an all die Menschen denke, die es in den letzten Jahrzehnten vergeblich versucht haben, wird mir ganz flau in der Magengrube.»

«Das Geheimnis entwickelt sich zu einem großen Problem.» Doro griff in den Kofferraum, um eines der Bilder herauszuheben. «Die liebe Walburga macht es uns nicht gerade leicht. Aber vielleicht fällt Ihnen als echter Bülow ja mehr dazu ein als uns.» Sie reichte das Teilstück an den Erben weiter, der es entgegennahm, als sei es der Schatz selbst.

Auch Siggi hoffte auf einen Geistesblitz des jungen Bülow. Noch immer hing er der Theorie nach, dass jedes einzelne Brandloch ein Versteck kennzeichnete, auch wenn der fehlende Stern im Orion dagegensprach.

Gemeinsam folgten sie ihm hinauf in das Vorzimmer, wo die Tapisserie einmal vor langer Zeit gehangen hatte. Anton bildete das Schlusslicht ihrer Gruppe und schwieg auch weiterhin hartnäckig.

«Mich würde interessieren, wie Sie auf die anderen Teile gestoßen sind.» Lovis Bülow beobachtete, wie Siggi die Stoffstücke ihren Schnittstellen entsprechend aneinanderlegte. «Sie müssen über hervorragende Kontakte in der Kunstwelt verfügen.»

«Mit Kontakten hatte die Suche wenig zu tun», sagte Siggi und warf Doro einen Blick zu. «Wir hatten in erster Linie Glück dabei. Diese Bilder wurden in den Familien der Männer, die die Teile gestohlen hatten, weitervererbt. Alle drei waren während des Krieges als Patienten in diesem Haus untergekommen. Ihre Urgroßmutter lag völlig richtig damit, diesen Leuten nicht über den Weg zu trauen.»

«Was für ein undankbares Pack», entfuhr es Lovis Bülow. «Waren es die drei Männer auf dem Foto, das ich auf Onkel Baldurs Schreibtisch gesehen habe?»

Siggi nickte. «Zumindest bei zweien sind wir uns sicher. Ihre Kinder wussten nichts von dem Diebstahl oder dem Silber. Einer ahnte aber, was da über die Jahre gehütet worden war. Er war es, der bei Ihnen eingebrochen ist, um das Bild, das Sie auf der Auktion gekauft haben, zu stehlen.»

Lovis Bülow ließ bedenklich die Gelenke seiner Finger knacken. «Und wo steckt der Kerl jetzt?»

«Vergessen Sie ihn. Er ist nur ein armes Würstchen. Sehen Sie sich lieber noch einmal das Foto an.» Siggi kramte sein Handy aus der Hosentasche und hielt es dem Studenten hin.

Doro trat ebenfalls näher und studierte die Gesichter der drei Soldaten, was Siggi die Gelegenheit gab, sie von der Seite zu mustern. Da ihm der Mann in der Mitte vage bekannt vorkam, versuchte er nun, eine Ähnlichkeit zwischen ihm und ihr zu entdecken, konzentrierte sich aber rasch wieder auf das Foto, als sie seinen Blick bemerkte. «Das sind die drei Diebe von damals. Die Identität des dritten, des verschlagen dreinblickenden Kerls in der Mitte, bleibt rätselhaft.»

Lovis Bülow tippte auf den Bildschirm. «Da er auf dem Abzug von Onkel Baldur markiert war, muss er von besonderer Bedeutung sein.»

«Und ihm muss der Teil der Tapisserie gehört haben, der in meinem Geschäft aufgetaucht ist. Das macht seine Erben zu den Hauptverdächtigen in einem Mordfall. Nur wissen wir nicht, wer diese Leute sind und wie sie heißen.»

«Aber das muss sich doch herausfinden lassen», rief Lovis Bülow aufgebracht. Möglicherweise ist der Mann in der Mitte auch später noch straffällig geworden und aktenkundig. Jemand von der Polizei könnte sich an ihn erinnern.»

«Schon, aber am Sonntag werden wir dort keinen erreichen, der Spaß am Wühlen in alten Akten hat.» Der Bildschirm des Handys verdunkelte sich, die Gesichter der Männer verschwanden, und Siggi schob das Telefon zurück in die Hosentasche.

«Ach, vergessen wir die Polizei und den dritten Dieb», rief Doro und deutete auf das ausgerollte Kunstwerk zu ihren Füßen. «Beschäftigen wir uns lieber hiermit. Unsere Vermutung ist, dass die Brandlöcher uns den Weg zum Silber weisen sollen. Nur ist uns nicht klar, wie man sie lesen muss.»

«Es könnte doch auch eine Art Spur sein, der man zu folgen hat», schlug Lovis vor. «In dem Fall endet die Fährte wohl im Ententeich. Kein guter Platz, aber durchaus denkbar.»

Anton gab ein paar Grunzlaute von sich, die Doro sogleich für alle Anwesenden übersetzte: «Oder sie endet am oberen Ende des Bildes, im Sternbild Orion, meint unser Experte.»

Lovis runzelte die Stirn, und es wurde nicht klar, ob sich diese Reaktion auf Antons Theorie oder dessen Schweigen bezog.

«Der Orion», wiederholte Siggi und deutete auf das Brandloch, wo einmal Beteigeuze gewesen sein musste. «Sagt Ihnen das was? Könnte es hier im Haus eventuell einen Sternenatlas geben, in dem eine Botschaft versteckt ist und darauf wartet, entdeckt zu werden?»

«Wenn nicht, könnten wir auch zu unserer ersten Theorie zurückkehren, der zufolge an jeder geschwärzten Stelle ein Teil des Silberschatzes versteckt wurde», warf Doro ein. «Dann wäre es an der Zeit, ein paar Probebohrungen anzustellen.»

Lovis Bülow griff sich an die Stirn. Er wirkte überfordert. «Das klingt für mich gleichermaßen wahrscheinlich und absurd. Es wird uns wohl nichts anderes übrig bleiben, als beiden Ideen nachzugehen.»

Anton nuschelte etwas und wischte sich gleichzeitig einen Tropfen Blut vom Kinn. Dieses Mal zuckte auch Doro ratlos mit den Schultern, anstatt eine Übersetzung zu liefern.

«Ich hoffe, Sie haben sich nicht um den Wandteppich prügeln müssen.» Lovis sah den Experten mitfühlend an.

«Nein, er hat nur gerade einen Weisheitszahn eingebüßt», gab Siggi Auskunft. «Und wenn ich sein Genuschel richtig deute, will er mit den hier im Haus befindlichen Büchern beginnen und ein Werk über Astronomie suchen.»

Anton nickte, sank auf den einzigen Stuhl im Raum und schloss die Augen. Er schien zu erwarten, dass die Bücher von allein zu ihm kamen. Siggi empfand Mitleid mit ihm.

Während es draußen bereits dämmerte, prüften sie in der nächsten Stunde gemeinsam gewissenhaft die spärlichen Überreste der hauseigenen Bibliothek. Die wertvollsten Bände waren vermutlich schon vor Jahren verscherbelt worden. Falls sich unter ihnen auch das gesuchte Buch befunden hatte, waren sie aufgeschmissen, denn sie fanden nichts.

«Ich wäre doch dafür, dass die Herren der Schöpfung sich jetzt mal mit einem Spaten bewaffnen und die zweite Theorie zu den Brandlöchern überprüfen», meinte Doro und schlug geräuschvoll ein Lexikon zu. «Anton natürlich ausgenommen.»

Dieser spuckte mittlerweile bei jeder sich ihm bietenden Gelegenheit Blut in sein Taschentuch, und ein Zucken in seinem Mundwinkel verriet, dass die Betäubung langsam nachließ.

«Gut, gehen wir buddeln», stimmte Lovis Bülow zu, und auch Siggi nickte.

In der Garage, in der noch immer das Auto von Baldur Bülow stand, fand Siggi zwei Schaufeln, von denen er eine an den Erben weiterreichte. Im Garten übernahm Doro die Rolle der Anführerin. Das Handy im Anschlag und die Fotografie des Wandteppichs vor Augen, leitete sie ihren Suchtrupp zur ersten Markierung. Wie in der Nacht zuvor erhellte neben den Handys auch der Mond ihren Weg. Und obwohl der Park friedlich vor ihnen lag, konnte Siggi sich des Gefühls nicht erwehren, dass etwas nicht in Ordnung war.

Doch Doro marschierte tapfer voran, bis sie endlich stehen blieb und auf eine Stelle deutete. «Hier müsste etwas zu finden sein.»

«Das ist ein fast verfaulter Baumstumpf, darin kann man nicht graben.» Siggi stieß seinen nutzlosen Spaten neben der moosbewachsenen Wurzel in die Erde. Es kostete ihn einige Überwindung, aber er steckte seine Hände in einen fauligen Hohlraum mitten im Stumpf und tastete zwischen den modrigen Blättern herum. Als er in eine weiche, matschige Substanz griff, gab er auf.

«Nichts», stellte er fest, rieb sich die Handflächen an der Hose sauber und leuchtete noch einmal mit seinem Handy in das Loch hinein. «Überhaupt nichts. Wollen wir einen Graben rund um die Wurzel ziehen und sehen, ob sich dort etwas finden lässt, oder versuchen wir unser Glück woanders?»

Die Wahl fiel einstimmig auf die letztere der beiden Optionen, und wieder wurde Siggi ein ungutes Gefühl nicht los. Einmal glaubte er sogar, ein Geräusch zu hören und einen Schatten zwischen den verwilderten Büschen verschwinden zu sehen.

Den anderen jedoch schien nichts Besonderes aufzufallen, und so folgte er Doro weiter durch den Park. Inzwischen wurde diese von Anton unterstützt, der auf seinem Handy ebenfalls die Wegstrecke nachverfolgte und mit Grunzlauten den nächsten von Doro anvisierten Ort bestätigte. Doch auch an der zweiten Stelle fand sich nichts, obwohl Lovis und er ein tiefes Loch gruben.

Noch dreimal rammte Siggi an unterschiedlichen Plätzen seinen Spaten in die Erde, und sie hoben Löcher aus, ohne auf etwas zu stoßen. Mit jedem Misserfolg sank seine Laune weiter.

«So klappt das nicht», sagte er schließlich und warf die Schaufel ins Gras. «Die Löcher im Teppich müssen eine andere Bedeutung haben. Unsere Buddelei ist vollkommen sinnlos.»

In diesem Moment vernahm er neben sich ein klatschendes Geräusch. Und als er den Kopf wandte, stellte Siggi fest, dass Antons flache Hand dessen Stirn getroffen hatte.

«Halt!» Er hob den Arm, um auch Lovis vom Graben abzuhalten, und sah seinen Freund gespannt an. «Anton hat soeben eine Erleuchtung gehabt.»

Einen Moment lang versuchte dieser, ihnen mit Zeichensprache zu verdeutlichen, was ihm gerade durch den Kopf geschossen war. Dann aber spuckte er ein blutiges Knäuel aus Mull, auf dem er jetzt seit Stunden herumgebissen hatte, im hohen Bogen ins Gras und rief: «Natürlich ist diese Schatzsuche Quatsch, denn die Lösung erschließt sich dem Betrachter nur im Ganzen!»

Nach diesen Worten blickte sein Freund in die Runde, als erwartete er Applaus, der jedoch ausblieb. «Hab ich mich irgendwie unklar ausgedrückt? Nuschel ich noch? Das muss an der Betäubung liegen, meine Lippen sind noch etwas taub.»

«Akustisch haben wir dich schon verstanden, nur …» Doro brach ab und zuckte hilflos mit den Schultern.

Anton unternahm einen weiteren Versuch. «Wenn es so einfach wäre, dass man nur dort graben muss, wo sich im Teppich die Brandlöcher befinden, dann wäre das Silber längst von einem der drei Diebe gefunden worden. Oder glaubt ihr, keiner von denen ist mit seinem Teil der Schatzkarte irgendwann einmal hierher zurückgekehrt und hatte dabei die gleiche Idee wie wir?»

«Das stimmt.» Doro verzog das Gesicht. «So schlau war die Idee ja nun wirklich nicht, und die Diebe hatten Jahrzehnte Zeit, auf den gleichen Gedanken zu kommen.»

«Das heißt also, das Silber ist weg?», wollte Lovis Bülow wissen. «Es wurde schon vor Jahren von den Dieben gefunden und fortgeschafft?»

«Nein.» Anton und Siggi schüttelten unisono die Köpfe, und Siggi sprach aus, was sie beide dachten.

«In dem Fall wären Teile des Familiensilbers irgendwann in den Handel geraten. Und das wiederum hätte ihr Onkel Baldur sicherlich herausgefunden. Aber Sie selbst haben uns gesagt, dass er sein Leben lang vergeblich danach gesucht hat.»

«Und wenn diese Ignoranten alles eingeschmolzen haben?», bemerkte Doro zaghaft.

«Um den reinen Silberpreis abzugreifen, wenn sie für ein wunderschön gearbeitetes Stück ein Vielfaches hätten bekommen können?» Siggi rümpfte die Nase. «Denkbar ist es, klingt aber gleichzeitig auch ziemlich doof.»

«Was also bedeutet das für uns?» Lovis Bülow schien verwirrt.

«Dass wir noch einmal genau nachdenken müssen, denn die Brandlöcher sind mit Sicherheit nicht die Orte, an denen das Silber liegt, dann hätte jeder der Diebe sein Drittel der Karte längst geplündert», brachte Anton heraus, begann zu würgen und spuckte etwas Blut in die Landschaft. «Wenn es den Dieben nie gelungen ist, das Rätsel zu lösen, dann war es ein fataler Fehler, die Tapisserie unter ihnen aufzuteilen. Denn die Lösung findet nur, wer den ganzen Teppich besitzt. Also wir.»

«Der Teppich liegt aber gerade völlig unbewacht in der Villa», gab Doro zu bedenken und sah zurück zum Gebäude.

Etwa eine Sekunde dauerte die Starre an, die sie allesamt bei ihren Worten überfiel. Dann sprinteten Lovis und Siggi gleichzeitig los. Doro, die auf ihren hohen Absätzen mal wieder nicht gut vorankam, und Anton, der bei jedem Schritt leise aufstöhnte, folgten ihnen deutlich langsamer. Da spürte Siggi, wie von einer Sekunde zur anderen der Boden unter ihm nachgab. Ein brennend heißer Schmerz zuckte vom rechten Fuß bis in die Wade und raubte ihm für einige Sekunden den Atem. Gerade als ihm das erste leise Wimmern über die Lippen kam, holten Doro und Anton ihn ein.

«Ich bin in ein Loch getreten», rief er ihnen entgegen. «Und es tut höllisch weh. Das war bestimmt so ein blödes Eichhörnchen.»

«Die graben nur kleine Löcher, da hätten deine Quadratlatschen niemals reingepasst», widersprach Anton. «Es handelt sich wohl eher um einen Kaninchenbau.»

«Kannst du auftreten?», fragte Doro besorgt.

«Muss ich ja, oder willst du mich tragen?», fauchte Siggi und kam nur langsam wieder auf die Beine. «Gesicht zerschrammt, beide Knöchel verknackst ... also so langsam reicht es mir. Seit das alles angefangen hat, bekomme ich immer nur auf die Mütze. Wäre ich bloß angeln gegangen, da wäre mir das alles nicht passiert.»

«Wo ist denn Lovis Bülow?», wollte Anton wissen.

«Hoffentlich weit voraus, um den Wandteppich zu sichern», sagte Siggi und humpelte auf die Villa zu, deren obere Fenster hell durch die Nacht leuchteten.

In eher mäßigem Tempo gingen sie auf das Gebäude zu, und Anton hielt einen kurzen Moment lang inne.

«Was hast du denn?», wollte Siggi wissen. «Bist du auch in ein Loch getreten?»

«Das nicht. Aber ich dachte, ich hätte etwas gehört.»

Einen Moment lang standen sie still nebeneinander und lauschten. Siggi jedoch hörte nur sein eigenes Blut in den Ohren rauschen.

«Es war bestimmt nur ein Nachtvogel», sagte er.

«Ja, vielleicht.» Anton klang nicht sehr überzeugt. Er sah aus, als hätte ihn eine böse Vorahnung befallen.

20

Zurück in der Villa, klammerte sich Siggi beim Aufstieg in den ersten Stock fest ans Treppengeländer. Er hatte die Nase gestrichen voll von dieser Schatzsuche. Sollte wirklich jemand den Teppich entwendet haben, wünschte er dem Dieb viel Glück bei dem Versuch, dem blöden Lumpen sein Geheimnis zu entreißen. Er wollte nur noch in sein Bett, Lola oder wahlweise auch Doro in die Arme schließen und all das hier vergessen.

Aber als er das Antichambre betrat und die Tapisserie unversehrt auf dem Boden ausgebreitet sah, erwachte ein Rest von Kampfgeist in ihm. Es war doch völlig unmöglich, dass eine alte Dame, dem Tode nahe, ein Rätsel erfunden hatte, das sich nicht lösen ließ. Dabei hätten ihre Söhne den Sinn der Markierungen ja erfassen sollen, um ihr Erbe wiederzufinden. Warum also war es so schwer?

«Wir bräuchten einen Rätselfan wie Kurt.» Siggi ließ sich vorsichtig auf dem einzigen Stuhl nieder, auf dem zuvor Anton gesessen hatte. «Der liebt es doch, schwere Nüsse zu knacken. Hier ist eine, an der er sich die Zähne ausbeißen kann.»

«Er sagte doch, er würde sich melden, wenn ihm eine Idee kommt», sagte Anton. «Und vermutlich bevorzugt dein Angelkumpel wohl eher profane Kreuzworträtsel. Zehn Begriffe waagerecht und fünfzehn senkrecht, du weißt schon. Das würde uns hier ohnehin nicht weiterhelfen.»

«Nein», stimmte Siggi zu. «So einfach ist es nicht.» Er

blickte versonnen auf die Brandlöcher und dachte noch über Antons Worte nach, als ihm plötzlich eine Idee kam. «Moment mal: waagerecht und senkrecht? Das könnte die Lösung sein! Vielleicht ist es tatsächlich nur ein ganz profanes Rätsel.» Aufgeregt wandte er sich Lovis Bülow zu, der ebenfalls schweigend auf das Wandbild herabstarrte. «Ich brauche Klebestreifen. Wahlweise auch einen Bindfaden, aber Klebestreifen wären besser.»

Lovis stellte keine Fragen und lief die Treppen zum Erdgeschoss hinunter. Seine übrigen Mitstreiter waren weit weniger schnell zu begeistern.

«Wozu soll das gut sein?» Doro, die neben ihm stand, klang mutlos. «Die Punkte zu verbinden haben wir ja schon versucht.»

«Darum geht es aber nicht», rief Siggi aufgeregt. «Walburga Bülow wusste genau, dass die Idee, ihr Silber an den auf dem Wandbild markierten Stellen zu verstecken, viel zu offensichtlich gewesen wäre. Deswegen hat sie sich etwas anderes einfallen lassen. Und ich glaube, ich weiß auch, was. Wie hieß es noch in dem Brief, den sie ihren Söhnen an die Front geschickt hat? Das Silber würde im Fadenkreuz stehen? Das hat sie nicht nur einfach so dahingeschrieben. Es ist der Schlüssel zu allem.»

«Fadenkreuz?» Anton schien ebenfalls jegliche Motivation verlassen zu haben, wie er da mit verschränkten Armen an der Wand lehnte. «Du willst Walburga also beim Wort nehmen? Und wie soll das gehen?»

«Ihr werdet schon sehen.» Mit zusammengebissenen Zähnen erhob Siggi sich vom Stuhl, als er die schnellen Schritte von Lovis auf der Treppe hörte. Es fühlte sich an, als würde der frisch verknackste Knöchel bereits anschwellen.

Mühsam humpelte er auf den jungen Bülow zu, der ihm

eine aufgerollte Paketschnur und eine Schere reichte. «Mehr ließ sich auf die Schnelle nicht auftreiben.»

«Genügt vollkommen.» Siggi schnitt das stabile Band in verschieden lange Streifen und legte sie in waagerechter und senkrechter Linie über das erste Brandloch. Auf dieselbe Weise verfuhr er mit allen anderen Beschädigungen, wobei er sich der Blicke der Umstehenden sehr bewusst war. Er fragte sich, wie lange es dauern würde, bis einer von ihnen den Sinn seiner Bemühungen erkannte.

«Es entstehen neue Schnittpunkte.» Anton war hinter ihn getreten und schien endlich zu begreifen. «Durch die Fadenkreuze kommt es zu Überschneidungen der Schnüre, und die markieren ganz andere Stellen im Park.»

Doro gesellte sich hinzu. «Die Kreuze befinden sich abseits der Wege und in der Nähe von Bäumen oder Büschen.»

«Es sind Plätze, an denen Walburga Bülow ungestört und vor allem ungesehen und in sicherer Entfernung vom Haus graben konnte», stellte Siggi befriedigt fest. «Der Gedanke hätte uns schon längst kommen müssen. Es war ihr ja schlecht möglich, mit Hacke und Spaten bewaffnet genau unter ihrem Küchenfenster eine Grube auszuheben.»

«Eine Stelle allerdings liegt heute nicht mehr geschützt, weil das dazugehörige Buschwerk schon lange nicht mehr existiert», meinte Lovis. «Und die befindet sich genau dort, wo Sie in das Kaninchenloch getreten sind, Herr Malich.»

In die Stille, die auf seine Worte folgte, mischte sich das Klicken der zwei Handykameras, die Bilder von den neuen Markierungen schossen. Doro und Anton hatten gleichzeitig auf den Auslöser gedrückt, wobei Erstere gleich darauf wieder einmal anfing zu tippen.

«Wem schreibst du da?», fragte Siggi und widerstand dem Drang, ihr das Telefon einfach aus der Hand zu reißen.

«Niemandem», behauptete sie dreist und klappte das silberne Etui zu.

Siggis Augen wurden schmal. «Dann wollen wir schwer hoffen, dass dieser Niemand sich nicht an dem Silber vergriffen hat. Und wehe dir, wenn doch. Ich dulde keine Spione in den eigenen Reihen.»

«Spione?», wiederholte Doro, und das Entsetzen in ihrem Blick schien echt zu sein. «Moment mal! Was soll das denn heißen?»

Doch diesmal war es Siggi, der ihr die Antwort schuldig blieb und den zwei anderen Männern mit einem Kopfnicken bedeutete, ihm zu folgen.

Während er die Treppen hinuntermarschierte und den Spaten schulterte, den Lovis neben der Eingangstür abgestellt hatte, hörte er sie zetern, ignorierte aber die sich immer wiederholende Frage, was seine Bemerkung zu bedeuten hatte.

Stattdessen zog er Anton näher zu sich heran und flüsterte: «Wo ist die nächstgelegene Stelle, an der wir suchen müssen?»

Anton schaute auf das neueste Foto von der Tapisserie und wies auf eine Gruppe von Kastanienbäumen. Unwillkürlich wurden Siggis Schritte schneller. Im Licht von Antons Display glaubte er, etwas am Boden erkennen zu können, das ihn an einen großen Maulwurfshügel erinnerte. Und nur eine Sekunde später wurden seine schlimmsten Befürchtungen zur Gewissheit.

«Wir sind zu spät gekommen.» Mit ausdrucksloser Miene starrte er in die tiefe Grube zwischen der ersten und zweiten Kastanie, an deren Grund eine rötliche Verfärbung des Erdreichs vermuten ließ, dass hier bis vor Kurzem ein metallener Behälter vor sich hin gerostet hatte.

Während Lovis Bülow einen Wutschrei ausstieß, zerrte

Siggi erneut Anton näher zu sich heran. «Wo ist die nächste Schnittstelle?»

Wortlos vergrößerte der Experte einen Bildausschnitt, und nun sah Siggi selbst, wie sich die Paketschnüre nahe einer Gartenbank neben einem Rosenbusch kreuzten. Nachdem sie sich wortlos mit Blicken verständigt hatten, setzten sie sich in Bewegung. Die wütenden Tiraden des Erben und Doros panisch klingende Frage, was dies alles zu bedeuten habe, ließen sie unkommentiert.

Gleichzeitig kamen die beiden Freunde bei den Überresten der Gartenbank an, und als Anton die Hand, die sein Telefon hielt, weit über den Kopf hob, um die Rasenfläche besser ausleuchten zu können, bemerkten sie sofort einen weiteren frischen Erdhügel und das dazugehörige Loch im Boden.

Siggi warf die zweite Schaufel von sich und schickte ebenfalls einen Wutschrei in den Nachthimmel hinauf. Dann richtete sich sein Zorn auf Doro.

«Die ganze Zeit über hat jemand ein doppeltes Spiel mit mir gespielt. Irgendjemand hat ständig versucht, mich zu boykottieren. Und das alles, damit ein ‹Niemand› uns heute Nacht zuvorkommen konnte. Wer ist dieser ‹Niemand›, den du konstant über alles, was wir tun und sagen, auf dem Laufenden gehalten hast?»

Doro warf einen Blick über ihre Schulter, bevor sie ungläubig eine Hand auf ihre Brust legte. «Du meinst wirklich mich? Du glaubst, ich habe dich hereingelegt?»

«Ich finde einen Toten in meinem Laden, und Sekunden später bist du da, um eine Stelle anzutreten, die ich dir nie angeboten habe. Du bringst mich auf meiner eigenen Treppe zu Fall, lädst ein Rudel Krimineller zu meiner Auktion ein, vergisst angeblich, mir das Flugblatt mit dem Gesicht von Baldur Bülow zu übergeben, während du mich gleichzeitig bei der Polizei in Misskredit bringst!» Siggi spürte, wie die Adern an seinem Hals zu pochen begannen, und seine Hände ballten sich vor Wut zu Fäusten.

«Ich habe außerdem mit dir geschlafen.» Ihre Stimme war so zart wie ihr erster Kuss, und ihre Worte hatten zur Folge, dass Lovis Bülow sich interessiert dem Loch im Boden zuwandte, während Anton ein verlegenes Hüsteln ertönen ließ. «Ich habe deinen Laden von der Türschwelle bis zur Dachluke gewienert, mir eine Nacht nach der anderen um die Ohren geschlagen, unzählige Häppchen auf Salatblättern drapiert.» Ihre Stimme wurde mit jedem Wort lauter. «Ich habe deinen gefräßigen Hund bestochen, damit er mich mag, dir den unliebsamen Schreibkram abgenommen, und um es noch einmal zu sagen, damit es nicht vergessen wird: Ich habe mit dir geschlafen! Du Arschloch!»

Sie wandte sich so heftig von ihm ab, dass sie Lovis Bülow fast ins Loch gestoßen hätte, und rannte blindlings davon. Anton wollte ihr nachsetzen, doch Siggi hielt ihn zurück.

«Lass sie laufen, die falsche Schlange. Sie hat uns um unser schönes Silber gebracht.»

«*Mein* schönes Silber», ließ sich Lovis Bülow vernehmen. «Und weil ich auch mal ein paar Semester Jura studiert habe, bin ich davon überzeugt, dass ein Mensch so lange als unschuldig gilt, bis seine Schuld bewiesen ist.»

«Was soll das denn heißen?» Siggi hätte es kaum gewundert, wenn sein rasender Puls ihm in der nächsten Sekunde einen Schlaganfall beschert hätte. «Sie glauben, ich habe einen Fehler gemacht? Das habe ich nicht! Wenn Sie gesehen hätten, wie viele Nachrichten diese Frau im Laufe eines Tages in ihr Handy tippt ...»

«Dafür kann es tausend Gründe geben», fiel ihm jetzt auch Anton in den Rücken.

«Ja! Nämlich den, dass sie einen Komplizen hat. Einen Komplizen namens Isä, wenn du dich erinnern kannst. Und der war heute Nacht vor uns hier.»

«Ich hatte tatsächlich mehrfach das Gefühl, heute Nacht nicht allein im Park zu sein», lenkte Anton ein. «Es war, als ob noch jemand auf der Suche wäre. Doch wer das gewesen ist und dass diese Person in Kontakt zu Doro steht, ist damit noch lange nicht erwiesen.»

«Ja seid ihr denn alle komplett vernagelt?» Siggi konnte es nicht fassen. «Wer hätte es denn sonst sein sollen? Wer? Du? Ich? Oder Lovis Bülow?»

Anton hob ratlos die Schultern und schien einen versöhnlichen Ton anschlagen zu wollen, doch Siggi hatte genug gehört. Das einzig Gute am Ende dieser Geschichte war, dass ihm niemand den Schädel eingeschlagen hatte. Alles andere kotzte ihn gerade maßlos an. «Lauf ihr nach, wenn du sie für unschuldig hältst. Ich für meinen Teil habe die Schnauze gestrichen voll. Ich hau jetzt ab!»

Mit diesen Worten stampfte er davon, ignorierte Anton, der ihm etwas nachrief, und hielt schnurstracks auf den vor der Villa geparkten Chrysler zu. Es kümmerte ihn einen Dreck, wie Anton, Doro oder sonst jemand heute Nacht von hier fortkamen. Er, Siggi Malich, war ausgenutzt, verletzt und letzten Endes sogar um den Erfolg betrogen worden. Und deswegen war ihm der Rest der Welt in diesem Moment herzlich egal.

Mit voller Wucht rammte er den Schlüssel ins Zündschloss, ließ den Motor aufheulen und brauste davon. Den Fuß mit dem geschwollenen Knöchel fest auf das Gaspedal gedrückt, ließ er die Villa Bülow und alles, was damit zusammenhing, hinter sich.

Erst sehr viel später, als er sein Zuhause fast erreicht hatte, flaute seine Wut ganz allmählich ab und machte einer Leere Platz, die keinen Gedanken an Anton oder Doro zuließ. Der Groll schlug in Enttäuschung um, die eine Müdigkeit und Erschöpfung mit sich brachte, wie er sie schon lange nicht mehr verspürt hatte. Er wollte jetzt nur noch eins, seine Ruhe. Und morgen in aller Frühe würde er seine Angel schultern und sich eine Auszeit gönnen, in der er überlegen konnte, bei wem er sich entschuldigen wollte und wem er nachträglich noch einen Hecht um die Ohren schlagen würde.

Gerade hatte er sich zu diesem ausgesprochen befriedigenden Plan durchgerungen, als er den Wagen bemerkte, der mit offenem Kofferraum auf dem Parkplatz neben dem Antiquitätenladen stand. Wollte man ihn etwa schon wieder beklauen? Konnten die Einbrecher ihm nicht wenigstens eine kleine Verschnaufpause gönnen?

Einen Fluch auf den Lippen, ging Siggi vom Gas, lenkte den Chrysler an den Straßenrand, löschte die Scheinwerfer und stieg aus. Da er nicht wusste, was ihn diesmal auf seinem Grund und Boden erwartete, hatte er entschieden, sich dem Geschehen leise und unauffällig zu nähern. Doch zu seinem Erstaunen stand die Ladentür nicht offen, das Kabel des Lautsprechers war unbeschädigt, und selbiger gab nicht den geringsten Mucks von sich. Es hatte ganz den Anschein, als ob sich niemand im Innern des Antiquitätenladens befand.

Da vernahm er ein scharrendes Geräusch, das seinen Ursprung auf der Rückseite des Gebäudes hatte. Lautlos humpelte Siggi weiter und lugte um die Hausecke, wo sich jemand im Schein einer Stirnlampe mithilfe eines Spatens an der metallenen Abdeckung für den Tannenbaumständer zu schaffen machte. Und diese Gestalt hätte Siggi überall und in jeder Situation sofort erkannt.

Einen Augenblick lang war er unfähig, sich zu bewegen.

Dann trat Siggi aus dem Schatten hervor und sagte: «Kannst du mir erklären, was du da treibst?»

Augenblicklich traf ihn der Strahl der Stirnlampe mitten ins Gesicht und blendete ihn.

«Du bist zurück. Wieder einmal früher als erwartet. Schade, ich hatte gehofft, du würdest dich noch ein wenig länger in dem alten Park aufhalten. Aber das Spiel ist dir offensichtlich langweilig geworden.»

«Es war nie ein Spiel», korrigierte Siggi und trat näher. Die schwere Abdeckung des Tannenbaumständers lag nun neben dem Hügel aus zusammengefegter Katzenstreu. Doch gab sie keineswegs den Blick auf ein fast zwei Meter tiefes Loch mit einem armlangen Durchmesser frei. Stattdessen blickte Siggi auf zwei Schuhsohlen der Größe 46. «Es ging immer um Menschenleben.»

«Da hast du leider recht», lautete die Antwort, und ein Schlag traf den Antiquitätenhändler mitten am Kinn. Sein Kopf flog nach hinten, er stürzte auf die Knie, und noch bevor er sich aufrappeln konnte, traf ihn etwas Hartes über dem Ohr und schickte ihn endgültig zu Boden. Siggi schwanden die Sinne.

21

Anton hätte Doro gern ein Taschentuch gereicht, doch seines war voller Blut. Und so froh er auch darüber war, den nervigen Zahn endlich losgeworden zu sein, so sehr verfluchte er nun die Nachwehen des Eingriffs. Sein ganzes Gesicht schmerzte, und trotzdem musste er Doro jetzt einfach einige Fragen stellen. Der Taxifahrer vor ihm am Lenkrad hatte allerdings nur eine einzige.

«Wo soll's denn hingehen?»

«Weiß ich noch nicht, guter Mann», gestand Anton. «Fahren Sie doch erst mal ein paar Runden um den Brunnen, wir haben hier hinten etwas zu besprechen.»

Mit einem Schulterzucken begann ihr Chauffeur, den Brunnen vor der Villa im Schritttempo zu umkreisen. Lovis Bülow, der auf den Stufen des Hauses stand und gerade die Hand erhoben hatte, um ihnen nachzuwinken, ließ sie wieder sinken und verfolgte leicht befremdet das sich ihm bietende Schauspiel.

«Auch wenn Siggis Wutanfälle nie lange andauern, so ist es doch wenig ratsam, jetzt zurück zum Antiquitätenladen zu fahren», versuchte Anton das Gespräch in Gang zu bringen. «Also sag dem Fahrer, wo er dich absetzen soll.»

«Er ist so ein Arsch.» Doro klang verschnupft. «Nicht der Fahrer, Siggi natürlich. Stempelt mich zur Spionin, klaut dein Auto und haut einfach ab. Ich kann gar nicht sagen, wie wütend ich auf ihn bin.»

«Ja, das ist verständlich, aber du musst auch mal unsere Seite sehen.» Anton fummelte eine Schmerztablette, die der Zahnarzt ihm mitgegeben hatte, aus dem Blister, klopfte dem Fahrer auf die Schulter und fragte: «Haben Sie einen Schluck Wasser oder Kaffee für mich? Irgendetwas?»

Der Mann, der noch immer gemächlich den Brunnen umrundete, zog eine Flasche Sprudel unter seinem Sitz hervor und reichte sie ihm. Dankbar spülte Anton die Tablette hinunter. Erst jetzt bemerkte er, dass Doros Entrüstung einen ganz neuen Level erreicht zu haben schien.

«Hast du gerade *eure Seite* gesagt? Heißt das, du vertraust mir auch nicht?»

«Es sind ziemlich viele eigenartige Dinge geschehen, seitdem du auf der Bildfläche erschienen bist», rechtfertigte sich Anton. «Und bisher hast du noch immer nicht erzählt, wem du da ständig Nachrichten schreibst.»

«Mir selber, wenn du es genau wissen willst!», rief Doro und verschränkte die Arme vor der Brust.

«Das ist wohl die blödeste Ausrede, die ich jemals gehört habe.» Anton sah aus dem Fenster, wo sie gerade zum wiederholten Male an Lovis Bülow vorbeifuhren, der ihre Runden offensichtlich zu zählen begonnen hatte und sechs Finger in die Höhe streckte.

«Aber es ist wahr», sagte Doro. «Ich hinterlasse mir ständig Notizen und Ermahnungen, weil ich so entsetzlich viel vergesse. Ohne mein Handy wäre ich völlig aufgeschmissen, könnte mir keinen Namen merken und schon gar nicht, was ein Schussfaden ist. Ich kann nichts dafür, mein Kopf ist manchmal wie ein Sieb.»

Anton hob eine Augenbraue und bedachte sie mit einem skeptischen Blick. «Für Alzheimer oder Demenz scheinst du mir noch ein bisschen zu jung zu sein.»

«Es ist etwas anderes. Du hast vielleicht schon mal was von ADHS gehört?»

«Haben das nicht Kinder?» Anton lächelte milde. «Eine Modekrankheit, die Eltern ihren unreifen Sprösslingen andichten, wenn diese sich im Schulalltag als Nieten erweisen. Das ist einfacher, als sich einzugestehen, dass es wohl keine Intelligenz zu vererben gab.»

«Allein für diese herablassende Bemerkung könnte ich dich erwürgen.» Doro wandte den Kopf ab und winkte Lovis zu, dessen vom Flurlicht angestrahlte Gestalt noch immer in der offenen Haustür stand. «Ich war schon immer so. Oft genug bin ich ohne meine Tasche aus dem Haus gegangen, habe vergessen, wann ich heimkommen sollte, Gefahren falsch eingeschätzt und Fehlentscheidungen getroffen. Meine Eltern fanden es zuerst ganz süß und dachten, es würde sich schon noch auswachsen. Aber das tat es nicht. Jetzt bin ich über vierzig und habe in meinem ganzen Leben noch nie einen Job länger behalten können als ein paar Monate. Und das nur, weil immerzu etwas schiefgeht.» Sie barg das Gesicht in den Händen. «Mein Vater hat schon recht, wenn er sagt, ich sei einfach nicht lebensfähig. Deswegen hat er unsere Wette jetzt auch gewonnen.»

«Eine Wette?» Anton fiel es noch immer schwer zu glauben, dass eine erwachsene Frau unter einer Störung leiden konnte, die seines Wissens nur bei Kindern vorkam. «Was denn für eine Wette?»

«Es ist ganz einfach.» Doro schniefte leise. «Finde einen Job, behalte ihn länger als ein halbes Jahr, und ich schenke dir eine Reise nach Australien.» Sie verzog das Gesicht, als ob sie gleich weinen würde. «Alles hat so gut angefangen. Siggi hat keine Zeugnisse oder auch nur einen Lebenslauf verlangt, ich war Teil seines Lebens, hab mich ein bisschen verliebt, und jetzt ist schon wieder alles im Eimer. Ich würde gern sagen, dass es nur Pech war, aber leider ist dieses Desaster absolut typisch für mich. Isä wird sehr enttäuscht sein.»

«Isä?», wiederholte Anton.

«Mein Papa. Er stammt aus Finnland, und Vater heißt auf Finnisch Isä.»

Anton schalt sich selbst einen Idioten. Mit einer kurzen Internetrecherche hätte er schon vor Tagen feststellen können, dass Isä kein weiblicher Vorname war. Überhaupt hatten Siggi und er sich nicht eben mit Ruhm bekleckert, wenn es um Doro ging.

«Wenn du deinem Chef all das erzählst, was du mir gerade gesagt hast, wird er dich bestimmt nicht feuern», sagte er sanft.

«Ich will aber kein Mitleid.» Doro wischte sich über die Augen. «Ich will für voll genommen werden, und vor allem will ich, dass man mir vertraut. Und das ist ja nun wirklich nicht so super gelaufen.»

Anton schwieg. Noch immer kreiste der Wagen um den Springbrunnen, während Lovis Bülow nun gelangweilt im Türrahmen lehnte und zuschaute. Da kam ihm ein Gedanke, der sich bis jetzt dezent im Hintergrund gehalten hatte. «Aber wenn du es nicht warst, wer soll uns dann zuvorgekommen sein?»

«Woher soll ich das wissen?» Doro war weiterhin beleidigt.

«Wir müssten es aber wissen», sagte Anton. «Erinnerst du dich? Nur wer den ganzen Wandteppich besitzt, kann die Fadenkreuze auslegen und die eigentlichen Verstecke finden. Die Tapisserie des Parks war etwa achtzig Jahre lang Stückwerk, dessen Teile erst am heutigen Tag wieder zusammengefügt wurden.»

Doro blinzelte, wischte sich über die Augen. «Also, ich war es nicht, das weiß ich. Siggi und du ...»

«Ich habe ein Alibi, denn ich war nachweislich beim Zahnarzt. Oder meinst du, ich hab mir den Weisheitszahn selbst mit der Schaufel aus dem Kiefer gehauen?»

Sie schüttelte den Kopf.

«Und Siggi war seit dem Fund des dritten Teils nicht eine Sekunde lang allein. Ebenso Lovis Bülow, der das Gesamtwerk erst hier in der Villa zu sehen bekam», überlegte Anton weiter. «Sollte jemand Zugriff auf unsere Telefone haben? Schließlich haben wir beide Fotos von der Tapisserie gemacht.»

«Genau wie Kurt», erinnerte ihn Doro und sah ihn dann mit weit aufgerissenen Augen an.

«Kurt», wiederholte Anton und konnte es kaum glauben, als ihn die Erkenntnis mit voller Wucht traf. «Siggis Angelkumpel.»

«Entschuldigung, aber so langsam wird mir schlecht von der Rumkurverei», rief der Taxifahrer. «Haben Sie sich inzwischen einigen können, wohin Sie wollen? Vielleicht auf einen Rummelplatz? Dort ist das Im-Kreis-Fahren viel billiger.»

«Ich habe in wenigen Sekunden eine Adresse für Sie», rief Anton, zückte sein Handy und versuchte, Siggi zu erreichen. Doch dieser nahm nicht ab.

«Wie lautet Kurts Nachname?», wollte Doro wissen.

«Keine Ahnung.»

«Macht nichts, er ist auf Siggis Facebook-Account als Freund geführt, und seine Adresse steht im öffentlichen Telefonbuch.» Sie nannte dem Fahrer ihr Ziel, woraufhin dieser glücklich aufs Gaspedal trat und die Auffahrt hinunterbrauste. Anton warf einen Blick zurück und sah Lovis Bülow, der ihnen jetzt endlich nachwinken konnte.

«Ich hatte wirklich geglaubt, du würdest dich noch länger bei diesem schnöseligen Bülow aufhalten», hörte Siggi Kurt sagen. «Es war fast lustig zu beobachten, wie ihr kreuz und quer durch den Park geflitzt seid, ohne mich zu bemerken. Aber ich war euch knapp voraus und habe euch immer im Auge behalten, damit wir einander nicht über den Weg laufen. Schließlich hatte ich alles Silber eingesammelt, bevor ihr das Rätsel auch nur lösen konntet und während ihr noch an den völlig falschen Plätzen gegraben habt. Ich bin cleverer, als ich aussehe, Siggi.»

Siggi rührte sich nicht. Er lag mit dem Gesicht in der Katzenstreu und versuchte, trotz seiner Kopfschmerzen einen klaren Gedanken zu fassen. «Du bist es gewesen», brachte er schließlich hervor. «Du bist der Mörder von Baldur Bülow.»

«Junge, hat das gedauert. Du warst schon mal schneller, mein Freund.»

Siggi sah aus den Augenwinkeln, wie Kurts Fußspitze gegen die Fußsohlen des Toten trat. Ein Geruch von Fäulnis stieg aus dem Loch im Boden auf, in dem die Leiche des alten Mannes kopfüber versenkt worden war. Es handelte sich um den gleichen Geruch, den Siggi schon kurz zuvor auf dem Parkplatz wahrgenommen und der Gülle auf den Feldern zugeschrieben hatte. Jetzt wusste er es besser.

«Warum?» Er wagte nicht, sich zu rühren, aus Angst, einen erneuten Schlag mit dem Spaten zu kassieren.

«Ist das so schwer zu begreifen?» Mühsam unterdrückte Wut klang in Kurts Stimme mit. «Einmal wollte ich der Gewinner sein, Siggi. Den großen Fang machen. Und ich wusste, wo ich danach suchen musste.» Er lachte leise. «Schon seit

Jahren werfe ich meine Angel regelmäßig im Ententeich des Bülowparks aus. Und immer, wenn ich dort war, habe ich mich umgesehen und nach Hinweisen gesucht. Der alte Baldur Bülow kannte mein Gesicht so gut, dass er mich gegrüßt hat, wenn wir uns begegnet sind. Im Gegensatz zu dir hat er die Ähnlichkeit sofort erfasst, nachdem der blöde Fotograf Mathias Wunder ihm die Kopie des alten Fotos überlassen hatte.»

«Der Mann in der Mitte ...»

«... war mein Großvater. Und er war es auch, der die Briefe der alten Frau Bülow an ihre Söhne gelesen hat, noch bevor sie das Haus in Richtung Postamt verließen. Er erkannte die Bedeutung des Wandteppichs, und mit der Hilfe seiner zwei besten Kumpel nahm er das Ding einfach mit, als sich eine Gelegenheit dazu bot. Da lag die alte Schachtel schon auf dem Totenbett und bekam nicht mehr mit, was um sie herum vor sich ging.»

Jetzt wagte Siggi eine vorsichtige Drehung des Kopfes. Und als kein weiterer Schlag auf ihn niederfuhr, setzte er sich auf und versuchte, Kurt in die Augen zu sehen. Doch noch immer blendete ihn die Stirnlampe.

«Wir sind Freunde, Kurt», versuchte er, dem anderen ins Gewissen zu reden. «Du kannst mich nicht einfach mit dem Spaten erschlagen wie eine Ratte.»

«Wir *waren* Freunde», stellte Kurt klar. «Und wir hätten es bleiben können, wenn du nicht so neugierig gewesen wärst. Weder das Silber noch der Tote gingen dich irgendetwas an, Siggi. Warum hast du die Sache nicht einfach auf sich beruhen lassen?»

«Warum hast du mich mit hineingezogen, indem du das Bild und Bülow hierhergebracht hast?»

Der Taxifahrer holte das Letzte aus seinem Wagen heraus, bog mit quietschenden Reifen in eine Wohnstraße ein und hielt vor einem Einfamilienhaus mit verwildertem Vorgarten.

Anton öffnete seine Brieftasche und ließ ein Bündel Geldscheine auf der Rückbank zurück, bevor er Doro nachsetzte, die bereits mit geballten Fäusten auf die Eingangstür eindrosch. Doch im Innern von Kurts Zuhause rührte sich nichts und niemand, und nirgendwo brannte Licht.

«Er muss doch hier sein», rief Doro. «Der Typ hat gerade einen Haufen Silber ausgebuddelt und weggeschleppt, das geht man doch hinterher nicht in der nächsten Kneipe feiern. Oder doch?»

«Keine Ahnung, ich habe noch nie etwas geklaut.» Anton stellte sich vor das Fenster, das der Tür am nächsten war, und schlug die Scheibe mit dem Ellenbogen ein. «Aber ich hätte Talent dazu.»

Doro wirkte beeindruckt, sagte aber nichts und beobachtete ihn dabei, wie er eine Hand durch das Loch schob, den Riegel ertastete und ihnen öffnete.

«Sehen wir also nach, ob wir den Dieb oder seine Beute finden», schlug er vor und stieg als Erster ein.

«Ich bin zu allem bereit, was Siggi von meiner Unschuld überzeugt und diesen falschen Fuffziger hinter Gitter bringt», sagte Doro und stürmte wie eine Furie von Raum zu Raum.

Anton folgte ihr und war schon bald davon überzeugt, dass Kurt nicht daheim war. Die schmucklose Junggesellenbude, in der sich vermutlich seit Jahrzehnten nichts verändert hatte, war verlassen. Doch musste er kurz zuvor noch hier gewesen sein, denn auf dem Küchenfußboden entdeckte Anton Spuren frischer Erde, die von ziemlich großen Schuhen stammten. Wohin war Kurt nach seiner Stippvisite am heimischen Herd wieder verschwunden? Hatte er heute Nacht noch etwas Dringendes zu erledigen?

Jedenfalls, so stellte Anton fest, gab es reichlich Stellen im Haus, um mal eben einen Berg Silber zu verstecken. Wo sie mit der Suche beginnen sollten, war schwer zu entscheiden. Halbherzig öffnete er einige Küchenschränke, fand nicht mal einen silbernen Löffel und folgte Doro ins Schlafzimmer, wo er einen Blick unter das Bett warf.

«Nichts», stellte er fest. «Kein Kurt und kein Silber. Unsere Chancen, ihn, während er noch im Besitz des Schatzes ist, zu überführen, schwinden. Wo kann er stecken?»

Doro überging die Frage und wies stattdessen auf einen kahlen Fleck an der Wand über dem Bett. «Da hat vor Kurzem ein Bild gehangen. Man sieht noch den Umriss an der Wand. Und er ist quadratisch.»

«Du meinst, Kurt ist der Besitzer des dritten Tapisseriestücks gewesen? Das, was in Siggis Laden aufgetaucht ist? Das erklärt zwar vieles, aber nicht alles. Warum hat er sein Bild, das jahrelang über dem Bett hing, in den Antiquitätenladen geschafft? Oder war er es gar nicht selbst?»

«Das musst du ihn fragen.» Doro trat wütend gegen einen Bettpfosten und ließ sich auf die Matratze plumpsen. «Wenn wir nur wüssten, wo er steckt.»

«Ja, das ist merkwürdig. Was kann so dringend sein, dass er es noch in dieser Nacht erledigen muss?»

«Bestimmt bricht er schon wieder in Siggis Laden ein, weil er denkt, dass der noch stundenlang den Park der Bülows auf der Suche nach dem Silber umgräbt.»

«Quatsch, was soll er dort noch, jetzt, da er das Silber hat? Es sei denn, er müsste irgendwelche Beweise verschwinden lassen. Etwas, das ihn belasten könnte oder das die Polizei auf den Plan ruft.» Er hatte kaum zu Ende gesprochen, als der Groschen fiel. «Baldur Bülow.»

Doro riss die Augen auf und flüsterte: «Die Leiche ist noch irgendwo dort versteckt, und Kurt glaubt, er hat freie Bahn, weil wir den Park umgraben. O Gott, Siggi ist ganz allein mit ihm!»

«Los!», rief Anton, packte Doro am Arm und rannte mit ihr zurück zu dem Fenster, durch das sie eingestiegen waren. Sekunden später standen sie wieder auf der nächtlichen Straße.

«Unser Taxi ist weg», schrie Doro.

«Natürlich ist es weg, ich habe den Mann ja bezahlt», rief Anton verzweifelt und wollte schon sein Handy zücken, um einen Ersatz zu rufen. Doch dies hier war nicht Köln, und er fragte sich, wie lange es dauern konnte, bis jemand sie zu nachtschlafender Zeit aufgabelte.

Ein Schauer überlief ihn, wenn er sich ausmalte, was in der Zwischenzeit alles passieren konnte. Da hörte er einen Wagen, der sich ihnen in gemächlichem Tempo näherte, und ein blassblaues Licht flackerte in der Dunkelheit.

«Ich hatte keine Wahl.» Kurt klang ärgerlich. «Als Bülow klar wurde, dass ich ein direkter Nachkomme von einem der Diebe sein musste, der immer wieder am Ententeich auftauchte, ließ er mich nicht mehr aus den Augen. Er beobachtete mich Tag und Nacht, schlief sogar in einem Auto vor meinem

Haus.» Kurt stieß einen Seufzer aus. «Er lauerte auf den richtigen Moment, und es war nur eine Frage der Zeit, bis er sich einfach geholt hätte, was ihm gehörte. Also nahm ich meinen Teil der Schatzkarte von der Wand, legte ihn ins Auto und beschloss, das Bild unter Bildern zu verstecken. Es sollte bei dir, in deinem chaotischen Laden, wie eine Nadel im Heuhaufen verschwinden.»

«Und da hängst du es einfach an die erstbeste Wand?» Siggi war fassungslos und vergaß für einen Moment sogar seine Schmerzen.

«Natürlich nicht!», rief Kurt. «Ich wollte es im Kniestock bei deinen Fehlkäufen verstecken. Meiner Meinung nach gibt es keinen besseren Ort, wenn man möchte, dass etwas niemals gefunden wird. Aber Bülow war mir an diesem Morgen vom See bis zum Laden gefolgt, hatte meinen Einbruch beobachtet und kam plötzlich hinter mir die Treppe herauf.»

«Also hast du das Bild an den nächstbesten Haken gehängt, die Vase vom Regal genommen und gewartet, bis er in deinen Raum kam.» Mit einem Mal stand Siggi die Szene so klar vor Augen, als wäre er dabei gewesen.

«Wäre der alte Esel nicht so hartnäckig gewesen, könnte er noch leben.»

«Nun, es war immerhin das Silber seiner Familie», erinnerte Siggi ihn und wünschte sich, er hätte die Klappe gehalten, als der Spaten ihn nur um Millimeter verfehlte.

«Es gehört mir, ich suche schon mein ganzes Leben lang danach!» Kurt atmete schwer. «Und dann kommst auch noch du und funkst dazwischen. Warum hast du nicht einfach weitergeangelt, nachdem ich gegangen bin?»

«Es hat angefangen zu regnen.» Siggi spürte, wie das Gefühl, im falschen Film zu sein, ihn langsam verließ und er die Dinge wieder klarer sah. Im Moment mochte Kurt alle Trümpfe, beziehungsweise die Schaufel, in der Hand haben. Aber das musste ja nicht so bleiben.

«Ich hätte den toten Bülow und das Bild wieder mitgenommen, wenn mir genügend Zeit geblieben wäre. Aber du musstest ja vor ein paar lächerlichen Regentropfen flüchten.»

«So warst du gezwungen, dich zu verstecken, hast beobachtet, wie ich den Toten gefunden habe und wieder nach draußen gestürmt bin», spann Siggi den Faden weiter und ließ die Schaufel nicht aus den Augen. «Und was ist dann passiert?»

Im Licht der grässlichen Stirnlampe zuckte Kurts Silhouette mit den Schultern. «Hab ihn aus dem Fenster geworfen und bin selbst hinterhergeklettert.»

«Aber das Fenster war verschlossen», widersprach Siggi.

«Zu dem Zeitpunkt nicht. Es war nur angelehnt.»

«Und dann hast du den Mann in dem Loch für meinen Tannenbaum versenkt. Du bist echt skrupellos, Kurt.»

«Ich konnte ihn nicht bis zu meinem Auto schleppen, das stand sicherheitshalber ein gutes Stück entfernt. Und außerdem hast du ja die ganze Zeit vor deiner Eingangstür gesessen. Bis Gunnar aufgetaucht ist, dieser Trottel.»

«Und wann wurde dir bewusst, dass dein Bild noch immer an meinem Haken hing?»

«Während ich mich über die Felder bis zu meinem Auto durchschlug.» Kurt packte die Schaufel fester. «Was blieb mir anderes übrig, als zurückzukommen und zu versuchen, es zu stehlen? Ich konnte ja nicht ahnen, dass du es bereits entdeckt und weggeschafft hattest.»

«Ja, vielen Dank für diesen schmerzhaften nächtlichen Besuch und dass du das Fenster doch noch wieder verschlossen hast. Damit hast du mir und Anton ein fettes Rätsel aufgegeben.»

«Gern geschehen, alter Freund.» Kurt hob die Schaufel. «Und jetzt wirst du sicher Verständnis dafür haben, dass ich mein schwer erkämpftes Silber mit niemandem teilen werde. Auch nicht mit dir.»

Im Bruchteil einer Sekunde entschied Siggi sich für eine Hechtrolle über den offenen Tannenbaumständer, und die weiteren Ereignisse gaben ihm recht. Donnernd knallte das Schaufelblatt auf die Steinplatten, Katzenstreu flog durch die Luft, traf Siggi an der Nase und brachte ihn auf eine Idee.

«Hey, behalt deinen Kram, Kurt! Du warst so clever und ich nur ein Idiot, in dessen Laden du deinen alten Kram verstecken wolltest. Das ist schon in Ordnung.»

Kurts Antwort bestand aus einem weiteren Angriff, der Siggi die Möglichkeit gab, wieder zu seinem Ursprungsort zurückzurollen. Und noch bevor sein ehemaliger Freund ein weiteres Mal ausholen konnte, griff er mit beiden Händen in die Katzenstreu, zielte auf die Stirnlampe und traf.

«Verdammt noch mal!» Das Mordwerkzeug fiel Kurt aus den Händen. Mit beiden Fäusten rieb er sich die Augen und begann jämmerlich zu heulen. «Was ist das denn für ein Teufelszeug? Ich kann nichts sehen!»

«Ich schon», rief Siggi, packte den Stiel der Schaufel, holte aus und traf seinen großen Angelkumpan, der sich gerade in diesem Moment zusammenkrümmte, genau zwischen die Schulterblätter. «Wie du mir», ein zweiter Hieb zwang den Hünen in die Knie, «so ich dir.»

Ein letztes Mal holte Siggi aus und traf Kurts Hinterkopf. Gerade überlegte er, ob er zur Sicherheit nicht noch einmal zuschlagen sollte, als zwei Arme ihn von hinten umschlangen und festhielten.

«Hör auf, Siggi, er hat genug.» Doros sanfte Stimme erklang dicht an seinem Ohr. «Es ist vorbei.» Dann hörte er sie schnüffeln. «Was um Gottes willen stinkt denn hier so?»

Siggi, der jetzt auch Anton bemerkte, der neben dem am Boden liegenden Kurt in die Hocke gegangen war und dessen Puls fühlte, antwortete nicht. Er hätte ihr gern gesagt, dass es ein Haufen Lügen war, der hier stank. Dass eine alte Freundschaft, die seit der Schulzeit Bestand gehabt hatte, soeben ihr Leben ausgehaucht hatte und er so wütend und traurig zugleich war wie schon lange nicht mehr. Doch nichts davon kam über seine Lippen.

Denn in diesem Moment nahte schnaufend der doppelte Gunnar und rief: «Ihr seid alle verhaftet!»

«Na, das ist mal ein Wort.» Siggi rieb sich den schmerzenden Kopf. «So ist bestimmt der Richtige dabei. Können wir einen Umweg über das Krankenhaus machen? Ich schätze, ich habe eine Gehirnerschütterung. Und Kurt vermutlich auch.»

«Siggi, dein Plan ist voll aufgegangen», ließ sich in diesem Moment Anton vernehmen, der auf den noch immer am Boden liegenden Kurt hinabschaute. «Der Mörder hat tatsächlich auf das Bild geboten.»

«Aber nur, weil ich ihn darum gebeten habe», murmelte Siggi. «Was für ein bitterer Sieg.»

22

Zwei Tage später kam Siggi ins Präsidium gehumpelt und wurde von dem schweigsamen Polizisten direkt in Gunnars Büro geführt. Dem gelang es tatsächlich, seinen Blick zu fokussieren, und zwar auf Siggis Füße.

«Hör mit dem Getue auf, von mir bekommst du kein Mitleid», sagte er zur Begrüßung. «Deine Gehirnerschütterung war auch nur eine Ausrede.»

«Zwei verstauchte Knöchel.» Siggi ließ sich auf den nächstbesten Stuhl fallen. «Und darüber hinaus ein geschwollenes Kinn und eine Platzwunde am Kopf. Das ist die Bilanz eines Falles, den ich für dich gelöst habe. Du könntest mir ruhig etwas dankbarer sein.»

«Dankbar?» Gunnar stieß sich vom Schreibtisch ab, sodass sein Drehstuhl zurückrollte und ihm ein bequemes Aufstehen ermöglichte. «Du hast deinen Kumpel Kurt krankenhausreif geprügelt, weswegen ich ihn erst gestern vernehmen konnte. Der Kerl hatte also reichlich Zeit, sich ein paar wunderbare Ausreden zu überlegen. Er behauptet, die Leiche rein zufällig auf deinem Grundstück gefunden zu haben. Und du hast ihn daraufhin hinterrücks angegriffen.»

Siggi spürte, wie ihm das Blut ins Gesicht schoss. «Meine Aussage hast du aber schon in derselben Nacht bekommen und die aller anderen auch. Also wem willst du glauben?»

Gunnar stand mit verschränkten Armen vor ihm und schielte an ihm vorbei. «Du hast unglaubliches Glück gehabt, du Idiot. Versuchst, ganz allein einen Mörder zu stellen, der fast einen Kopf größer ist als du und einen Spaten dabeihat. Wenn dein Freund Anton und diese Frau ...»

«Doro», warf Siggi ein, und bei dem Gedanken an sie biss er sich unwillkürlich auf die Lippen. Wie hatte er nur so danebenliegen können? Ob sie ihm jemals verzeihen konnte?

«Ja. Also, wenn die beiden nicht mitten in der Nacht bei Kurt eingebrochen wären, was uns glücklicherweise von aufmerksamen Nachbarn gemeldet wurde ...»

«... und du daraufhin beide verhaften wolltest, als du dort ankamst», ergänzte Siggi.

«Wenn die beiden mir also nicht gesagt hätten, dass du in Schwierigkeiten steckst, hätte dieser Fall ganz anders ausgehen können. Und habe ich schon ein Wort des Dankes gehört, weil ich dir in der Not zu Hilfe geeilt bin?»

Siggi starrte ihn fassungslos an. «Du hast eine halbe Ewigkeit gebraucht, um zu mir zu kommen. Was zum Teufel hat dich so lange aufgehalten? Das Verhör von Doro und Anton? Die beiden meinten, sie hätten dich zigmal aufgefordert, die Sirene einzuschalten und aufs Gas zu treten. Warum hast du das nicht getan?»

Gunnar schien überlegen zu müssen. Dann zuckte er mit den Schultern. «Schwamm drüber. Kommen wir zu dem Grund, aus dem ich dich heute hergebeten habe.»

Gunnar bückte sich und hievte einen mit einem Badetuch abgedeckten Wäschekorb auf den Schreibtisch. «Das haben wir zwischen Flundern und Forellen in Kurts Gefriertruhe gefunden.»

Er zog das Tuch beiseite, und Siggi hielt kurz den Atem an, während er ein wenig näher heranhumpelte und seine Hand nach dem dunkel angelaufenen Kerzenleuchter ausstreckte, der zuoberst lag.

«Das Tafelsilber der Bülows.» Andächtig drehte er das kostbare Stück in den Händen.

«Es handelt sich um kiloweise Silber, ich habe noch einen Korb dieser Art in der Asservatenkammer stehen», brummte Gunnar.

«Wunderschön.» Siggi strich über die stilisierten Libellen am Fuß des Leuchters und polierte das Silber sanft mit dem Ärmel seines Pullovers, bis sich ein erster heller Schimmer zeigte.

«Das ist es wohl.» Gunnar räusperte sich. «Ich dachte, es ist nur fair, es dir zu zeigen, bevor es an Lovis Bülow zurückgegeben wird.»

«Ich darf es ohnehin für ihn verkaufen, das hat er mir versprochen», erwiderte Siggi und blickte noch immer verzückt auf die Libellen. Erst allmählich wurde ihm klar, was diese Geste Gunnars zu bedeuten hatte. «Du willst dich damit bei mir bedanken, richtig? Du weißt ganz genau, dass ich deinen Job gemacht habe, während du dir hier den Hintern platt gesessen hast.»

Gunnar sah hinab auf seine Schuhspitzen. «Könnte sein.»

«Und was bekommst du für die Ergreifung des Mörders? Eine Beförderung?»

«Mal sehen.» Der doppelte Gunnar kratzte sich am Kopf. «Der Fall ist jedenfalls ein Riesending, da wird es einigen Presserummel geben. Ich werde Fragen der Journalisten beantworten müssen und so weiter.»

«Aha.» Siggi begriff, worauf dieses Gespräch hinauslief. «Weißt du, Gunnar, für mich ist es völlig in Ordnung, wenn du mich nur am Rande mal lobend erwähnst und ansonsten dafür sorgst, dass mir dieser Rummel, wie du ihn nennst, erspart bleibt. Nur so ein bisschen Werbung für meinen Laden, ja? Dann sind wir quitt.»

Gunnar atmete hörbar auf und streckte Siggi die Hand entgegen, der mit einem breiten Grinsen einschlug. «Und du bezahlst mir alles, was du in meinem Laden umgestoßen hast.»

Gunnars Miene verfinsterte sich für einen Moment, dann nickte er zögerlich.

Einige Stunden später saß Siggi zwischen seinen antiken Gartenzwergen auf der Bank, Lolas Kopf auf dem Oberschenkel, und sah der Sonne beim Versinken zu. Als Anton aus dem Laden trat, den Siggi in seiner Obhut zurückgelassen hatte, hielt er die Federschale aus Porzellan in den Händen.

Fast zärtlich blickte er auf den Froschkönig herab und sagte: «Mein Gepäck ist schon im Auto. Fehlt nur noch diese kleine Rarität hier. Ich glaube ehrlich gesagt nicht, dass ich meinen Interessenten von diesem Stück erzählen werde. Es gefällt mir zu gut. Und in meinem Wohnzimmer steht eine hübsche Barockkommode, auf der noch ein Plätzchen frei wäre. Was möchtest du für den kleinen Kerl samt nackter Schönheit denn haben, Siggi?»

«Nichts, ich schenke es dir.» Siggi räumte einige der Zwerge von der Bank, damit Anton sich zu ihm setzen konnte. «Betrachte es als Dank für deine Hilfe und Wiedergutmachung dafür, dass ich in einem Anfall von Raserei dein Auto entführt habe.»

Anton nahm Platz und wirkte ein wenig peinlich berührt. «Siggi, ich fürchte, wir müssen noch mal über den Wert dieser Schale sprechen. Du kannst sie mir nicht einfach so schenken.»

«Ich will aber», erwiderte Siggi trotzig. «Ich habe erst kürzlich zwei Freunde verloren, da werde ich den, der noch übrig ist, doch wohl etwas verwöhnen dürfen.»

«Danke.» Anton strich der Dame am Seeufer des Froschteichs über den Scheitel. «Ich werde sie in Ehren halten. Und auch ich möchte mich für deine Entschlossenheit bedanken. Ohne dich hätte ich noch immer Zahnschmerzen und würde aller Welt damit auf den Keks gehen.»

«Dafür hat mir deine Mutter schon gedankt, als sie gestern Abend angerufen hat, um sich zu erkundigen, ob wir noch leben.» Siggi grinste. «Deine Mutter ist eine tolle Frau.»

«Ja, fast so toll wie Doro», meinte Anton.

«Nur dass ich die wohl gründlich vergrault habe.»

«Au contraire. Sie ist drinnen und bearbeitet gerade die Ritterrüstung aus dem Theaterfundus mit Scheuermittel. Da es sich dabei ja nicht um eine echte Antiquität handelt, habe ich sie machen lassen. Du siehst: Wenn du es geschickt anstellst, hast du Sonntagnacht nur einen Freund verloren. Und der ist es ohnehin nicht wert, dass man ihm auch nur eine Träne nachweint.»

«Doro ist da?» Er verspürte eine seltsame Mischung aus Freude und Befangenheit.

«Sie kam hereingeschneit, kurz nachdem du dich auf den Weg zum Präsidium gemacht hast. Gesagt hat sie allerdings kein Wort.»

«Dann ist es wohl an der Zeit, das zerbrochene Porzellan zu kitten.» Langsam schob er Lolas Kopf beiseite und erhob sich. Er kannte Doro zu wenig, um einschätzen zu können, ob noch etwas zwischen ihnen zu retten war. Aber allein die Tatsache, dass sie dort drinnen ihrer Arbeit nachging, war ein Hoffnungsschimmer.

«Siggi?» Anton sah zu ihm auf.

«Hm?»

«Viel Glück. Ruf mich an und erzähl mir, wie es gelaufen ist. Ach, und lass endlich mal deine Ladentür reparieren. Nicht, dass dir jemand heimlich irgendeinen geheimnisvollen Gegenstand ins Haus schleppt.»

Und während Anton pfeifend mit seiner Federschale unterm Arm in Richtung Chrysler schlenderte, trat Siggi über die Schwelle und ging schnurstracks bis zur Ritterrüstung, die einen fast überirdischen Glanz angenommen hatte.

«Das sieht ja toll aus», brachte er hervor.

«Ja, der Topfreiniger mit der Stahlwolle hat am meisten gebracht», murmelte sie und schrubbte unbeirrt weiter, ohne ihn anzusehen.

«Anton ist fort.» Siggi hoffte sehr, damit einen ergiebigeren Gesprächseinstieg gefunden zu haben. «Er hat mich darüber aufgeklärt, dass dein Handy nicht wirklich dein Leben, sondern eher der Spickzettel dafür ist.»

«Anton redet viel, wenn die Nacht lang ist und seine Zähne es zulassen.» Sie sah ihn weiterhin nicht an und begann stattdessen, das Visier der Ritterrüstung mit ihrem Topfreiniger zu zerkratzen.

«Mag sein.» Er wagte einen neuen Anlauf. «Ich habe heute früh mit Lovis Bülow telefoniert. Stell dir vor: Er plant, mit dem Erlös aus dem Verkauf des Silbers den Park wieder instand zu setzen.»

Jetzt hatte er endlich ihre Aufmerksamkeit. Sie ließ von der Rüstung ab, und Siggi konnte das sanfte Lächeln sehen, das sich auf ihrem Gesicht ausbreitete. Leider galt es nicht ihm.

«Das wird bestimmt wunderschön werden», flüsterte sie. «Ich kann sie vor mir sehen, du auch? Die neue Pfauenskulptur und den Eichhörnchenbusch. Er wird sich doch an die Vorlage halten, oder?»

«Bestimmt», meinte Siggi und musste einen Augenblick später feststellen, dass ihr Gespräch erneut zu erlahmen drohte. Da brach es aus ihm heraus.

«Es tut mir leid. Ich weiß, ich habe mich wie ein Idiot aufgeführt, jeder sagt das. Von Anfang an habe ich verrückte Dinge getan und zum Schluss vielleicht alles kaputt gemacht.» Er machte eine kurze Pause, bevor er zu fragen wagte: «Hab ich das?»

Doro atmete tief ein und aus, bevor sie sich zu ihm umwandte und ihm endlich ins Gesicht sah. «Du unterstellst mir Mord und Diebstahl, lässt mich mitten in der Nacht in einem verwilderten Park zurück und denkst, dass mit einem ‹Tut mir leid› alles wieder im Lot ist? Ich frage dich: Auf welche Weise hättest du es wohl noch mehr versauen können?»

«Jedenfalls war ich immer offen und ehrlich zu dir und habe keine Geheimnisse gehabt», behauptete Siggi.

«Aber dass Anton und du mein Handy geknackt habt, das hast du wohlweislich für dich behalten. Ich weiß jetzt alles, Siggi Malich, und ich bin stinksauer. Du wirst mehr als ein ‹Tut mir leid› brauchen, um eine zweite Chance zu verdienen.»

«Dann sag einfach, was du von mir erwartest. Soll ich auf den Knien vor dir rumrutschen?»

«Ich will eine Gehaltserhöhung, und zwar rückwirkend.» Doro verschränkte die Arme vor der Brust. «Ich fordere meinen eigenen Firmenwagen mit Werbeaufschrift, und ich will acht Wochen Urlaub im Jahr.»

Siggi legte die Stirn in Falten und verschränkte nun seinerseits die Arme vor der Brust. «Wenn ich es mir recht überlege, brauche ich gar keine Putzfrau.»

«Wie bitte?» Doro schnappte nach Luft.

«Ja», erklärte er mit Nachdruck. «Viel dringender als den

Geruch von Glasreiniger brauche ich jemanden an meiner Seite, der mich davon abhält, mich wie ein Idiot aufzuführen.»

In Doros Mundwinkeln begann es zu zucken. «Ob ich dafür die Richtige bin, weiß ich nicht. Aber wir können es ja mal versuchen.»

ENDE

DANKSAGUNG

Unser gemeinsamer Dank gilt Sonja, *der Holden*, die einen maßgeblichen Anteil daran hat, dass dieses Buch geschrieben wurde. Und natürlich dem Rowohlt Verlag, der, wie Waldi zu sagen pflegt, den Arsch in der Hose hatte, uns zwei als Autorenteam zusammenzubringen.

Ganz speziell danken wir auch Christin, Jan, Saskia und Thorsten, die uns auf vielfältige Weise in den letzten Monaten unterstützt haben.

Außerdem danken wir natürlich unseren Lesern, Hörern und allen Fans, die uns beide lieb haben und dies immer wieder auf so wunderbare Weise zeigen. Ihr seid die Größten.

Eure Miriam, euer Waldi